Pour un peu moins de solitude

Carole Natalie

Pour un peu moins de solitude

TOME 1

ROMAN

BOD

@ 2020 - Carole Natalie

Édition : BoD – Books on Demand
12/14 rond-point des Champs-Élysées, 75008 Paris
Impression : BoD - Books on Demand, Norderstedt, Allemagne
Photo : Anastasia Gepp / Pixabay

ISBN : 978-2-3222-5666-2
Dépôt Légal : Novembre 2020

*L'union faisait la force. Nous l'avions tous oublié.
Ou plutôt non, nous ne savions plus ce que cela signifiait,
enfermés dans nos solitudes désespérées et désespérantes.*
John Henry - Trois ombres au soleil *

*Il n'est pas bon que l'homme soit seul
La Bible*

* John Henry - "Trois ombres au soleil" - Editions Chloé des Lys - 2012 - ISBN 978-2-87459-667-4

PREMIERES

RENCONTRES

Jean

Jean referma sa fenêtre en se disant que la journée allait être grise et froide. Et ce ne fut pas pour apaiser son cœur déjà un peu lourd. Comme tous les matins, il avait ouvert les volets de la cuisine pour renouer un peu avec ses congénères, estimer le temps qu'il allait faire, et regarder la température indiquée par le thermomètre. Il avait deviné, à travers l'épaisseur de la nuit, que le ciel était couvert, qu'il faisait humide, et il avait lu sur le thermomètre qu'il ne faisait que deux degrés. Quant à ses semblables, ils devaient être encore tous au lit, puisqu'aucune lumière ne filtrait à travers leurs volets. Il fallait dire qu'il n'était seulement que quatre heures trente.

- Eh beh, ça va cailler aujourd'hui !

Pour se secouer de sa torpeur il accomplit les mêmes gestes rituels que chaque matin, en se préparant une boisson chaude. Il remplit la bouilloire au robinet, la posa sur son socle et actionna l'interrupteur. Tandis que l'appareil commençait à chauffer, il se fit la remarque que cet objet était quand même rudement pratique. Il se souvenait encore de sa mère qui, quand il était gamin juste après la guerre, faisait chauffer l'eau dans une bouilloire en cuivre sur un coin du poêle. C'était dingue ce que les choses avaient changé depuis. On avait inventé les gazinières, puis les bouilloires électriques, et il devait reconnaître qu'il appréciait bien cette modernité-là.

Pendant que l'eau chauffait, il prit deux bols dans le placard et en posa un à chaque extrémité de la table. Il mit ensuite une cuillère à côté de chaque récipient, puis sortit une boîte de chicorée dont il versa deux cuillères à café rases dans son bol, avant de poser la boîte à côté de l'autre resté vide. Il se rendit ensuite à petits pas dans le salon où il prit une vieille Bible toute usée qui était posée sur une petite table en merisier, puis retourna dans la cuisine. Comme la bouilloire commençait justement à crépiter, il l'attrapa et versa l'eau chaude sur la poudre marron. Après quoi il la replaça sur son socle, s'assit, ouvrit la Bible et se mit à lire en buvant lentement son breuvage. Une fois le bol vide il termina son chapitre, referma la Bible, se leva et quitta la cuisine, Bible en main. Au passage il la posa sur la table là où il l'avait prise, avant de se rendre dans la salle de bain pour faire sa toilette. Cela lui prit une quinzaine de minutes tout au plus. A son âge, il s'agissait juste d'être propre, pas de faire le beau.

A cinq heures, il était de retour dans son salon, habillé. Il s'assit confortablement dans un fauteuil, alluma la lampe placée sur la table, reprit la Bible et se remit à la lire. Puis, après un moment, il la reposa et s'appuya contre le dossier de son fauteuil rembourré en levant les yeux au plafond. Là, de sa voix rocailleuse d'homme du sud, il s'adressa à Dieu :

- Ah Seigneur ! Quel réconfort que de pouvoir te parler ce matin ! C'est que je me sens un peu moins seul, vois-tu ? Que ferais-je si je ne te connaissais pas ? A qui parlerais-je ? Quelle chance de te connaître et de pouvoir te parler en face, toi qui es le créateur de l'univers, et moi qui ne suis qu'un simple humain ! Tu as vu, ce matin, quand je me suis réveillé, mon cœur était un peu lourd. Tu le sais, je n'aime pas la solitude, je n'aime pas l'hiver, alors quand en plus je me réveille à quatre heures, ça fait quand même deux heures de solitude de plus à porter que quand je me réveille à six heures... Et tu sais combien ça me pèse. Mais avec le temps tu m'as appris qu'il me suffit de me lever, de commencer la journée, pour que vienne ce moment où je te retrouve, et alors tout s'apaise en moi. Seigneur je t'en remercie !

Il pria ainsi pendant une bonne heure, apportant à Dieu les fardeaux de sa famille, de ses concitoyens, heureux de pouvoir participer, à sa façon, à l'évolution du monde qui l'entourait. Heureux également d'avoir quelqu'un à qui parler.

Puis six heures sonnèrent à l'horloge. Il remercia Dieu pour ce temps de partage, reposa sa Bible et son carnet de prière, et se leva dans le but d'aller déjeuner pour de bon. Au passage, il attrapa un livre sur la table avec un air gourmand. Il retourna à la cuisine, remit la bouilloire en chauffe, se prépara une nouvelle chicorée ainsi que plusieurs tartines, puis s'installa pour déjeuner tout en lisant son livre. C'était l'histoire rocambolesque d'un vieux chef d'entreprise anglais qui avait fait le choix de devenir majordome en France, histoire de donner une nouvelle direction à sa vie [1]. Il avait découvert ce jeune auteur récemment, et se délectait de cette première découverte, pas toujours crédible, mais désopilante à souhait ! Les personnages en étaient tous plus loufoques les uns que les autres, et le résultat final vraiment plaisant. Idéal pour un ancien prof de français à la retraite qui souhaitait remplir ses journées et oublier sa solitude.

Il lut ainsi pendant un bon moment, même après qu'il eut terminé son pain et vidé son bol, riant souvent, jusqu'à ce que ses yeux commencent à fatiguer. Puis, portant le regard sur sa pendule, il marmonna :
- C'est que ça fait un moment que je suis là à lire, quelle heure est-il ? Ah mais il est sept heures ! L'heure que j'aille acheter mon journal !

Il ferma alors son livre, se leva, rangea le pain, le beurre, la boîte de chicorée, le bol et la cuillère propres, et plaça son bol sale dans l'évier. Il nettoya la table et récupéra son livre pour aller le ranger dans le tiroir de la petite table en merisier, avant de se diriger vers l'entrée pour enfiler ses chaussures et mettre sa veste. Il posa un sac sur son épaule, plaça soigneusement son béret sur sa tête, attrapa sa canne et sortit. Il était sept heures dix.

Jean était un homme de taille moyenne et de large carrure, et bien que ses gestes soient empreints d'une certaine lenteur, comme tous les gens de son âge, il restait encore vif et alerte. Il avait des cheveux blancs, des yeux bleus, une courte moustache, et ne sortait jamais sans sa canne et son béret. Une fois dehors,

---

[1] Gilles Legardinier - "Complétement cramé" - Fleuve Editions - 2012 - ISBN 978-2-2650-9702-5

il constata que les premières lueurs du jour commençaient tout juste à nuancer la nuit, mais que l'on sentait déjà dans l'air le bourdonnement plus intense de la vie qui reprenait : le passage des bus, le nombre de voitures, les premiers piétons, tout indiquait que chacun se dirigeait vers les activités qui allaient occuper sa journée.

Jean remonta l'impasse où il habitait avant d'enfiler la place de Lameilhé, puis la zone piétonne située derrière l'immeuble Dampierre, tout en observant les gens qu'il voyait, au cas où il aurait aperçu une connaissance. Pour le moins, à défaut de trouver un interlocuteur, il aimait observer le comportement de ses semblables, activité où il trouvait une source inépuisable de divertissement et de réflexion.

Arrivé à destination, il entra dans le bar-tabac-presse et salua le buraliste :

- Bien le bonjour Monsieur !
- Bonjour Monsieur Angles ! Bien matinal !

L'homme avait bien prononcé "Anglèsse", comme le voulait l'accent du midi, et non "Angle" comme on parlerait de l'angle d'un mur.

- Eh oui, levé aux aurores comme d'habitude, il faut faire avec ! Alors je fais mon petit tour, ça occupe.
- Je vous mets La Dépêche, comme d'habitude ?
- Comme d'habitude !
- Voilà.

Jean posa quelques pièces dans la coupelle sur le comptoir et reçut son journal qu'il rangea dans le sac posé sur son épaule. Dans le même temps, il jeta un coup d'œil dans l'établissement pour voir s'il n'apercevrait pas quelque connaissance avec laquelle il aurait pu discuter un moment. Mais il ne reconnut personne.

- Merci bien Monsieur, en vous souhaitant une bonne journée !
- Bonne journée à vous !

Jean ressorti du bar-tabac-presse et jeta un coup d'œil alentour. Il n'y avait personne non plus dehors, à part quelques inconnus qui se hâtaient vers leurs destinations. Il faut dire que le froid et l'horaire matinal n'aidaient pas. Il reprit donc le chemin de sa maison, guettant toujours s'il n'allait pas croiser quelqu'un, en vain. Il parvint ainsi jusqu'à son domicile où il fut bien content d'entrer pour se réchauffer. Il se débarrassa de sa veste et de ses chaussures, récupéra le journal dans son sac pour le poser dans le salon, puis ouvrit les autres volets de la maison avant de s'installer dans son fauteuil pour lire les actualités.

Il fut tiré de sa lecture par l'horloge qui sonna un coup pour indiquer huit heures quinze. Il accueillit cette nouvelle avec un "Ah !" satisfait et posa aussitôt le journal pour se rendre à la cuisine. Il se prépara sa troisième tasse de chicorée de la journée et retourna dans la salle à manger pour se poster cette fois-ci derrière la fenêtre, celle qui donnait derrière, sur l'école maternelle. C'est qu'il était maintenant "l'heure des parents", et Jean n'aurait manqué ce spectacle pour rien au monde.

Il aimait tout particulièrement observer le comportement des gens. Non par moquerie ou médisance, encore moins par voyeurisme, mais plutôt par intérêt. Et peut-être aussi un peu par taquinerie. Il aimait étudier le comportement de ses semblables, voir leurs attitudes, leurs réactions face aux évènements. Cela lui permettait de faire des suppositions, des déductions, et de mieux comprendre l'être humain. A supposer que ça soit possible. Et la foule qui se pressait chaque matin aux abords de l'école présentait pour lui tous les charmes.

Depuis toujours, il raffolait des enfants, les petits comme les grands. Il aurait aimé enseigner dans les toutes petites classes, les petiots de la maternelle, mais à son époque ça ne se faisait pas beaucoup. Alors, il avait été à l'école normale pour être instituteur mais, emporté par l'élan, il avait poursuivi sa formation pour se retrouver professeur de français dans un collège. Il ne l'avait jamais regretté car il avait à la fois la passion de l'humain, la passion de la connaissance, et la passion de transmettre son savoir aux générations suivantes.

Il était né en 1940 et se souvenait, même si c'était vaguement, des dernières années de guerre, et bien plus des années d'après-guerre. Il se souvenait des ruines, de la ruine, de la famine, de la haine, de la survie au quotidien, et des vivants qui pleuraient les morts. Il se souvenait de ceux que cette guerre avait brisés à tout jamais, des survivants qui essayaient de reconstruire, et de ceux qui, comme lui, voulaient que plus jamais ça ne se reproduise. Et qui continuaient à se demander "pourquoi ?". Alors, durant toute sa vie, il avait mis toute sa passion à transmettre ses connaissances aux générations qui lui succédaient, afin qu'elles ne refassent pas les mêmes erreurs que les précédentes. Il espérait y avoir un tant soit peu réussi. Quoique, par moment, quand il voyait comment allait le monde, il n'en était pas très sûr… Ou bien avait-il été le seul à s'atteler à cette tâche ? Il avait également essayé de comprendre pourquoi. Pourquoi, un jour, un fou furieux décidait d'aller tuer tous ceux qui n'étaient pas d'accord avec lui, pourquoi toute une nation le suivait, et pourquoi ceux d'en face soit se battaient, soit capitulaient. Oh bien sûr, il avait lu des bouquins là-dessus et se souvenait aussi de ses cours d'histoire. Il connaissait les grandes raisons qui avaient engendré la guerre de 39-45 : la guerre de 1870, puis celle de 1914, les conflits européens, le Japon, la Chine, la Russie, la crise de 1929. Oui, il connaissait. Mais est-ce que toute cette mésentente, toutes ces circonstances pouvaient à elles seules justifier un tel génocide ? Ou bien encore, était-ce cette fameuse mentalité du "Pater familias", encore très en vogue à l'époque, qui avait tout engendré ?... C'est pourquoi, tout au long de sa vie, il s'était évertué à essayer de comprendre le comportement des autres, leurs "pourquois", pourquoi ils agissaient ainsi, pourquoi ils disaient ça, pourquoi ils pensaient ça ? Ainsi, un de ses petits plaisirs avait toujours été d'observer ses semblables.

Ici et là, les petits groupes arrivaient aux abords de l'école. Il y avait ceux qui étaient perpétuellement pressés, et ceux qui avaient toujours le temps. Ceux qui se montraient conciliants, et ceux qui étaient intransigeants. Les parents sévères, les laxistes, les compréhensifs, les indifférents…

Il reconnut d'abord la maman rousse qui, tous les matins, tentait de marcher d'un bon pas genre "Dépêche-toi, je dois aller au travail", tirant derrière elle sa petite fille pareillement rousse qui, elle, traînait les pieds genre "Oui, mais moi ça ne me concerne pas". A se demander laquelle, la première, avait commencé à tirer l'autre. Tous les jours, elles doublaient un papa en costard-cravate qui tenait sa petite fille par la main. Lui avait pris le parti de calquer son pas sur celui de l'enfant, d'un air résigné et même mortifié à la limite de la déprime, mais ne forçant jamais le pas ni n'essayant de motiver l'enfant à aller plus vite…

Sur la droite, Jean vit arriver celui qu'il appelait "Petit brun", parce qu'il était petit et brun, et qui courait, comme à son habitude, comme un dératé. L'archétype du gamin qui veut toujours arriver le premier. Sa mère arrivait malheureusement toujours plusieurs minutes après lui, au grand dam du gamin qui hurlait chaque matin, au désespoir : "Dépêche-toi maman ! Mais dépêche-toi !". A croire que, dans ce duo-là, c'était la mère qui faisait tout pour faire enrager son fils, comme pour se venger de quelque frustration subie par ailleurs. Et plus le gamin suppliait, plus la maman traînait…

Très rapidement la foule grossit. On entendait des cris, des interpellations, des avertissements, des cris de joie ou des pleurs. Il reconnut du milieu de la foule la voix d'une maman qui, comme lors de chaque passage, vociférait sur ses enfants. Jean secoua la tête, comme chaque fois qu'il l'entendait. Elle n'avait que le reproche à la bouche : hier, les enfants allaient trop lentement, aujourd'hui ils allaient trop vite, demain ils iraient trop près des voitures sachant qu'avant-hier ils parlaient trop fort… Et le tout copieusement assaisonné d'interpellations, de menaces de punitions, en prenant les passants à témoin, et avec le ton qui allait avec... Il secoua à nouveau la tête de désapprobation...

Puis il retrouva le sourire en voyant arriver une charmante petite famille. La maman, toute mignonne, était d'une patience d'ange, même quand son deuxième courait devant, tandis que la toute petite trottinait derrière en bayant aux corneilles, et que la grande marchait à côté d'elle en racontant ce qui lui passait par la tête, loin des préoccupations maternelles. Au moins, là, le tableau paraissait assez normal aux yeux de Jean, et les enfants semblaient heureux et épanouis. Seule la maman avait l'air un peu stressée...

Puis il aperçut celle qu'il appelait "Jolie-Brunette". Elle arrivait avec ses deux enfants, un garçon et une fille. A chaque passage, il la voyait discuter avec eux, parfois pressée parce que juste à l'heure, parfois plus tranquille. Il aimait particulièrement la voir, était toujours ému quand il y parvenait, et toujours un peu déçu quand ce n'était pas le cas. De taille moyenne, avec de longs cheveux bruns soyeux, des joues rondes et un regard sombre, son corps présentait des formes très féminines qui avaient de quoi faire pâlir n'importe quel homme. Et si Jean avait tout particulièrement repéré cette jeune femme, c'est qu'elle ressemblait à Jeanne quand cette dernière avait le même âge... Et lorsqu'il la voyait, il avait l'impression de faire un bond de cinquante ans en arrière. Elle avait la même silhouette souple, la même gestuelle gracieuse, le même visage doux et, à ce qu'il pouvait deviner, les mêmes mimiques et expressions. A cinquante ans près, on aurait pu les prendre pour des sœurs. Cette jeune femme aurait pu être sa petite-fille, et ressemblait même davantage à Jeanne que leur propre fille. Et s'il n'avait pas eu l'âge d'être son grand-père, il aurait pu tomber amoureux d'elle... Jolie-Brunette semblait toujours agréable avec ses enfants. Elle les tenait par la main, leur parlait, se montrait parfois plus sévère, parfois plus tolérante, mais il lui semblait qu'elle n'était jamais dans l'excès. Elle lui plaisait beaucoup. Puis Jolie-Brunette et ses enfants disparurent à l'angle du bâtiment.

Arriva enfin la maman-toujours-en-retard, et qui ne savait plus quoi faire pour motiver sa fille à avancer. Tous les jours, c'était la même scène : la petite marchait derrière, à pas très lents, sidérée, subjuguée par tout ce qui l'entourait, et la maman trépignait devant en répétant à l'envie "Allez viens ! Avance ! Vite ! Dépêche-toi ! Regarde, ils vont fermer la porte !" à une enfant dépassée par tout le tohu-bohu qui se faisait autour d'elle.

Chaque jour, Jean avait envie d'ouvrir la fenêtre et de lui dire "Et si vous lui donniez la main, ça irait peut-être un peu plus vite ?", mais il n'avait jamais osé… tout en se disant que la maman aurait peut-être apprécié cette suggestion, qui l'aurait empêché de se ronger les sangs chaque jour… C'est curieux, des fois, comme on ne pense pas au plus simple et au plus évident…

Il vit Jolie-Brunette qui repartait en sens inverse, d'un pas plus rapide. Souvent, il se demandait ce qu'elle allait faire de sa journée : était-elle maman au foyer ? Ou bien travaillait-elle dans le quartier ? Car il était impensable qu'elle travaille en ville, puisqu'elle récupérait les enfants tous les midis. En même temps, il y avait bien peu de commerces à proximité de l'école, il les connaissait tous, et il ne l'avait jamais vue dans aucun d'entre eux. A moins qu'elle soit l'assistante du vétérinaire… Il se dit qu'il lui faudrait quand même se décider à l'aborder un jour, sous un prétexte quelconque, histoire d'essayer de faire connaissance…

Jolie-Brunette disparut de son champ de vision, et il vit alors, comme il fallait s'y attendre, la maman-toujours-très-très-très-en-retard. Jean la voyait systématiquement courir à perdre haleine tous les matins, sans exception. Il se disait en souriant qu'il y avait des gens qui avaient de la constance… Très élégante dans un grand manteau rouge qui volait au vent, elle remorquait dans son sillage deux enfants qui couraient autant qu'elle, à la recherche des quelques ultimes secondes nécessaires au passage du portillon avant qu'il ne soit fermé. Et tous les matins, il se demandait si cette maman n'en avait pas marre de courir chaque jour, et si les enfants n'étaient pas épuisés avant même d'avoir commencé leur journée.

La fermeture du portillon annonça la fin du spectacle. La maman-toujours-très-très-très-en-retard repartit du même pas vif, quelques mamans s'attardèrent encore çà et là pour discuter, tandis que les autres regagnèrent leur véhicule ou leur domicile.

Jean referma le rideau. Et comme bien souvent à ce moment-là, après avoir regardé tout ce va et vient, toute cette vie, il reprenait conscience de sa solitude, et cela lui serrait un peu le cœur. Peut-être tout simplement parce que ce court moment d'humanité lui avait été trop superficiel. Ce n'était qu'un regard sur la foule extérieure, mais de cette foule il n'en faisait pas partie. Qui, d'ailleurs, avait conscience de sa présence, derrière son rideau ? En admettant que quelques mamans l'aient remarqué, elles l'avaient probablement oublié trois pas après, ou même songeaient-elles que ce vieux pépé était bien indiscret et ennuyeux, toujours collé à sa fenêtre. Il se contentait de voler quelques miettes de la vie des autres, à distance, sans y prendre part, et sans être rassasié. Et en même temps, il ne se serait privé de ce spectacle pour rien au monde. Être témoin de la vie des autres le ravigotait lui-même. Voir courir les enfants lui donnait envie de courir, voir les mamans radieuses en retrouvant leur enfant le soir le ravissait, voir les petits bouts serrer leurs petits bras autour du cou de leur papa le comblait. Ça lui redonnait foi en l'humanité.

Allons ! Il ne servait à rien de s'apitoyer sur soi-même ! Il reprit place dans son fauteuil et récupéra son journal. Sauf qu'il n'y avait plus grand-chose à lire. Il se releva alors pour mettre de la musique classique, se rassit pour lire les quelques articles qui lui restaient, puis resta là un moment juste à écouter la musique.

Lorsque la pendule eut sonné neuf heures il se rendit à nouveau dans l'entrée, remit ses chaussures, sa veste et son béret, reprit son sac et sortit à nouveau. Il fit exactement le même trajet qu'à sept heures, à travers la place de Lameilhé, mais bifurqua en direction du centre commercial. Comme à son habitude, il avait tenté d'apercevoir une connaissance, mais sans succès.

Une fois à l'intérieur, il prit son temps pour choisir un pain, quelques yaourts et des légumes. Il ne prenait que de petites quantités, ça lui permettait d'avoir toujours des produits bien frais, tout en lui donnant régulièrement une bonne raison de faire une sortie. Il s'attarda ensuite à regarder quelques articles dans les rayons, à lire les ingrédients, par curiosité, et aussi pour tuer le temps. Puis il se rendit à la caisse, régla ses achats et sortit. Une fois dehors, il resta un moment à se demander s'il allait rentrer chez lui tout de suite ou flâner encore un peu, quand une voix mielleuse se fit entendre derrière lui.

- Eh bonjour !

Il n'eut pas besoin de se retourner pour savoir que la voix qu'il venait d'entendre était celle de Madame Poulet. Ses yeux s'agrandirent l'espace d'une seconde tandis que les traits de son visage se figèrent. Cette fois-ci, il en était sûr, elle surveillait forcément sa venue depuis sa fenêtre et se dépêchait de descendre au magasin pendant qu'il faisait ses courses. Elle avait dû repérer ses habitudes et le guetter. Il n'y avait pas d'autre explication, car il ne pouvait quasiment plus mettre le nez dehors sans tomber sur elle... Il lui fallut bien faire face, et il se retourna avec un sourire aussi poli qu'hypocrite.

- Madame Poulet ! Quelle surprise !

Petite, rondouillette comme bon nombre de femmes de son âge, elle avait des cheveux courts blancs comme neige, coiffés en casque autour de sa tête. Ses yeux bleus éclairaient son visage rond, et elle arborait, comme chaque fois qu'elle le rencontrait, un sourire ravi et niais qui énervait immanquablement Jean. Un sourire explicite qui exprimait à la fois combien elle était charmée de le rencontrer, et sa certitude que le plaisir était partagé. Jean suspectait qu'elle aurait bien aimé lui mettre le grappin dessus, mais vraiment, sans façon, non.

- Eh oui ! Je vous ai vu, depuis ma fenêtre !

Par réflexe, il leva les yeux vers les fenêtres de l'immeuble situé juste à côté du supermarché, avec un regard de reproche.
- Ah oui, la fenêtre ! Il fallait qu'elle ait ses fenêtres qui donnent justement au-dessus du commerce…
- Et oui, j'aime bien regarder dehors, ça passe le temps ! Et ainsi, ça me permet de repérer quelques amis.

Elle continuait d'arborer son sourire béat et candide, tout en lui adressant un regard entendu. Jean se dit qu'il allait devoir changer ses habitudes…
- Et comment allez-vous, Madame Poulet ?

Elle abandonna son sourire onctueux et fit la moue.
- Oh… couci-couça… Voyez-vous, mon bras me fait mal, il semble que je me sois provoqué une tendinite.

Elle tendait le bras droit en indiquant de la main gauche que la douleur démarrait à l'épaule et finissait au poignet. Jean redevint sérieux.
- Ah, une tendinite, c'est bien ennuyeux, ça peut durer et c'est gênant. Avez-vous été voir le médecin ?

Elle eut un geste évasif.
- Eh non, pas encore. Il faudrait. Mais vous savez ce que c'est, soit les médecins ne vous prennent pas au sérieux, soit ils vous prescrivent une flopée de médicaments. Alors, j'hésite…
- Oui mais ne laissez quand même pas traîner. Une tendinite, c'est facile à diagnostiquer, soit ç'en est une, soit ça n'en est pas une. Et si ç'en est une, plus vous la prendrez tôt, mieux ça sera. Si vous tardez, l'inflammation risque de s'aggraver et alors là, pour faire passer ça…

Il fit une mimique accompagnée d'un geste de la main qui indiquait que le temps risquait de passer avant que les choses ne s'améliorent. La vieille dame acquiesça en lui répondant d'un ton entendu.
- Oui, vous avez raison, je n'y avais pas pensé. Mais nous, les vieux, nous sommes durs au mal, nous en avons connu de bien pire.

Il vint à l'esprit de Jean de proposer son aide à sa voisine mais il hésita un instant, de peur de se retrouver embringué dans une situation qu'il ne souhaitait guère. Mais se dit aussi qu'il ne serait pas correct de laisser cette femme se débrouiller seule avec une tendinite au bras. Du doigt, il désigna le sac de course qu'elle avait sur l'épaule.

- Mais dites-moi, Madame Poulet, vous allez faire vos courses ?
- Eh oui.
- C'est que vous risquez d'avoir du mal à porter ce sac. Voulez-vous que je vous accompagne et que je vous le tienne ?

Elle fut surprise une seconde avant de lui adresser un sourire à la fois reconnaissant et radieux.

- Mais comme c'est gentil ! Que vous êtes galant, Monsieur Angles, quelle gentillesse !

Elle aussi prononçait "Anglèsse", comme le faisaient tous les gens de la région. Elle redevint sérieuse après cet accès d'onctuosité.

- Mais j'avoue que j'accepte avec reconnaissance, car vraiment mon bras me fait bien mal.
- Pas de problème, je vous accompagne, Madame !

Et il retourna dans le magasin pour accompagner la brave femme. A l'entrée, il confia son sac de courses à l'une des caissières qu'il connaissait bien, manquerait plus qu'on lui fasse des reproches en sortant, et suivit docilement Madame Poulet de rayon en rayon.

Le périple ne fut pas aussi pénible qu'il s'y attendait. Une fois à l'intérieur, Madame Poulet ne fit plus preuve de l'affabilité mièvre à laquelle il était habitué, et se montra même pragmatique et sensée. Elle lui fit part, au fur et à mesure, de ses quelques hésitations devant tel ou tel produit, de ses interrogations quant à la façon de le cuisiner ou de l'assortir avec tel légume ou telle viande. Il y répondit bien volontiers, d'autant plus que cela lui donna quelques idées pour son propre agrément. Tout en la suivant, il observa discrètement si elle se servait de son bras droit ou pas. On ne savait jamais, elle pouvait très bien avoir inventé cette histoire de tendinite uniquement pour l'accaparer, cette coquine… Mais il constata que la pauvre femme avait bien des difficultés à mouvoir son bras, qu'elle se servait régulièrement de sa main gauche, et que toutes les fois où elle se servait du droit par habitude, cela lui arrachait une grimace de douleur. Elle n'était donc pas en train de l'embobiner.

Ils se retrouvèrent bientôt dehors. Jean avait récupéré ses propres courses au passage et il tint à raccompagner Madame Poulet jusqu'à chez elle.

- Oh, mais ne vous donnez pas ce mal, ça n'est quand même pas si loin !

- Non, non, non, un homme galant n'abandonne pas une femme blessée au milieu de la rue, quand bien même elle habite juste au-dessus.

Ils prirent donc l'ascenseur ensemble jusque devant la porte de la brave dame, et une fois cette dernière ouverte elle lui proposa de rentrer prendre un café, pour le remercier.

- Je ne vais quand même pas vous laisser repartir comme une ingrate !

Jean réfléchit un moment, regarda sa montre et constata qu'il n'était que dix heures quinze. Qu'allait-il faire de plus chez lui ?

- Eh bien, puisque vous me le proposez si gentiment, alors j'accepte.

Madame Poulet arbora un sourire ravi, mais sans mièvrerie cette fois.

- Vous me faites plaisir ! Entrez donc !

Jean découvrit un intérieur bien aménagé, propre et rangé. La maîtresse des lieux le mit à l'aise, et lui proposa café, thé ou jus de fruit. Il accepta volontiers un thé. Une fois installés dans un agréable salon, ils se mirent à discuter de leurs vies respectives.

- Etes-vous originaire de Castres, Monsieur Angles ?

- Oui ! J'y suis né il y a soixante-dix-huit ans et j'y suis toujours resté !

- Ah ! Vous êtes d'ici ?! Oh, ceci dit, je ne suis pas de bien loin puisque je suis née à Sémalens ! Et vous avez toujours habité ce quartier ?

- Non, j'ai grandi au centre-ville où mes parents tenaient une épicerie.

Tout en parlant, le regard de Jean partit loin dans ses souvenirs. On voyait qu'il avait plaisir à les évoquer.

- Après la guerre, mes parents avaient tellement vu la famine qu'ils ont eu envie d'ouvrir cette épicerie. Oh, ça n'a pas été facile, si j'en crois ce qu'ils m'ont dit, mais ils ont tenu. Ça a été leur gagne-pain durant toute leur vie.

- Où étiez-vous au centre ?

- Sur le boulevard Clémenceau. Aujourd'hui le local n'existe plus, c'était trop vieux, tout a été rasé, mais mes parents ne faisaient que le louer. Ils avaient leur maison plus loin, avenue de Lautrec. Cette maison je l'ai vendue après leur décès. Aucun de mes enfants ne la voulait, elle était ancienne et je n'y étais pas particulièrement attaché.

- Alors vous êtes vraiment un enfant de Castres. Moi j'y suis arrivée toute gamine. Mon père est mort peu après la guerre, je l'ai à peine connu. Ma mère ne se voyait pas rester toute seule à la ferme, ce n'était pas son milieu à elle, c'est mon père qui en avait hérité. Elle a vendu et nous nous sommes installées en ville où elle a repris son métier d'institutrice.

Ils continuèrent de partager ainsi quelques tranches de leur vie, se découvrant des souvenirs communs, de ceux que seuls les gens de la même génération peuvent connaître et comprendre. Jean fut agréablement surpris de découvrir Madame Poulet sous un aspect qu'il n'avait jamais envisagé. Elle était agréable à discuter, intéressante, ne monopolisait pas la parole, sans être effacée. Oh certes, sa conversation n'allait pas bien loin, se contentant de raconter des évènements sans autre analyse, mais pour le moins elle n'était pas ennuyeuse non plus. Au bout d'un moment, elle se leva pour se diriger vers quelques photos posées sur un petit meuble où elle se saisit d'une.

- Voici mon défunt mari.

Elle avait dit cela d'un air un peu triste, et le seul ton de sa voix révélait tout le regret qu'elle avait de cette perte. Jean prit poliment la photo et découvrit un homme dans les soixante-dix ans. En bas du cadre, une photo plus petite en noir et blanc avait été glissée, présentant le même homme avec quarante ans de moins. En contemplant ce visage, qui ne représentait rien pour lui, Jean pensa qu'il y avait toute une vie, tout un monde dissimulé derrière cette physionomie, dont il ne saurait jamais rien, et qui pour cette femme représentait tout. Exactement comme pour lui et Jeanne…

- Il ne me semble pas l'avoir connu.
- Non. Nous n'habitions pas ici, mais à Roulandou. Nous étions locataires. Quand il est parti, je n'ai pas pu garder la maison juste avec la réversion de sa retraite, ça me faisait trop peu, j'ai dû déménager. Je n'ai pas voulu rester à Roulandou, ça me faisait trop mal, je croyais le voir partout. Alors j'ai demandé aux HLM[2] à venir ici, à Lameilhé. J'y ai quelques connaissances qui m'avaient dit que c'était un bon quartier. Quand ils m'ont proposé cet appartement, je suis venue le visiter et j'ai pu constater que c'était calme. J'ai vu qu'il y avait le magasin juste en bas, plusieurs docteurs, la pharmacie, et le bus qui passe juste à côté, en quelques minutes on est au centre-ville. J'ai trouvé ça bien alors j'ai pris l'appartement. C'est comme ça que je suis arrivée ici.

Elle lui tendit une autre photo.
- Et là c'est ma fille Dominique.

Jean fit un sourire devant le visage d'une femme dans les quarante-cinquante ans qui avait un air de ressemblance avec sa mère.
- Elle vous ressemble.
- On nous le dit !

---

[2] HLM : Raccourci pour désigner l'Office des Habitations à Loyers Modérés.

Elle reprit les deux photos et les reposa à leur place tout en demandant à Jean :
- Et vous-même, quand êtes-vous arrivé dans ce quartier ?
Elle retourna s'asseoir. Jean apprécia sa discrétion : il avait craint qu'elle ne lui sorte l'intégralité de ses albums photos...
- Oh, il y a bien longtemps ! Je me suis marié en 1962 à l'âge de vingt-deux ans. A l'époque, je travaillais déjà comme professeur dans un collège, on ne nous faisait pas faire toutes ces longues études pour prouver que nous étions plus intelligents que les autres, comme c'est le cas aujourd'hui, et au début nous avons habité un petit appartement au centre-ville, le temps de nous meubler, de mettre quelques sous de côté. Jeanne travaillait également comme couturière. Quand le quartier de Lameilhé a commencé à émerger, ça nous a bien plu, ça faisait jeune comme quartier, et à l'époque nous l'étions aussi ! Nous étions en 1968, notre fille venait de naître, et nous avons eu la chance de pouvoir acheter une maison qui nous plaisait, celle que j'habite encore aujourd'hui. Ce qui fait que je suis à Lameilhé depuis maintenant presque cinquante ans !

Madame Poulet lui fit un grand sourire.

- Eh bien on peut dire que vous avez de la constance ! Depuis toujours à Castres, et depuis cinquante ans à Lameilhé !

- Ah ça, vous pouvez le dire ! Mais comme vous l'avez fait remarquer très justement tout à l'heure, c'est un quartier très agréable. Nous disposons de toutes les infrastructures nécessaires, et le paysage n'est pas encombré d'immeubles qui viennent gâcher la vue. Ici, ils ont su garder un équilibre entre immeubles et maisons, ce qui fait que l'œil peut encore se poser sur de la verdure, sur l'horizon.

- C'est tout à fait ça. Et puis à Castres je trouve le climat idéal. Il fait bien un peu chaud en été mais ça ne me gêne pas. Ce qui me gêne, moi, c'est le vent d'autan.

- Ah, ma pauvre, alors là vous êtes servie ! C'est qu'il n'en manque pas, de vent, ici ! Il vous aurait fallu déménager à Albi, là vous auriez été bien !

Ils continuèrent à discuter ainsi, de leurs vies, du temps, de la ville, du voisinage, pendant un moment, puis Jean prit congé.

- Mais au fait, avec tout ça, quelle heure est-il ? Onze heures et quart ! Et bien dites-donc je n'ai pas vu le temps passer ! Il faudrait peut-être que je m'en aille !
- Oh mais vous ne me gênez pas !

Il fit un geste de la main.

- Non, non, Madame Poulet, il ne faut pas abuser. Vous avez été bien aimable de me recevoir, nous avons passé un bon moment, mais il faut maintenant que je reprenne le chemin de mon domicile.

Il se leva, et ce faisant il réalisa que la brave femme aurait peut-être encore besoin d'aide dans les jours à venir.

- Madame Poulet, il faudrait que je vous laisse mon numéro de téléphone, au cas où vous seriez en difficulté avec votre bras, et vous allez me donner le vôtre, que je puisse prendre de vos nouvelles.
- C'est bien gentil à vous de penser à ça, Monsieur Angles. Je pense pouvoir m'en sortir sans trop de problème, mais comme vous dites, en cas de besoin…

Elle se dirigea vers un petit secrétaire d'où elle sortit un bloc-notes et un stylo, et ils échangèrent leurs numéros respectifs.

- Voilà une bonne chose de faite. Je me sentirai l'esprit plus tranquille si je sais que vous avez la possibilité de me joindre.
- C'est très aimable à vous Monsieur Angles. Mais je ne suis quand même pas perdue, j'ai le commerce juste en bas, je peux utiliser ma main gauche et juste poser le sac sur l'épaule sans forcer. Et si c'est trop lourd, je peux faire plusieurs trajets, ça ne me tuerait pas. Et puis j'ai aussi ma fille qui peut venir, ou mes petits-enfants. Mais j'apprécie beaucoup votre geste, il est toujours appréciable de savoir que l'on peut compter sur quelqu'un à proximité.
- Comme vous dites. Si nous ne nous soutenons pas entre vieux, nous sommes fichus ! Vous et moi qui avons connu un peu la guerre, nous savons que sans solidarité la vie est bien plus

difficile. Alors n'hésitez pas surtout. Au pire, si je ne peux pas venir, je vous dirai non.
- Bien sûr, bien sûr. Vous êtes bien aimable.

Madame Poulet raccompagna Jean à la porte de son appartement, ils se saluèrent cordialement, et Jean reprit le chemin de son domicile.

Curieusement, alors qu'il n'avait guère appréciée Madame Poulet jusque-là, il devait reconnaître qu'il avait passé un bon moment en sa compagnie. Le fait d'avoir eu une véritable conversation plutôt qu'un banal "bonjour" au milieu de la rue lui avait permis de découvrir que, sans aller jusqu'à devenir sa meilleure amie, Madame Poulet pourrait devenir une fréquentation acceptable. Il marmonna, l'œil canaille et le sourire en coin :
- Et bien finalement, cette brave dame ne se révèle pas si désagréable que ça.

Il crut alors sentir un coup de coude dans ses côtes, tandis qu'il lui semblait entendre la voix de Jeanne descendue du ciel lui reprocher :
- Jean ! Est-ce là le comportement d'un bon chrétien ?!

Alors lui, l'air hypocrite, leva les yeux pour répondre du ton de l'innocent :
- Mais, le Seigneur n'empêche pas qu'on ait de l'humour !

A quoi il entendit Jeanne lui répondre d'un ton mi-reproche mi-taquin :
- Ce n'est pas faire de l'humour que d'être hypocrite, mécréant !

C'avait été un sujet de plaisanterie entre eux durant toute leur vie. Jean avait toujours eu le sens de l'humour, l'humeur taquine, le goût pour les farces. Et Jeanne trouvait parfois que son humour allait un peu trop loin. Elle le lui disait toujours avec franchise, affectant souvent la gronderie, d'autant plus que Jean prenait à chaque fois l'air innocent de l'hypocrite qui ne veut pas comprendre. Jeanne montrait toujours beaucoup d'intégrité dans sa foi, et dans le respect qu'elle devait à ses concitoyens. Et Jean, s'il témoignait autant d'intégrité que son épouse dans la foi, se montrait quand même un peu plus libéral quant au respect, sans aller jusqu'à tomber dans l'irrespect. Alors, bien que Jeanne ne soit plus là pour lui parler en face, il lui semblait quand même l'entendre chaque fois qu'il se livrait à son petit péché mignon.

Une fois chez lui il rangea ses courses et reprit directement son poste d'observation derrière la fenêtre de la salle à manger, avec vue sur l'école. Il se fit la remarque que finalement, il n'était pas très différent de Madame Poulet… Comme chaque jour, il regarda le ballet des parents qui vont et qui viennent avec leurs enfants, et eut même la satisfaction de voir passer Jolie-Brunette. Puis, une fois tout le monde parti, il referma le rideau et se rendit dans la cuisine pour préparer son déjeuner tout en regardant la télé.

Après son repas, une fois sa vaisselle placée dans l'évier, il reprit sa place derrière la fenêtre pour regarder à nouveau les allées et venues des familles qui se rendaient à l'école, et quand il vit Jolie-Brunette s'en retourner après avoir déposé ses enfants, il trouva qu'elle avait l'air triste, et même abattue.

- Et bien, Jolie-Brunette, que t'arrive-t-il ? Un souci ?

Mais Joli brunette ne lui répondit pas, probablement parce qu'une fenêtre les séparait, et probablement aussi parce qu'elle ne savait même pas qu'il existait.

Il referma le rideau et sentit la fatigue lui tomber dessus d'un coup.

- Ouh, aujourd'hui, la sieste va s'imposer…

Il dormit jusqu'à quinze heures. Quand il se réveilla, il lui fallut un certain temps pour sortir de sa torpeur et même une fois levé il se trouva tout engourdi.

- Aaahh, tu te fais vieux, Jean !

Une fois debout, il regarda par la fenêtre et constata que le temps était sec, à défaut d'être beau, et qu'il pourrait donc faire sa promenade quotidienne.

Il se dirigea vers l'aire de jeux, à l'opposé de la zone commerciale, et se promena durant une heure sur les chemins sablonneux qui sillonnaient à travers les structures d'agrément et le long des maisons, faisant une boucle qui le ramena chez lui. Il arriva pile-poil pour la sortie de l'école et au lieu de rentrer chez lui, il suivit la foule comme s'il allait chercher ses petits-enfants. Il se mit face à la porte de l'école, appuyé contre une haie à proximité, pour avoir le plaisir de regarder les bambins sortir. Comme chaque fois, il y avait les petits durs qui couraient droit devant sans attendre, les petites qui enserraient tendrement le cou de leur maman de leurs petits bras, ceux qui racontaient déjà leur journée sans reprendre leur souffle, ou ceux qui pleuraient pour quelque chagrin ou caprice. Jean aimait toute cette animation, cette foule. Cela lui permettait de se rapprocher de ses congénères, de se sentir moins seul, lui rappelait le temps où il allait chercher ses propres enfants à l'école, ou encore les quelques fois où il avait pu aller chercher ses petits-enfants lorsqu'il allait leur rendre visite. Il avait repéré Jolie-Brunette dans la foule, et avait même eut la chance qu'elle se place, sans le savoir, à proximité. Ce qu'elle pouvait être jolie, une vraie poupée ! Mais une poupée qui avait un air bien triste...

C'était souvent qu'il constatait qu'elle arborait cet air chagrin, résigné. Il aurait bien aimé pouvoir lui adresser la parole pour lui demander ce qui n'allait pas, lui montrer de l'intérêt, essayer de la réconforter, mais dans notre société, ça ne se fait pas. On n'aborde pas les gens comme ça, pour leur proposer du réconfort. C'est indiscret. C'est se mêler de ce qui ne nous regarde pas. Il est plus poli de ne pas s'intéresser à eux, de les laisser seuls face à leurs soucis. Ils sont parfaitement capables de se débrouiller tout seul. Même quand ils sont à bout. Mais de toute façon comment savoir, puisque ça ne se fait pas de demander des nouvelles à quelqu'un qu'on ne connait pas ?

Tandis qu'il en était là de ses pensées, chaque bambin avait trouvé son parent et la foule s'était dissipée. Jolie-Brunette fut parmi les derniers à récupérer ses deux enfants et prit le chemin de son domicile. Et Jean se mit dans l'idée de la suivre... à bonne distance puisque ça ne se faisait pas de suivre les gens. Et pour la troisième fois de la journée il prit le chemin du centre commercial. Jolie-Brunette et ses enfants remontèrent la place de Lameilhé, longèrent le magasin, puis empruntèrent le passage en dessous de l'immeuble Beaugency pour accéder à l'entrée. Par discrétion, Jean fit semblant de poursuivre sa route vers le Chambord, surveillant du coin de l'œil si Joli-Brunette avait disparu, puis une fois sûr qu'elle ne le verrait pas, il fit demi-tour pour rentrer chez lui. Il était content, il savait maintenant où habitait Jolie-Brunette.

En arrivant devant sa maison, il aperçut Madame Guibaud occupée à jardiner dans le petit carré de terre devant sa maison. Mme Guibaud était sa voisine mitoyenne depuis maintenant douze ans, mais elle avait toujours pris grand soin de maintenir une distance entre elle et l'ensemble des habitants de l'impasse, en se montrant particulièrement taciturne et revêche. Jeanne, dans les premiers temps, avait cru à de la réserve, voire de la crainte tandis que Jean, plus pragmatique, avait tout de suite conclu à un sale caractère.

- Laisse-lui un peu le temps de s'habituer à son nouveau lieu de vie, avait dit Jeanne, tout le monde n'est pas aussi social et franc que toi.

- Eh bien moi, je te dis de te fier à mon instinct, et mon instinct me dit que c'est une sacrée conne.

- Jean !

Mais Jeanne avait bien été obligée de constater que le temps avait donné raison à Jean. Elle était rentrée du marché, un jour, et avait salué sa voisine par politesse, en dépit du fait que celle-ci ne lui ait jamais répondu jusque-là. La vipère s'était récriée d'une vois aigre :

- Ne vous croyez pas obligée de me dire bonjour à chaque fois que vous me voyez ! Je n'en ai rien à faire !

Sur quoi, Jeanne était rentrée dans sa maison furieuse, et avait déclaré à son mari :

- Eh bien je dois reconnaître que tu avais raison : elle est vraiment conne !

Jean avait rigolé. Depuis, chaque fois qu'il voyait Madame Guibaud, il la saluait ostensiblement de son plus beau sourire d'hypocrite. Ce jour-là, il ne dérogea pas à la règle. Il ne fallait jamais manquer une occasion de s'amuser…

- Bien le bonjour Madame Guibaud !

Et comme chaque fois, la vieille pinça les lèvres et détourna légèrement la tête, sans répondre. Il hésita une seconde à poursuivre ce petit jeu, mais se rendit compte qu'il était fatigué de sa journée et qu'il ferait bien mieux de rentrer chez lui, plutôt que de chercher sa voisine.

Il ôta ses chaussures, sa veste et son béret, puis se prépara une chicorée qu'il savoura en reprenant son roman.

Vers dix-huit heures, il eut la bonne surprise d'entendre le téléphone sonner. C'était sa fille Valérie qui l'appelait depuis Toulouse.

- Ma chérie, comment vas-tu ? Et qu'est-ce qui me vaut cet appel ?

- Et bien tout simplement que ma journée a été exécrable, et qu'alors je me suis dit que pour changer un peu j'allais parler à quelqu'un d'aimable qui est toujours de bonne humeur.

- Ah, mais c'est que ça fait plaisir à entendre ! Et c'est toujours une bonne idée que de m'appeler ! Et que t'est-il arrivé, pourquoi ta journée a-t-elle été aussi exécrable ?

- Eh bien pour commencer, mon réveil n'a pas sonné, donc j'ai dû démarrer la journée sur les chapeaux de roue, et je déteste ça ! A peine arrivée, un collègue qui m'engueule parce qu'il n'est pas fichu de trouver le dossier que j'ai posé sur son bureau !

- Et tu ne l'as pas remis à sa place ? Pas le dossier, le collègue.

- Tu penses bien que si ! Mais Monsieur n'était quand même pas content, il aurait fallu que je range son bureau à sa place, tu comprends…

- Eh oui, il y en a des comme ça…

- Ensuite, je me suis faite enguirlander par un client.

- Ah mais comme tu dis, c'était pas ta journée !

- Non, vraiment pas. Mais il faut reconnaître que comme je m'étais levée du pied gauche, ça n'était pas leur jour non plus pour me tomber dessus. Du coup je suis partie plus tôt pour avoir le temps de t'appeler. Comment vas-tu Papa ?

- Oh, la routine, comme tu imagines… Ah non finalement, j'ai une petite anecdote à te raconter, je suis allé prendre le café chez Madame Poulet !

- Madame Poulet… c'est bien celle qui te drague ?

- Oui, oui, c'est bien elle !

- Et tu t'es risqué à prendre le café chez elle ?

- Comme tu vois ! Il se trouve que la pauvre femme m'a invité pour me remercier d'avoir porté son sac de courses. Elle a une tendinite au bras, je ne pouvais quand même pas la laisser se débrouiller toute seule. J'ai un peu hésité, tu t'en doutes, je ne voudrais pas me retrouver embringué dans une histoire dont je ne veux pas, ou la voir débarquer tous les quatre matins. Mais comme je ne voulais pas non plus réagir en sauvage, pour un café, j'ai dit oui. Et bien figure-toi qu'une fois sa mièvrerie passée, c'est une personne agréable avec qui discuter.

- Ah oui ? Tiens c'est surprenant, la fois où je l'ai rencontrée avec toi, elle ne semblait pas très loquace.

- Eh non, comme ça, dans la rue, elle est nunuche. Mais une fois branchée sur un sujet, elle se montre agréable. Oh, nous n'avons pas non plus mené de grands débats, mais pour évoquer des souvenirs, elle est intéressante.

Jean et Valérie discutèrent ainsi pendant un moment, de tout et de rien. Puis après un silence, Valérie reprit la parole sur un ton moins anodin.

- Papa, je voudrais te parler de quelque chose.

Jean compris, rien qu'au ton de sa voix, qu'elle voulait aborder un sujet sérieux et que ça l'ennuyait. Il répondit sur un ton analogue.

- Qu'y a-t'il ?

- Papa, tu te souviens que l'an dernier nous avons passé Noël avec toi pour éviter que tu ne sois seul, ainsi que l'année précédente parce que c'était juste après le décès de maman.

Jean sentit son cœur se serrer un peu. Avant même qu'elle eut dit ce qui l'ennuyait, Jean en devinait le sujet. Il répondit laconiquement.

- Oui.
- Eh bien... mes beaux-parents voudraient que cette année nous allions fêter Noël chez eux...

Il ne répondit rien. C'était bien ce qu'il avait deviné.

- Ma belle-mère dit que ça fait deux fois que nous avons passé Noël avec toi, et que maintenant c'est leur tour. Elle a d'ailleurs bien souligné le fait qu'ils t'avaient cédé le leur lorsque maman est morte. Je leur ai répondu que je ne voudrais surtout pas que tu sois seul pour Noël, alors j'ai proposé qu'on fasse Noël tous ensemble chez nous, à Toulouse, pour que tu puisses venir, mais ils tiennent à ce que ça se fasse chez eux. Et quand j'ai insisté en disant que je ne pouvais pas te laisser seul, mon beau-père a renchéri joyeusement que tu n'avais qu'à t'offrir un voyage aux États-Unis, ou bien que c'était à Philippe de bouger.

Il y eut un silence. Il ne faisait pas de doute pour Jean que sa fille était ennuyée de cette situation, mais il ne savait pas quoi dire entre tristesse, inquiétude, et volonté de ne pas mettre Valérie dans une situation difficile. Celle-ci, qui avait bien compris le silence de son père, reprit sur un ton en colère.

- Ils se moquent bien de savoir si tu es assez en forme pour un tel voyage ou si tu en as les moyens. Ou si Philippe et Isabelle auront la possibilité de venir. Et tu crois qu'ils auraient proposé que tu te joignes à nous, avec la place qu'ils ont ? Mais non !

Il y eut encore un silence, puis Jean prit conscience que s'il le laissait s'éterniser, Valérie risquait de prendre ça pour un reproche. Ou pour un aveu. Il essaya de prendre une voix assurée.

- Tu me préviens assez tôt, je vais voir avec Philippe comment nous pouvons nous organiser, ou si je ne pourrais pas rejoindre un groupe de l'église.

Valérie sut gré à son père de se montrer vaillant et positif. Mais elle savait très bien la situation dans laquelle il se trouvait. Une fois à l'âge de la retraite, plusieurs des connaissances de ses parents avaient déménagé pour se rapprocher de leurs enfants, tandis que d'autres avaient rapidement adopté un mode de vie de vieux, quand bien même ils n'en avaient pas encore l'âge. Il ne leur était donc resté qu'une poignée d'amis mais le temps passant, plusieurs d'entre eux avaient quitté ce monde, avant que ça ne soit le tour de Jeanne, et certains avaient à leur tour déménagé pour se rapprocher des enfants, tandis que d'autres étaient partis en maison de retraite. Ce qui fait que le cercle d'amis de Jean s'était restreint de beaucoup. Et il est difficile de se faire de nouveaux amis, surtout à cet âge-là. On ne s'imagine pas se poster au milieu de la rue pour interpeller les gens et leur quémander de l'amitié… Ce fut Valérie qui reprit la parole :

- On va réfléchir à tout ça. Mais ne t'inquiète pas, si nous ne trouvons pas de situation satisfaisante pour toi, je dirai à mes beaux-parents que nous fêterons Noël chez nous, un point c'est tout. D'ailleurs, Thierry est d'accord avec moi. Il ne trouve pas l'attitude de ses parents très correcte.

- Je ne voudrais quand même pas être un sujet de brouille entre toi et ton mari.

- Mais non, que vas-tu chercher, puisque je te dis que Thierry est de mon avis. Et puis, s'il y avait brouille, elle ne viendrait pas de toi, Papa. Ce sont mes beaux-parents qui agissent toujours sur le mode de la rivalité, on dirait des gamins ! Ils font leur caprice, nous mettent le couteau sous la gorge, et ensuite ils disent que c'est nous qui ne sommes pas conciliants… Tu n'es pas un chien, quand même !

Elle marqua un temps de silence avant de reprendre.

- Bien Papa, ça n'est pas que je m'ennuie, mais ça fait un moment que nous papotons, et il serait temps que j'aille préparer mon repas.
- Oui, oui, bien sûr ma chérie, va donc t'occuper des tiens !
- On fait comme ça ? On réfléchit chacun de son côté et on se tient au courant ?
- Oui, tu as raison, il faut y réfléchir.
- A bientôt Papa, gros bisous !
- A bientôt ma chérie !
Et chacun raccrocha.
Jean resta pensif un moment, assis dans son fauteuil. Ce coup de fil lui avait laissé une certaine tristesse, une incertitude. Il n'avait aucune envie d'être seul pour Noël, mais ne voyait pas non plus, pour l'instant, avec qui il pourrait le passer. Comme l'avait dit Valérie, il n'était pas sûr que Philippe et Isabelle puissent se libérer. De plus, tous deux travaillaient, et les vacances sont faites pour se reposer, pas pour traverser la moitié de la terre dans une boîte à sardines, se retrouver compressé par la foule, passer des barrages anti-pirates, et porter des tonnes de bagages, tout ça pour aller voir un vieux papi. Quant à aller les voir aux Etats-Unis, il y avait bien songé, mais décidemment un tel voyage l'effrayait. Il ne parlait pas anglais et n'avait jamais pris l'avion de sa vie. Et puis dix heures de vol… Non, sur ce coup-là, il estimait être trop vieux pour entreprendre un tel périple. D'autres se seraient peut-être régalés à sa place, mais lui se sentait dépassé. Ça n'était pas pour lui. Pour l'instant, il ne voyait pas de solution à son infortune, et ce constat ne fut pas pour apaiser son cœur. Alors, comme il en avait l'habitude à chaque fois qu'il se sentait perdu, il se tourna vers son Dieu.
- Ah ! Seigneur, heureusement, une fois de plus, je peux m'adresser à toi ! Tu es le réconfort des personnes seules ! Tu as entendu ma fille Valérie, qui se trouve coincée entre son vieux père et sa belle-famille. Ces gens sont plus jeunes, plus aisés, ils sont habitués à voyager, ils sont encore ensemble… ils ne réalisent pas que mon quotidien est différent du leur… Je

comprends leur envie de voir leur fils et leurs petits-enfants… mais… voilà, pour ce Noël, c'est moi qui risque de me retrouver le dindon de la farce…

Il s'interrompit un instant pour réfléchir.

- Alors voilà, comme cette situation me pèse, je viens vers toi pour te la confier, car vraiment, dans l'immédiat, je ne vois pas quelle solution trouver.

Il prit une profonde inspiration avant de poursuivre.

- Seigneur merci, rien que de savoir que maintenant c'est toi qui t'occupes de mon problème, il est déjà plus léger. Je peux reprendre un second souffle et aller de l'avant. Merci Jésus. Amen.

Puis il se leva et alla prendre sur le buffet une photo de Jeanne qui avait été prise quelques mois avant son décès. Il la regarda et lui dit, tandis qu'une larme coulait le long de sa joue :

- Tu me manques, Jeanne.

Nathalie

Nathan avait fini par s'endormir même si, après qu'elle l'eut mis au lit, il avait continué à faire sa crise. Elle avait abdiqué, l'avait laissé brailler pendant qu'elle rangeait rageusement la cuisine, mettait les restes au frigo et faisait la vaisselle, avant de se réfugier dans la salle à manger. Une fois le calme revenu, elle était allée faire un tour dans la chambre et avait constaté que Nathan et Jade dormaient profondément. Nathan avait encore des traces de larmes sur les joues. Elle avait fermé leur porte et était retournée dans la salle à manger dont elle avait laissé la lumière éteinte. La lumière du dehors seule lui suffisait.

Là, elle avait appuyé son front contre la vitre fraîche et avait laissé couler ses larmes. Déjà que la journée avait été difficile, il avait fallu que Nathan vienne encore lui faire un caprice. Pourquoi est-ce qu'il était si méchant avec elle ?... Il faut dire aussi qu'elle était tellement nulle... c'était probablement pour ça qu'il le lui faisait payer, par ras-le-bol d'avoir une mère en dessous de tout.

Pourtant, elle faisait de son mieux. Ce jeudi matin, comme tous les matins, elle s'était levée à six heures trente pour avoir le temps de se préparer. A sept heures elle avait levé les enfants, leur avait donné leur petit déjeuner, s'était occupée de les habiller et de leur brosser les dents. Et comme tous les jours, elle leur avait demandé plusieurs fois de se dépêcher, mais comme tous les jours ils avaient traîné, et elle avait dû habiller entièrement Nathan comme s'il avait encore deux ans. Sauf qu'il en avait cinq. Et elle avait beau, chaque jour, lui demander de faire un effort, il lui ressortait toujours le même argument :
- T'habilles bien Jade !
Elle lui avait pourtant expliqué plusieurs fois :
- J'habille Jade parce qu'elle est encore trop petite pour le faire toute seule. Mais toi tu es grand, tu peux.

A quoi il répondait généralement par :
- C'est pas vrai ! Moi aussi je suis petit !

Là encore, elle lui avait maintes fois expliqué qu'elle était seule, qu'elle devait tout faire à la maison, que ça faisait beaucoup de travail, qu'il fallait que son petit homme l'aide. Mais rien n'y faisait, Nathan s'obstinait à ne pas vouloir lever le petit doigt.

Ensuite, elle les avait conduits à l'école. Au beau milieu du trajet, Nathan avait décrété tout à coup qu'il ne voulait pas aller à l'école, et s'était planté là sans plus vouloir bouger. Ça n'était pas la première fois qu'il faisait ça, qu'il s'accrochait à un banc ou à un poteau pendant le trajet, mais elle n'avait jamais réussi à savoir pourquoi il ne voulait plus aller à l'école. Il n'avait jamais répondu à ses questions. Elle s'était crispée, avait expliqué pour la énième fois pourquoi il devait aller à l'école, mais rien n'y avait fait. Nathan avait continué à faire la tête et à rester accroché à son banc.

C'est alors qu'un drôle de vieux Monsieur était intervenu et avait parlé à Nathan. Il passait là par hasard, avait entendu son fils déclarer qu'il ne voulait pas aller à l'école, et avait pris part à la conversation d'un seul coup. Le vieux Monsieur, qui devait avoir entre soixante-dix et quatre-vingts ans, s'était agenouillé devant Nathan et lui avait dit plein de choses sympathiques pour essayer de le motiver à reprendre son chemin. Par un stratagème, il l'avait libérée pour qu'elle puisse poursuivre son chemin avec Jade, tandis que lui-même discutait avec l'enfant pour savoir pourquoi il ne voulait plus voir les copains et la maîtresse. Apparemment ça avait marché, Nathan s'était remis en route en courant, suivi de loin par le vieux. Ils s'étaient séparés là et elle avait demandé à Nathan de quoi il avait discuté avec le vieux Monsieur, mais il n'avait pas répondu. Le silence de Nathan avait contrarié Nathalie, qui s'était demandé pourquoi son fils se confiait à un inconnu, mais refusait de lui parler à elle, sa propre mère.

Comme chaque jour aux abords de l'école, elle avait croisé des papas qui amenaient leurs enfants. Leurs compagnes savaient-elles seulement la chance qu'elles avaient ? Et comme chaque fois où elle voyait un papa faire preuve d'attention envers son enfant, cela lui serrait le cœur en pensant qu'elle n'ait pas su retenir les pères des siens. Nathan lui avait déjà demandé plusieurs fois où était son papa, mais ne sachant pas comment lui présenter les choses, elle avait juste répondu qu'elle ne savait pas. Et quand il insistait en lui demandant pourquoi il ne vivait pas avec eux, comme les autres papas, elle répondait que c'était parce qu'il n'avait pas voulu rester vivre avec elle. Et à chaque fois, le petit garçon lui avait demandé :
- Mais et moi ?
Oui. Et lui ? Que lui répondre ? Elle n'avait jamais pu se résoudre à lui avouer que son père avait nié sa paternité, et que c'était même pour ça qu'il l'avait quittée.

Une fois les enfants déposés à l'école, elle s'était dépêchée de prendre le bus pour se rendre à Pôle Emploi, comme elle le faisait deux fois par semaine pour consulter les offres. Mais à chaque visite, à la vue des annonces publiées, elle regrettait d'avoir fait une formation de secrétaire médicale car ce type de travail requérait de rester à son poste jusqu'à dix-neuf heures, ce qu'elle ne pouvait se permettre avec ses enfants. C'était un gros problème pour elle, qui l'empêchait de postuler à la majorité des offres. Et les rares fois où il lui était possible de présenter sa candidature, c'était toujours une autre personne qui était choisie, parce qu'avec davantage de compétences ou avec un recours pour faire garder les enfants en cas d'heures supplémentaires. Elle en revenait plus abattue à chaque fois, et aujourd'hui n'avait pas manqué à la règle.

Une fois de retour, elle avait juste eu le temps de passer chez elle pour mettre la table et prévoir le repas qu'elle allait leur servir avant d'aller les chercher. Elle n'avait pas les moyens de les laisser à la cantine. Ce midi, les deux enfants avaient été agréables, et elle avait apprécié ce moment avec eux. Chaque jour, elle se disait qu'elle devait profiter d'eux, qu'ils n'étaient pas responsables de sa situation, qu'elle devait les prendre tels qu'ils étaient, et se réjouir de chaque moment de tendresse. Et surtout ne pas leur faire vivre ce qu'elle-même avait vécu.

Après les avoir raccompagnés à l'école, elle était rentrée chez elle et avait fait sa lessive du jour à la main. Elle n'avait pas les moyens d'avoir une machine à laver, et les laveries coûtaient trop cher, sans compter qu'elle ne les trouvait pas propres. Ce travail lui avait pris plus d'une heure, avant de devoir faire son quatrième trajet de la journée pour aller chercher ses enfants. Sur le retour, comme presque à chaque fois, Nathan avait réclamé d'aller à l'aire de jeux, aussitôt rejoint par Jade. Elle avait dit non, parce qu'il fallait aller faire les courses. Nathan avait râlé parce qu'il était contrarié, et Jade avait fait de même pour imiter son frère. Une fois dans le magasin, il avait réclamé sa gourmandise préférée, des goûters Niños, alors qu'elle lui expliquait à chaque fois que c'était trop cher. Alors, une fois de plus, il avait râlé. Et Nathalie l'avait grondé un peu, à la fois parce qu'il ne cessait de réclamer des choses dont il savait très bien qu'elle allait dire non, et aussi parce qu'elle se culpabilisait d'offrir une vie aussi minable à son fils. Ils avaient fini par rentrer à la maison.

Là, elle leur avait donné leur goûter puis les avait laissés jouer un moment avant d'aller les doucher, de les mettre en pyjama, puis de préparer le repas. Et enfin, après avoir mangé, elle leur avait brossé les dents et les avait conduits dans leur chambre pour leur lire une histoire. Elle venait juste de coucher Jade quand Nathan avait réclamé un bonbon.

- Non Nathan, avait-elle répondu avec fermeté, tu sais bien qu'on ne mange pas de bonbon le soir juste avant de se mettre au lit, et surtout pas après s'être brossé les dents.

- Mais c'est pour remplacer le Niños que t'as pas voulu m'acheter tout à l'heure !

- A la place du Niños, je t'ai donné un goûter.

- Mais c'était pas un Niños !

- Là non plus ça n'est pas un Niños que tu me réclames, c'est un bonbon, et on ne mange pas de bonbon avant d'aller au lit.
- Mais j'en veux un !

Nathalie commença réellement à perdre patience et haussa le ton.
- Nathan j'ai dit non !
- Tu dis toujours non ! T'es méchante, t'es méchante !

Nathan s'était jeté sur sa mère pour la frapper. Elle dont le quotidien était déjà difficile, sans véritable joie, ç'avait été la goutte d'eau qui avait fait déborder le vase.
- Hé non mais ça ne va pas ?!

De rage, elle l'avait attrapé par les poignets, l'avait retourné et lui avait donné une fessée. Puis, excédée, elle l'avait jeté dans son lit.
- J'en ai assez de toi et de tes caprices ! Pour qui tu te prends ?! Avec toi, peu importe ce que je fais, c'est jamais assez ! Je ne veux plus te voir !

Elle avait quitté la pièce au milieu des beuglements et avait défoulé sa rage sur la vaisselle. Puis, une fois la colère passée, le remord l'avait envahie, puis la tristesse. Elle était retournée dans la chambre des enfants, comme pour amener un voile de tendresse après son accès de colère, et les avait trouvés endormis. Alors, elle s'était réfugiée derrière la vitre de la salle à manger pour contempler le calme de la nuit qui lui avait toujours fait du bien. Là, seule, cachée dans l'obscurité, elle avait laissé couler ses larmes.

Une fois de plus, elle devait se rendre à l'évidence : elle était nulle. Ses parents le lui avaient bien répété, qu'elle n'était qu'une incapable. Elle s'était pourtant toujours efforcée de faire de son mieux, mais à chaque fois, quoiqu'elle fasse, elle échouait. En tout cas, c'est ce qu'ils lui avaient toujours dit. Ce qu'elle faisait n'était jamais assez bien. Pourtant, à l'école, elle entendait des choses différentes, ses maîtres puis ses professeurs avaient trouvé qu'elle travaillait bien. Il fallait croire qu'elle était douée à l'école, et pas à la maison.

Ses larmes redoublèrent. Il était temps qu'elle regarde les choses en face : il fallait vraiment qu'elle soit en dessous de tout, pour que tous ceux qui étaient censés l'aimer le plus lui balancent en pleine figure que c'était tout le contraire. Mais que devait-elle faire encore ? Est-ce que c'était de sa faute à elle si elle était née stupide ? Ne pouvait-on pas lui faire grâce et l'accepter telle qu'elle était ? Elle ne demandait pas grand-chose, juste que quelqu'un lui fasse une petite place au chaud dans son cœur. Elle se montrerait discrète, ne ferait pas de bruit, ne demanderait rien, rien qu'une petite place...

Mais personne ne s'était jamais arrêté sur sa route. Ses parents l'avaient mise à la porte quand elle s'était retrouvée enceinte de Nathan, et ne l'avaient plus jamais recontactée. Les pères de ses enfants ne s'étaient jamais manifestés. Nulle. Tellement nulle. Elle avait souvent songé à en finir. Un peu trop souvent, d'ailleurs. Ce qui l'avait retenue, c'était la pensée que Jade et Nathan n'auraient plus personne. Et alors qui s'occuperait d'eux ? Ils finiraient en orphelinat, ou en famille d'accueil, avec le risque d'avoir la même enfance qu'elle. Et ça, elle n'avait jamais pu s'y résoudre.

Mais elle avait conscience que plus les jours passaient, plus elle se sentait seule, et moins elle avait d'espoir de s'en sortir. La conscience qu'elle avait d'elle-même ne l'aidait pas à aller vers les autres et encore moins à trouver un travail. Les entretiens d'embauche la terrorisaient. Comment prouver aux autres qu'on est une personne bien quand on sait que c'est un mensonge ? Et comment survivre dans ces conditions ? Sans soutien, sans argent ? Chaque soir, elle se demandait combien de temps cela allait encore durer et combien de temps elle allait encore tenir. Elle trouvait que c'était trop dur.

N'y aurait-il personne pour l'aider ? Plusieurs fois, elle avait songé à appeler ses parents pour leur demander du soutien, mais elle avait su à l'avance que cela n'aurait servi à rien. S'ils avaient voulu faire quelque chose pour elle, ils auraient commencé par s'abstenir de la mettre dehors dès le début, et même encore de l'accabler de reproches durant toute sa vie. Au lieu de ça, ils n'avaient fait que se plaindre de sa seule présence. Pas étonnant qu'ils aient été incapables d'accepter un enfant de plus, ils n'avaient déjà pas su accepter la leur...

En regardant la nuit dehors, la petite rue vide à cette heure-ci, elle y trouvait le même écho que dans son cœur : obscurité, froid et vide. Et elle ne savait pas comment faire pour y amener un peu de lumière. Alors, lasse de tout, elle fit comme tous les soirs et alla se coucher seule dans son grand lit froid, pour trouver dans le sommeil le réconfort de l'oubli.

Premier contact

Ce jeudi-là, Jean se réveilla à cinq heures trente, tout stupéfait d'avoir dormi aussi longtemps. Il en profita pour faire la grasse matinée jusqu'à six heures. Sa journée démarra comme les autres, en ouvrant les volets de la cuisine pour humer l'air, en sortant deux bols pour préparer sa chicorée, puis en buvant et en lisant sa Bible. Ensuite, comme la veille, il alla faire sa toilette avant de s'installer dans son fauteuil pour s'adresser à Dieu.

- Bonjour Jésus ! J'ai passé une bonne nuit, pour une fois j'ai dormi longtemps !

Il prit son carnet de prière et inscrivit dans la colonne de gauche "Trouver quelqu'un avec qui passer les fêtes."

- Seigneur, je te loue parce que, comme chaque fois, tu vas me donner une idée pour que je ne sois pas seul pour Noël. Tu es un Dieu puissant, infini, qui prête une oreille attentive à celui qui t'appelle et qui te demande secours. Et si moi je ne sais pas encore quoi faire, toi tu as la solution. Tu n'es pas limité, tes ressources sont infinies, et comme tu es bon, tu vas me donner une bonne idée pour cette fin d'année. D'avance, je te remercie !

Il continua ainsi son temps de prière, tantôt méditant, tantôt priant à voix basse, tantôt à voix haute, et parfois même se mettant debout et levant les mains pour élever Dieu. Lorsqu'il eut terminé, il allait fermer son carnet de prière pour le ranger quand ses yeux tombèrent sur le nom de "Jolie-Brunette". Il suspendit son geste car il lui semblait que ce nom l'interpellait. Il réalisa que c'était là une personne avec qui il aimerait passer les fêtes. Mais l'instant d'après il se secoua. Allons, qu'est-ce qu'il lui prenait, ça ne tenait pas debout comme idée, elle ne le connaissait même pas ! Elle avait probablement un mari, de la famille, des amis. A son âge, on sortait, on profitait de la vie, on n'attendait pas après un vieux pour passer une soirée, qui plus est celle de Noël !

Mais il entendit une voix puissante et silencieuse murmurer avec force à son oreille :

- *Et qu'est-ce que tu en sais ?*

Il répondit à voix haute.

- Seigneur, quand même, jeune et jolie comme elle est, elle doit être bien entourée. Et puis, je ne me vois pas me planter devant elle et lui dire tout de go "Voulez-vous passer Noël avec moi ?". Je passerais pour un fou, voire même pour un vieux satyre. Encore heureux si je ne me récolte pas un dépôt de plainte !

- *Alors ça veut dire que tu ne dois pas te planter devant elle et lui parler tout de go, mais prendre le temps de faire sa connaissance plus en douceur.*

- Plus en douceur… Je veux bien, moi, mais pour l'instant, je ne vois pas comment. Je ne sais pas comment ça se fait au sein de la trinité, mais sur cette terre où l'homme a tout tordu, ça ne se fait pas d'aller vers ses semblables comme ça, sans y avoir été invité…

- *Je sais ça. Mais n'est-ce pas toi qui déplore justement cette distance que mettent les gens entre eux, et qu'ils nomment respect ou politesse ? N'ai-je pas dit que vous devez être le sel de la terre ? Si toi, Jean, que j'ai créé tellement sociable, tellement doué pour aller vers les autres, tu ne vas pas vers elle, alors qui le fera ?*

Jean entendait la voix de Dieu dans son cœur, dans sa tête. Il médita ces dernières paroles, et eut son fameux sourire en coin.

- Ah ! Seigneur, te connaissant, tu as encore un plan bien à toi dans la tête.

- *Tu as tout compris.*

Et Jean vit alors défiler comme un film devant ses yeux. Il se vit suivre Jolie-Brunette, le soir après l'école, jusque dans le magasin, observer les gourmandises que les enfants réclameraient, les acheter, puis aller auprès d'eux le jour où ils iraient à l'aire de jeux et appâter les enfants avec ces mêmes gourmandises. Ainsi, ça aurait l'air naturel. Naturel ? De suivre une jeune femme dans les magasins, de la traquer sur une aire de jeux, puis d'attirer les enfants avec des gourmandises ? Naturel ? Avec des méthodes pareilles, il n'aurait plus à se poser la question d'où il allait passer les fêtes : en taule avec les soûlards du coin ! Il secoua la tête en riant tout en rangeant son carnet.

- Ah Seigneur ! Je ne sais pas ce que tu vas faire, mais je te laisse faire !

La faim se faisant sentir, il regarda l'heure.

- Déjà sept heures trente ! Mais c'est que je suis toujours en retard, moi, depuis hier ! Mon emploi du temps est bien chamboulé !

Il récupéra son roman pour aller petit-déjeuner. Comme la veille, il reprit son bol pour se refaire une chicorée, prépara des tartines, puis mangea en lisant. Quand il eut fini, il rangea tout à sa place : le bol et les couverts sales dans l'évier, le beurre dans le frigo, le pain et la chicorée dans le placard, et le bol propre dans le placard à vaisselle.

- Il est temps que j'aille prendre l'air !

Comme la veille, il mit ses chaussures, sa veste et son béret, prit un sac et sortit pour sa promenade matinale. Il se rendit à son habituel bureau de presse, échangea quelques phrases avec le buraliste, puis ressortit avec l'intention d'aller s'acheter un pain, sauf qu'en sortant de la presse, il tomba quasiment nez-à-nez avec Jolie-Brunette qui emmenait ses enfants à l'école. Il leva un œil taquin et réprobateur vers le ciel.

- Ah ça, je reconnais bien tes manières, Seigneur !

Il renonça aussitôt à son pain pour les suivre. Peut-être arriverait-il à entendre un peu de leur conversation ? Au lieu de ranger son journal dans son sac, comme il le faisait d'habitude, il le cala bien ostensiblement sous son bras, pour bien indiquer qu'il était un grand-père qui rentrait d'avoir acheté son journal, et non pas un curieux qui écoutait les conversations des autres. Même si, dans son cas, l'un n'allait pas sans l'autre...

Les deux petiots se comportaient comme tous les petiots du monde : en traînant, en s'arrêtant à tous les cailloux ou crottes de chien, et en parlant de tout et de rien à bâtons rompus. Jean admirait secrètement la capacité de la maman à discuter de Spiderman avec un petit garçon qui faisait des acrobaties sur les jardinières, tout en en tirant une petite fille qui murmurait des mystères et avançait en regardant derrière elle. Le tout en essayant de leur faire rentrer dans le crâne qu'il fallait avancer s'ils voulaient être à l'heure.

- Mais Maman, ça fait quoi si on n'arrive pas à l'heure ?
- Tu le sais bien, Nathan, dit la jeune femme en le poussant dans le dos pour qu'il se remette à marcher, le portail sera fermé.
- Et ça fait quoi si le portail est fermé ?
- Ça n'est pas bien. Il faut aller à l'école pour apprendre des choses, sinon on reste un gros bêta toute sa vie. Et si on ne sait pas lire, écrire et compter, on ne peut pas avoir un travail plus tard.
- Mais toi tu sais lire et écrire, et pourtant t'as pas de travail.

La jeune femme poussa un soupir triste et las.

- Oui, mais je t'ai déjà expliqué, Nathan, que pour avoir un travail il faut d'abord en chercher un. C'est aussi pour ça que je veux que vous alliez à l'école, pour que j'aie le temps de chercher un travail.

Nathan s'arrêta.

- Eh beh moi je veux pas y aller, à l'école !

La jeune mère poussa encore plus un soupir de lassitude.

- Nathan, on en a déjà parlé, il faut aller à l'école, c'est comme ça.

Mais le garçon ne bougea pas d'un pouce. Au contraire, il afficha une expression fermée qui exprima à merveille sa détermination à prendre racine.

- Nan ! J'irai pas à l'école !

Jean, qui n'était qu'à quelques pas et avait à peu près tout entendu, réagit aux propos du petit garçon avec toute son âme d'ancien professeur : avec force et conviction. Prenant volontairement un air exagérément ébahi en ouvrant de grands yeux, il s'esclaffa :
- Tu ne veux pas aller à l'école ?!
Nathan, sa sœur et leur maman tournèrent la tête vers lui, surpris de l'intervention d'un passant, avant que Nathan ne réaffirme :
- Nan je veux pas y aller !
Jean poursuivit du même air effaré :
- Mais pourquoi ça ?

L'enfant resta sans voix, et cela sembla confirmer à Jean ce qu'il supposait : le petit garçon ne faisait que s'opposer à sa maman, juste par contestation. Si elle lui avait dit de rester à la maison, il aurait fait une colère pour aller à l'école.
- Ah ! Tu vois ! Tu ne sais même pas pourquoi tu ne veux pas aller à l'école !
- Si je sais ! C'est parce que c'est nul !
Là, Jean prit un air offusqué.
- Nulle ?! L'école ?! Mais comment donc ? On y fait des tas de choses intéressantes !
Il prit alors un ton passionné pour continuer, tout en soutenant ses paroles par des gestes démonstratifs.
- On apprend des techniques pour utiliser du matériel ; on écoute des histoires qui nous parlent de gens qui vivent à l'autre bout de la terre, et que l'on n'aurait pas connues sans ça ; on réalise des dessins et des peintures pour montrer aux gens des choses qu'on a vues, qu'eux n'ont pas vues, et qu'ils ne verront jamais si on ne leur dessine pas ; on fait aussi des dessins pour dire aux gens qu'on les aime ; on apprend à écrire, à lire, à compter, pour pouvoir faire des choses de grand. Et toutes ces choses qu'on y découvre nous rendent plus intelligents, sinon on resterait bête, et on ne ferait jamais rien de sa vie. Et pour finir, à l'école on se fait des tas de copains.

La jeune femme écoutait et regardait le vieil homme sans dire un mot. Comme elle semblait impatiente de reprendre la route, elle reprit la parole en tendant la main vers son fils :
- Le Monsieur a raison. Allez viens, on y va Nathan.
- Non, j'veux pas, c'est nul !
Jean changea alors de stratégie. Abandonnant son air effaré, il reprit un air normal, et s'adressa à Nathan comme il l'aurait fait avec un adulte, mais en s'agenouillant à sa hauteur.
- Alors explique-moi ce qui est nul.
- La maîtresse elle est nulle ! Et les copains sont nuls !
Jean nota que le garçon ne parlait que des gens, pas des activités. Il supposa donc que l'enfant avait un problème relationnel. Mais par ailleurs, il sentait l'impatience de la maman à reprendre le trajet de l'école, de peur d'arriver en retard. Alors il proposa :
- Ecoute, tu vas me raconter tes malheurs pendant que ta maman amène ta petite sœur à l'école. C'est qu'elle est plus petite que toi, tu vois, elle marche moins vite. Donc, elles vont partir devant, pendant ce temps tu me dis ce qui ne va pas, et ensuite on fait la course pour les rattraper, ok ?

Puis se tournant vers la jeune femme :
- Madame, si vous vous sentez suffisamment en confiance, voulez-vous bien me le confier quelques minutes ? Je ne tarderai pas à vous rejoindre.

Il se tourna à nouveau vers Nathan.
- Ta maman et ta petite sœur vont marcher jusqu'à la maison jaune aux volets bleus, que tu vois là-bas. Pendant ce temps, il faudra me raconter ce qui ne va pas à l'école, si tu veux bien que je t'aide. Ensuite, toi et moi, on courra pour les rejoindre. Eh oui, il ne faudrait pas que maman s'inquiète en ne te voyant plus, tu ne crois pas ?

Le petit garçon, tout en gardant son air renfrogné, regardait tantôt Jean, tantôt sa mère d'un air inquiet. Il ne savait pas s'il pouvait faire confiance à ce Monsieur qu'il ne connaissait pas, ni si ce Monsieur était de son côté ou du côté de maman.

La jeune femme, qui jusque-là affichait un air de scepticisme, vit une bonne opportunité à la fois pour avancer et pour donner une leçon à son fils. Ce n'était pas la première fois qu'il lui faisait une colère sur le trajet, et elle était lasse de devoir trouver des stratagèmes, entreprendre des discussions sans queue ni tête alors qu'ils étaient en retard, ou encore de devoir lui donner une fessée en public parce qu'elle ne savait plus comment s'en sortir. Alors, pour une fois qu'une autre solution s'offrait à elle, et bien qu'elle soit un peu dans le doute, elle décida de tenter le coup. Elle prit sa fille par la main et reprit la route en disant d'un air normal :
- Ça me va. A tout à l'heure, Nathan.

Elle aurait eu honte de l'avouer, mais à l'intérieur elle jubilait. Pour une fois, ce n'était pas Nathan qui menait la danse. Elle continua son chemin sans se retourner.

Le garçon commença à afficher un air inquiet de voir sa mère s'éloigner. Mais il n'était encore pas décidé à bouger. Jean reprit les choses en main, toujours en s'adressant à Nathan comme à un adulte :
- Alors Nathan, maintenant qu'on est entre hommes, veux-tu me dire pourquoi la maîtresse et les copains sont nuls ?

Nathan continua à se taire, l'air buté, jetant de temps à autre un coup d'œil inquiet vers sa mère qui s'éloignait de plus en plus.
- Non ? Tu ne veux pas ? Qu'est-ce que tu leur reproches ? Qu'est-ce qu'ils t'ont fait ?

Mais Nathan resta muet. Jean se dit qu'il avait affaire soit à une sacrée tête de mule, soit à un petit garçon en souffrance mais qui ne parvenait pas à le dire. Ou bien encore il était trop intimidé. Ou bien les trois en même temps. Voyant que le temps passait, et qu'ils ne s'en sortiraient pas comme ça, il tapa en touche.
- Hum… c'est trop difficile à dire comme ça, hein ? Et en plus à un vieux Monsieur que tu ne connais même pas ?

Nathan ne répondit encore rien, mais jetait de plus en plus de regards inquiets dans la direction de sa mère. Jean le saisit gentiment par la main.

- Bon alors écoute, on va rejoindre ta maman, d'accord ? On va faire la course en deux étapes. D'abord, on va courir jusqu'au passage piéton, et là il faut s'arrêter, ok ? Sinon, on se ferait écraser. Le premier qui arrive marque un point, mais uniquement s'il pense à s'arrêter, sinon ça ne vaut pas. Ensuite, on traverse tranquillement ensemble, et puis on fait la deuxième étape. Le premier qui arrive à ta mère marque le second point. Tu as tout compris ?

Le petit garçon fit "oui" de la tête. Jean le lâcha et se releva.

- Alors… go !

Nathan partit comme une flèche, pressé à la fois de gagner la course et de réduire la distance qui le séparait de sa mère. Jean se mit à courir aussi, vaguement inquiet de voir si le petit garçon allait bien s'arrêter au passage piéton, d'autant plus qu'il venait de reprendre conscience que lui-même n'avait plus cinq ans. Le garçon marqua le premier point, en pensant bien à s'arrêter avant de traverser. Par prudence ou par intérêt, on ne le saurait jamais.

- J'ai gagné !

Jean arriva après, tout essoufflé.

- Oh ! Y'a pas à dire, tu m'as eu ! C'est que tu cours vite, dis donc ! Et tu as même pensé à t'arrêter, bravo ! On traverse maintenant ?

Le vieil homme prit l'enfant par la main, ils traversèrent ensemble, puis une fois de l'autre côté Nathan repartit à toute allure en direction de sa mère qui attendait au bout de l'impasse. Jean fit mine de se mettre à courir mais laissa l'enfant partir devant sans regret. Il était déjà à bout de souffle.

Quand il eut rejoint la petite famille, il commenta, tout essoufflé :

- Ah dites-donc… c'est qu'il court rudement vite… ce gaillard ! Qu'est-ce que vous lui donnez… à manger ?

Nathan clama :
- Des Niños !
- Des Niños ?!
Jean leva les bras au ciel.
- Ah, mais voilà pourquoi ! Je ne mange pas des Niños, moi ! Tout s'explique !
Puis il réalisa que l'heure avait probablement passé.
- Mais allez vite ! Il ne faudrait pas que le portail soit fermé !
La jeune maman reprit rapidement le chemin de l'école. En partant, elle lui adressa un timide sourire, et le salua d'un air contrit :
- Au revoir Monsieur, et merci.
- Au revoir Monsieur !
La petite sœur répéta les paroles de sa mère de sa petite voix flûtée.
- Au revoir, au revoir ! répondit Jean en faisant signe de la main.
Nathan ne dit rien, mais gardait la tête en arrière pour continuer à regarder Jean, tout en se faisant tirer par sa mère. De loin, Jean entendit la maman demander :
- Alors, qu'est-ce que tu as dit au Monsieur ?
Mais il n'entendit pas la réponse.
Tout content de sa sortie, il rentra chez lui avec un sourire joyeux affiché sur le visage. Quand il eut fermé la porte, il leva les yeux vers le ciel et s'exclama :
- Alors ça, Seigneur, c'est du aussitôt dit aussitôt fait !
Puis il ôta béret, veste et chaussures et mit ses chaussons avant de se préparer une nouvelle chicorée et de s'installer dans son fauteuil pour lire le journal.
Sa journée se calqua sur le modèle de la précédente, selon le programme qu'il suivait chaque jour pour occuper son temps. Dans la journée, il se fixa quand même un nouvel objectif : sortir en fin d'après-midi, à la sortie de l'école, pour essayer de suivre à nouveau Jolie-Brunette. S'il voyait qu'elle se posait des

questions, il pourrait toujours prétendre qu'il voulait prendre des nouvelles du petit contrarié, ça ferait crédible.

Il mit son plan à exécution vers seize heures quinze. Il enfila ses chaussures à l'avance, prépara son sac dans l'entrée, s'assura que sa veste soit à portée de main, et tourna déjà la clef pour que la porte soit ouverte. Puis il se posta derrière la fenêtre et surveilla avec attention les allées et venues des gens. Quand il eut repéré Jolie-Brunette qui s'en retournait avec ses deux enfants à la main, il se dépêcha d'aller enfiler sa veste et sortit rapidement. Jolie-Brunette était à faible distance, il n'avait pas besoin de se dépêcher outre mesure. Il ferma sa porte et prit tranquillement la même direction qu'eux, en prenant soin de ne pas trop les approcher. Il ne tenait pas à se faire repérer.

Il entendit Nathan râler "Pourquoi encore des courses ?" sans comprendre ce que sa mère lui répondait. Ah ah ! Ça tombait bien. Une fois la place traversée, il les vit entrer dans le magasin. Il attendit quelques instants avant de faire de même. Une fois entré, il s'arrêta au rayon du pain, non seulement parce qu'il en avait besoin, vu qu'il ne l'avait pas acheté le matin, mais aussi parce que ça faisait plus crédible d'avoir des courses dans son panier. Du coin de l'œil, il surveillait la jeune femme qui s'était arrêtée au rayon des fruits et légumes, et prit son temps en faisant semblant d'hésiter, de lire la liste des ingrédients, de comparer les prix.

Quand il la vit se déplacer, il posa précipitamment son pain dans son panier et se rendit à son tour au rayon fruits et légumes. Tout en continuant à surveiller, il prit quelques belles courgettes pour les faire fondre avec des oignons ce soir dans sa sauteuse. Quand il leva discrètement les yeux dans la direction de la jeune femme en posant son sac dans son panier, il la vit saisir la petite fille par la main pour passer au rayon suivant. A son tour, Jean se rendit au rayon charcuterie et attrapa prestement des lardons qu'il ajouterait aux courgettes, avant de prendre la même direction que Jolie-Brunette. Tout en faisant mine de chercher dans les rayons, il continua à les suivre à bonne distance en s'arrangeant pour les avoir toujours en visuel. Il ne manqua quand même pas de prendre au passage le paquet de riz et les biscottes dont il avait besoin.

Au bout d'un moment, son stratagème fut récompensé. Nathan avait disparu de son champ de vision, et il entendait Jolie-Brunette l'appeler, quand celui-ci réapparut en courant, brandissant un paquet de confiseries :
- Maman ! Des Niños !

Jean crut reconnaître, de loin, ces fameuses tranches de gâteaux au chocolat fourrées à la crème et recouvertes d'un glaçage au chocolat. Il se souvenait en avoir acheté à ses propres enfants, qui eux aussi en étaient gagas. Comme quoi, pourquoi abandonner une recette qui a fait ses preuves… Mais la maman réagit comme lui-même avait réagi bien des fois : en disant non. Sauf qu'elle, elle le fit en baissant la voix, comme quelqu'un qui a honte.
- Nathan ! Je t'ai déjà dit que c'était trop cher !

A quoi le petit garçon répondit comme l'avaient fait les enfants de Jean : en ronchonnant.
- Rhô ! Tu dis toujours non !

Là non plus, la recette n'avait pas changé… Puis Jolie-Brunette rassembla ses enfants pour se diriger vers les caisses. Très bien. Jean les laissa s'éloigner pour pouvoir finaliser ses achats sans autre risque d'être reconnu. Dès qu'il fut sûr que la voie était libre, il se dirigea vers le rayon confiseries et reconnu sans peine le paquet qu'avait brandi l'enfant. Un grand sourire aux lèvres, il s'empara du trésor et le plaça illico dans son panier. Puis il se rendit au rayon des boissons et choisi un lot de briquettes de jus d'orange.
- Bien, me voilà équipé !

Puis il se dirigea à son tour vers les caisses pour régler ses achats avant de rentrer chez lui, tout réjouit de sa fin d'après-midi. Une fois de plus, il fut heureux de retrouver la chaleur et le confort de sa maison après le froid du dehors.

Il allait ranger ses courses dans le placard quand il s'aperçut que les gâteaux Niños lui faisaient de l'œil. Il réfléchit deux secondes.

- Oh, il y en a dix, il en restera bien assez.

Et prestement, il ouvrit le paquet, se saisit d'un goûter tentateur, le sortit de son emballage et mordit dedans à belle dent.

- Hum… c'est que c'est rudement bon ce truc, qu'est-ce qu'ils y mettent pour que ça soit aussi addictif ?

Il entreprit de lire les ingrédients, et fit une moue sceptique tout en continuant à dévorer le gâteau.

- On se demande comment ils arrivent à donner un goût pareil à un tel gloubi-boulga[3]. Ça doit être copieusement arrosé d'arômes artificiels et d'exhausteurs de goûts. Bah, si les enfants y survivent, je pense que j'y survivrai aussi.

Il enfourna son dernier morceau et allait ranger ses paquets dans le placard quand il réalisa que son plan était justement de sortir avec, dès que l'occasion s'en présenterait. Il décida alors de les placer dans le panier de Jeanne, celui qu'elle avait toujours trouvé très pratique parce que le fond était plat et qu'on pouvait bien y caler les choses. Puis il posa le panier dans l'entrée, à côté de ses chaussures.

- En espérant que cela me servira bientôt…

Il leva alors les yeux au ciel avec un air malicieux.

- Mais, je pense que là aussi, Seigneur, tu as un plan…

Jean termina sa journée comme toutes les autres, et ne tarda pas à se mettre au lit. Une fois au chaud sous la couette, il adressa un clin d'œil reconnaissant à son Dieu.

- Ma journée d'aujourd'hui a été beaucoup plus gaie que la précédente. Merci Seigneur.

---

[3] Gloubi-boulga : plat préféré de Casimir, le monstre gentil qui amusait les enfants le soir dans l'émission de télé "L'île aux enfants". Vous trouverez la recette sans problème sur internet !

Nouvelle rencontre

Ce vendredi matin, Jean se leva de bonne humeur. Les deux escapades de la veille l'avaient mis en joie, lui avaient apporté un souffle de fraîcheur. Il s'était véritablement régalé à observer le comportement du gamin et à tenter d'y apporter une réponse. Jean avait toujours été un homme de contact et n'avait jamais aimé rester en retrait face aux besoins des autres. C'était plus fort que lui, face à la détresse il fallait qu'il s'implique, qu'il fasse quelque chose. Un regard, une parole, une poignée de main ou une prière étaient parfois suffisants pour redonner un peu d'espoir à celui qui était dans la souffrance. Et là, face à cette jeune mère désappointée, à ce petit garçon perdu dans ses émotions, il s'était senti utile, dans son élément. C'était aussi pour ça qu'il avait choisi l'enseignement autrefois, pour être sans cesse en relation avec de nouvelles personnes, élèves ou parents, collègues et remplaçants. Il avait toujours aimé être entouré. Et aujourd'hui, depuis la mort de Jeanne, il se sentait souvent isolé. Aussi, cette nouvelle rencontre avec Jolie-Brunette lui avait fait du bien, même si pour l'instant ils n'avaient pas échangé trois mots.

Sa journée se déroula sur le même modèle que les autres, avec les mêmes rituels pour la remplir, jusqu'à seize heures où, comme toujours assis dans son fauteuil occupé à lire, il entendit sonner l'horloge. Il releva la tête pour vérifier l'heure et murmura avec un sourire satisfait :

- Ah, il est l'heure de me préparer pour mon projet.

Il referma son livre et se rendit dans l'entrée pour le poser dans le panier avec les jus de fruit et les gâteaux.

- Voilà ! Mon stratagème est au point.

Comme la veille, il mit ses chaussures avant d'aller se poster derrière la fenêtre pour surveiller les allées et venues. Les papas et mamans commençaient à arriver pour récupérer leurs bambins, pour la dernière fois de la semaine. A leur attitude, on sentait qu'ils étaient déjà en week-end : ils étaient moins tendus, moins pressés. Il n'y avait plus l'urgence de devoir rentrer rapidement pour les devoirs, la douche et la préparation du repas. Alors l'ambiance générale était plus détendue.

Comme il l'espérait, il vit passer Jolie-Brunette qui venait chercher ses enfants. Quand elle réapparut quelques minutes plus tard, tenant ses deux enfants par la main, il était tendu dans l'attente de voir ce qu'elle allait faire. Allait-elle prendre le chemin habituel vers la maison, ou bien prendre la direction de l'aire de jeux ?... Il vit Nathan la tirer justement par la main en direction des jeux qu'il pointait du doigt, aidé par sa sœur qui tirait elle aussi. La maman n'avait pas l'air très enthousiaste, mais sembla capituler et se ranger à l'avis de ses enfants. Jean les vit alors passer derrière sa maison le long de son jardin, avant de disparaître, dissimulés de sa vue par la haie des voisins.

Vite, sans perdre une minute, il se dépêcha de se rendre dans l'entrée et de s'habiller, avant de s'emparer de son panier et de sa canne. Une fois dehors, il hésita, l'espace d'une seconde, entre partir tout droit pour remonter son impasse et emprunter ensuite l'avenue, ou prendre le même chemin que Jolie-Brunette par derrière. Il avait conscience que la première option, si elle avait l'avantage de paraître plus naturelle, était aussi la plus longue. Il préféra alors épargner ses pauvres jambes et prit donc à droite en direction de l'école. Tant pis pour le naturel.

Il enfila le petit chemin que venaient de prendre Jolie-Brunette et ses enfants, juste derrière l'établissement scolaire, avant de rejoindre la rue la plus proche. La petite famille n'était déjà plus visible, mais il ne s'en formalisa pas. Dans cette direction, il n'y avait de toute façon que l'aire de jeux pour intéresser des enfants. Il poursuivit sa route à travers les maisons du quartier et finit par déboucher sur l'avenue avec vue directe sur l'aire de jeux. Comme il s'y attendait, Jolie-Brunette était en train de s'asseoir sur un des bancs pendant que Nathan et sa petite sœur grimpaient au toboggan. Il avait bien deviné. Il traversa l'avenue au passage piétons, emprunta le petit sentier sablonneux qui rejoignait l'espace de détente, et se rendit aussitôt à un banc libre qu'il avait repéré à proximité de la petite famille. Il s'assit, sortit son livre de son panier, et s'installa dans une attitude de détente en faisant semblant de lire. En fait, il lorgnait discrètement dans la direction des enfants et de la jeune femme, à l'affût d'un prétexte qui lui aurait permis d'engager la conversation. Mais pour l'instant, les enfants étaient concentrés sur leurs jeux, et la jeune femme perdue dans ses pensées, assise seule sur son banc. Il continua donc à faire semblant de lire, prenant même la précaution de tourner une page de temps en temps pour faire plus crédible.

Son attention se porta davantage sur la jeune femme. Comme toujours, elle avait un air triste. Il aurait bien eu envie, à ce moment-là, d'aller s'asseoir à côté d'elle et de lui montrer un peu d'intérêt, mais comme ça ne se faisait pas il resta à sa place. Pourtant, qui sait si la jeune dame n'aurait pas été heureuse d'avoir quelqu'un à qui parler ?

Il reporta son attention sur les enfants, le nez toujours caché derrière son livre, et eut la satisfaction de voir que la petite fille avait arrêté ses jeux et le regardait. Elle l'avait reconnu. Alors, faisant comme s'il ne l'avait pas remarquée, Jean passa à l'étape suivante. Il posa son livre, sorti le paquet de Niños de son panier, le posa à côté de lui bien en évidence, en sortit un gâteau qu'il déballa solennellement, et mordit dedans avec délectation en poussant un soupir d'aise, suffisamment fort pour que les enfants puissent l'entendre. D'ailleurs, l'attitude de la petite sœur avait attiré l'attention de Nathan qui avait à son tour arrêté son activité en reconnaissant le papi Jean. En relevant les yeux, ce dernier avisa avec satisfaction le regard avide des deux enfants posés sur lui et feignit la surprise. Il fit semblant de les reconnaître.

- Hé ! Mais c'est mon copain Nathan et sa petite sœur ! Comment vas-tu Nathan ?

Le garçon ne répondit pas, probablement par timidité, mais la petite sœur demanda :

- Pourquoi t'as des Niños ?

Jean fit semblant d'être surpris, comme s'il ne s'attendait pas à ce que des enfants puissent avoir envie d'un gâteau, et désignant le paquet il demanda :
- Ah mais tu en veux ?

A quoi les enfants firent vivement signe que oui de la tête, le regard plein d'espoir.
- Ah, je veux bien vous en donner, mais il faut d'abord demander à maman si elle est d'accord. Il faut toujours demander la permission à sa maman.

Jean tourna son regard en direction de Nathalie, qui était sortie de sa torpeur et avait relevé la tête dans leur direction, et éleva la voix pour lui demander :
- Madame, est-ce que je peux leur en donner ?

Elle sembla hésiter un instant avant de faire signe que oui de la tête. Jean ne put deviner si elle l'avait reconnu.
- Maman est d'accord. Alors en voilà un pour chacun.

Les deux enfants attrapèrent leur Niños avec avidité, et si la petite fille eut besoin d'aide pour ouvrir le sien, Nathan avait déjà compris comment tirer sur la languette. De loin, la maman les interpella :
- Il faut dire merci, les enfants.

A quoi les enfants s'exécutèrent docilement, avant de mordre à leur tour dans leur confiserie.
- Mais de rien, Madame !

Ils dévorèrent bientôt leur gâteau à belle dent. Jean en attrapa encore un autre et le tandis vers la maman.
- En voulez-vous un aussi ?

Mais la jeune femme secoua la tête.
- Non, merci.

Jean attrapa alors les briques de jus d'orange et demanda à nouveau, toujours de loin :
- Est-ce que je peux leur proposer du jus d'orange ?

Jolie-Brunette inclina la tête et Jean put donner une boisson à chaque enfant. Ils la burent avec autant d'avidité qu'ils avaient attaqué leur tranche de gâteau. Jean tendit la main en direction de la jeune femme pour lui proposer également une briquette, mais se rendit compte en même temps qu'il en avait assez de devoir hausser la voix et jouer aux devinettes à distance. Ce mode de communication était trop peu courtois à son goût. Et puis ça ne servait pas ses desseins. Alors il rassembla ses affaires dans son panier et se rapprocha de Jolie-Brunette.

- Madame, puis-je m'asseoir à côté de vous ? Ça sera bien plus agréable que de crier à distance.

Elle lui répondit avec un sourire de convenance.

- Si vous voulez.

Jean ne fut pas dupe. Il se rendit bien compte que Jolie-Brunette n'acceptait sa requête que par pure politesse, et qu'elle ne débordait pas d'enthousiasme de se voir rejointe pas ce papi qui, devait-elle trouver, se trouvait un peu trop souvent sur son chemin. Il ne se laissa pas décourager pour autant et lui tendit la main.

- Je m'appelle Jean.

Elle prit sa main et la serra.

- Nathalie.

- Et bien Nathalie, enchanté de faire votre connaissance.

Elle lui répondit à nouveau par un sourire de politesse. Il s'assit, reprit le paquet de Niños et lui en proposa à nouveau.

- Vous n'en voulez vraiment pas ?

Elle hésita avant de concéder avec un petit sourire contraint :

- Allez, si vous me tentez...

- Eh ! Régalez-vous donc ! Je ne sais pas ce qu'ils mettent là-dedans, si c'est le glycérol ou la lécithine, mais c'est rudement bon ! Un jus de fruit ?

Elle pencha la tête d'un air conciliant.

- Allez...

Elle prit la briquette qu'il lui tendit, planta la paille et but à grand trait, avant de mordre dans son Niños.

- Ça requinque, un bon goûter, après une journée de travail, hein ?! C'est que je suis bien content d'être tombé sur vous ! Voyez-vous, j'ai voulu essayer ces trucs, là, ces Niños, puisque

Nathan m'a dit que ça donnait tant de force. Mais le paquet est énorme et je me demandais ce que j'allais bien pouvoir faire de toute ça. Du coup, je suis bien content de pouvoir en faire profiter Nathan et sa petite sœur, ainsi que vous, autant que ça serve ! Et en plus, ça me permet de passer un bon moment avec une famille sympathique, plutôt que de manger là tout seul sur mon banc comme un égoïste solitaire. C'est encore mieux !

La jeune femme mangeait à petites bouchées tout en écoutant, se contentant de faire un sourire poli ou un signe de tête de loin en loin. Pendant ce temps, Nathan avait terminé son goûter et avait entrepris de faire de furieuses cabrioles sur la structure.

- T'as vu ? T'as vu ce que j'ai fait ?

Sa mère rétorqua d'un air peu convaincu.

- Oui, oui.

Le garçon vint se planter devant eux.

- C'est parce que j'ai mangé un Niños ! Les Niños, ça donne des forces !

Jean commenta :

- Ah ben je vois ça, dis donc, ce que tu es fort !
- Oui ! Je suis le plus fort de ma classe !
- Et c'est très bien ! Il faut continuer comme ça ! Dis-moi Nathan...

Jean tendit la main vers l'enfant pour l'inviter à le rejoindre.

- Viens voir, viens près de moi.

L'enfant s'approcha sans méfiance. Il était apprivoisé maintenant. Jean le plaça à sa droite, de manière à ce que l'enfant puisse s'adresser aux deux adultes en même temps.

- Alors, raconte-moi, qu'as-tu fait aujourd'hui à l'école ?
- La maîtresse nous a lu une histoire.
- Ah bon ? Et quelle histoire ?

Le garçon afficha un grand sourire hilare.

- C'était l'histoire de la petite grenouille qui avait mal aux oreilles[4] !
- La petite grenouille qui avait mal aux oreilles ? Pauvre grenouille ! C'est que ça fait mal les oreilles, surtout quand on n'en a pas ! Mais raconte-moi, que lui arrive-t-il à cette grenouille ?

Nathan avait l'air tout content d'être sollicité, tour fier de raconter.
- Elle était trop drôle, cette histoire ! La grenouille a mal aux oreilles, alors elle va voir le docteur, mais à chaque fois c'est pas le bon docteur, alors elle va en voir un autre, et c'est encore pas le bon docteur, puis quand elle trouve enfin le bon docteur il dit que c'est très grave et l'emmène à l'hôpital, mais la bulance a un accident et tombe à la mer...

Jean prit un air effrayé.
- L'ambulance tombe à la mer ? Mais c'est terrible, et ensuite que se passe-t-il ?
- Et bien la grenouille remonte, elle nage, et puis elle va seule sur la route...
- Ouille ! Elle ne se fait pas écraser, j'espère ?
- Non, elle se fait pas écraser, mais elle rencontre son pépé.
- Un pépé comme moi ?
- Non, pas un pépé comme toi, elle c'était son pépé à elle, qu'elle a rencontré.
- Ah d'accord.
- Et alors son pépé il lui demande "Qu'est-ce que tu fais là ?" et la grenouille répond "Je vais à l'hôpital" et le pépé demande "Pourquoi tu vas à l'hôpital ?", la grenouille répond "Parce que j'ai mal aux oreilles" et là, le pépé demande "Montre-moi où tu as mal" et là, la grenouille montre ses pieds !

Nathan était hilare en racontant la fin de l'histoire et Jean afficha un air tout étonné.
- Ses pieds ?

---

[4] "La petite grenouille qui avait mal aux oreilles" - Voutch - Editions Circonflexe - 2009 - ISBN 978-2-8783-3402-9

Le petit garçon se tordait de rire.
- Oui ! Depuis le début, elle disait qu'elle avait mal aux oreilles, alors que c'était ses pieds ! Elle est bête ! Elle sait même pas que ce sont ses pieds !
- Ah ah ! Tu as raison, elle est drôle cette histoire ! Et les docteurs n'ont pas trouvé que c'était ses pieds ?
- Nan ! Même pas !
Jean rit de bon cœur avec Nathan. Même la maman parvint à sortir de sa morosité pour rire un peu avec eux. Puis, cet éclat de rire fini, Jean redevint sérieux.
- Alors, tu vois que l'on fait des choses intéressantes à l'école ? Tu n'aurais jamais découvert cette histoire si tu étais resté chez toi, tu ne crois pas ?

L'enfant se tortilla, comme le font tous les enfants qui sont mal à l'aise et ne veulent pas reconnaître qu'ils ont tort.
- Et maintenant, veux-tu nous dire, à moi et à maman, pourquoi tu trouves l'école nulle ?

Comme il était tourné vers Nathan, Jean ne vit pas Nathalie tourner ses regards vers lui avec stupéfaction alors qu'elle l'entendait parler ainsi. Elle pensait vraiment que Nathan s'était déjà confié au vieux monsieur. Au lieu de répondre, Nathan se tortilla encore et tenta d'échapper au bras de Jean.
- Non ? Tu ne veux pas nous dire ?

Le garçon finit par s'esquiver pour retourner faire ses acrobaties. Jean le laissa s'en aller et se tourna alors vers Nathalie pour lui demander :
- Et à vous, est-ce qu'il a voulu vous dire pourquoi il trouvait l'école nulle ?

Nathalie joua franc jeu.
- Je croyais qu'il vous l'avait dit l'autre matin.
- Eh non, voyez-vous, il ne m'a rien dit. C'est qu'il ne me connaissait pas, et on ne se confie pas comme ça à un inconnu, même quand on est un enfant. C'est pour ça que je vous demandais si vous en saviez plus.

Ces paroles firent du bien à Nathalie. La veille, elle avait vraiment cru que cet homme avait réussi à faire parler Nathan, alors qu'elle-même échouait toujours lamentablement.
- Non, il ne m'a rien dit.
- Ah… peut-être que ce n'est rien de bien important, peut-être même qu'il ne s'agit que d'une simple opposition.... Enfin, quand je dis simple, pour vous c'est tout sauf simple, parce qu'en attendant, le petit coquin n'avance pas ! Mais bon, il est probable que ça ne soit pas grand-chose.

Nathalie hésita avant de demander craintivement.
- Mais… je peux vous demander comment vous avez fait pour le décider à repartir ? Moi… il ne m'écoute jamais…

Jean prit un air malicieux.
- Ah ah ah ! La seule ruse que j'ai utilisée, chère Madame, a été celle de vous envoyer au loin. Aucun enfant de cet âge ne résiste à ça ! Vous comprenez, quand on a tout juste cinq ans, voir sa maman s'éloigner, disparaître, nous laisser tout seul au milieu d'une grande place avec un vieux monsieur qu'on ne connaît pas, c'est inquiétant. Alors, quand on n'y tient plus, on réduit la distance… surtout quand il y a une course à gagner !

Nathalie ne put s'empêcher de sourire, soulagée d'apprendre que non seulement le vieux Monsieur n'avait pas réussi là où elle avait échoué, mais qu'en plus c'était bien pour se rapprocher d'elle que Nathan s'était mis à courir. Jean en fut tout content.
- Ah ! Il semble que j'ai quand même réussi à vous faire sourire ! C'est au moins ça de gagné !

Mais Nathalie se figea à ces paroles et son sourire à peine né s'évanouit aussitôt.
- Pourquoi… j'ai l'air sinistre ?

Jean se traita intérieurement d'imbécile d'avoir parlé sans réfléchir…
- Beh disons… pas sinistre… mais vous aviez l'air un peu tristounette quand même.

La jeune femme fit un peu la moue, l'air de reconnaître les faits, mais sans faire d'autre commentaire. Jean ne s'en formalisa pas. Il avait déjà réussi à briser la glace, à lui soutirer quelques paroles, c'était déjà bien. Nathan se remit à faire le guignol en invectivant les adultes pour attirer l'attention, et ces derniers répondirent à son attente pour se donner une contenance.

Puis il commença à faire frais pour les deux adultes assis sur le banc sans bouger alors que la nuit tombait. Nathalie se tourna vers le vieux monsieur et lui fit un sourire poli pour lui annoncer qu'ils allaient rentrer. Elle interpella ensuite ses enfants d'une voix plus forte, et comme il fallait s'y attendre ces derniers protestèrent, comme tous les enfants. Alors Jean confirma :
- Moi aussi j'ai froid ! C'est vrai qu'il faut rentrer !
Et il se leva pour rassembler ses affaires, imité en cela par Nathalie. En se baissant il avisa le paquet de gâteaux moelleux au fond de son panier, l'attrapa et le tendis à la jeune femme.
- Tenez, prenez.
Elle baissa les yeux, vit le paquet et secoua vivement signe la tête.
- Non, non, je vous remercie, mais je ne peux pas les prendre.
Jean resta surpris.
- Pourquoi ça ?
- Et bien… je ne peux pas… vous avez déjà été très gentil… il ne faut pas abuser…
Jean fut touché de sa délicatesse.
- Ah je comprends, vous avez de l'éducation, Madame, et c'est très bien. Mais comme je vous le disais, je n'ai plus cinq ans, je n'ai pas besoin de gourmandises aussi caloriques. Alors que les enfants se régaleront avec, d'autant plus qu'ils se dépensent toute la journée. Je ne veux pas vous forcer, mais si vous pensez que ça peut leur faire plaisir…
Et il lui tendit à nouveau le paquet. Nathalie hésita, mais finit par le prendre. Ses finances lui donnaient tellement peu l'occasion d'offrir des douceurs à ses enfants... Elle répondit solennellement avec un regard reconnaissant.
- Merci.

Puis, faisant quelques pas vers les enfants, elle réitéra :
- Nathan, Jade, on y va !
Elle se tourna une dernière fois vers Jean pour prendre congé.
- Bonsoir Monsieur.
- Au revoir Nathalie. Et j'espère à bientôt.
Puis elle emprunta le chemin qui menait à sa maison. Comme elle s'éloignait, les deux enfants se mirent à courir pour la rattraper. Visiblement, elle avait compris le coup. Jean récupéra son panier et sa canne et reprit la direction de sa maison, en ayant soin de reprendre le même chemin que celui qu'il avait pris à l'aller, par discrétion.

En s'éloignant, il pensa que cette jeune femme était bien jolie. Aussi jolie que Jeanne l'était autrefois. Mais avec le sourire en moins.

Patrick

Le portail automatique se referma derrière la voiture tandis que Patrick éteignait le moteur. Il descendit, sa sacoche et son porte-documents à la main, referma la portière puis monta quatre à quatre l'escalier qui menait du sous-sol à l'étage. En poussant la porte qui donnait sur le pallier, il eut l'envie saugrenue de crier "Coucou, c'est moi !", espérant presque que quelqu'un allait lui répondre. Mais il se tut. Il savait qu'il n'y avait personne à la maison.

Il déposa sacoche, veste et chaussures dans le placard, avant d'aller poser son porte-documents dans son bureau, jetant au passage sur le sous-main les quelques lettres qu'il avait récupérées. Il prit ensuite la direction de la cuisine, histoire de vérifier s'il trouverait quelque chose à manger dans le frigo ou les placards. Quand il entra, la pièce lui parut vide et froide. Nulle chaleur n'émanait du four, il n'y avait pas de casserole posée sur la plaque où aurait mitonné quelque plat savoureux, aucune senteur ne donnait envie de passer à table. Le frigo était dépourvu d'intérêt, le congélateur était glacial et les placards peu accueillants. Tout simplement parce qu'il n'y avait nulle épouse à l'attendre. Il aurait pu aller en ville pour manger quelque chose, mais il était déjà tard, il faisait froid, et il n'avait aucune envie de reprendre la voiture et de ressortir. Même s'il manquait terriblement de compagnie.

Dégouté, il quitta la cuisine pour se rendre au salon. Là non plus, aucun bambin pour s'accrocher à ses jambes, aucun jouet qui traîne par terre. Il se rendit au minibar et se servit un alcool, tout en étant conscient que ce n'était pas une solution. Mais ce soir, il était trop déprimé pour lutter avec de bons principes. Le verre à la main, il se plaça derrière la baie vitrée qui donnait sur le jardin tout en avalant son breuvage à petites gorgées. Le jardin, contrairement à la maison, était resté à l'abandon. Il s'était rendu compte, une fois dans ses murs, que le jardinage n'était pas son truc. Alors il se contentait, de loin en loin, de passer la tondeuse et de tailler les haies, juste pour rester dans les limites de la loi. Et aujourd'hui, moins que d'habitude, il n'avait envie de s'y mettre, même pour occuper son week-end. A quoi bon ? Patrick était avocat des familles. Il partageait son temps entre Toulouse, où il était propriétaire d'un confortable T1, et Albi où il était né et avait sa maison. Il aimait ce mode de vie, qui lui permettait de vivre à la fois dans la ville de son enfance et dans la ville de ses études. A Toulouse il aimait la foule, le mouvement, la vivacité propre à chaque grande ville. A Albi, il aimait retrouver un mode de vie plus calme, sans se départir du confort et des loisirs. Et dans les deux cas, il ne se lassait pas de l'ambiance qu'offraient les deux vieilles villes, pareillement construites en briques, ce qui leur donnait cette inimitable couleur rose et faisait croire qu'il faisait soleil, même quand il pleuvait.

Il n'habitait pas véritablement à Albi, mais dans une commune proche, le Séquestre, qui avait le double avantage d'être à la fois paisible et située directement sur la route de Toulouse. Cela lui facilitait grandement les allers-retours entre ses deux lieux de résidence. Cette maison où il venait de pénétrer, il l'avait achetée cinq ans plus tôt, après avoir quitté le milieu du droit pénal pour celui du droit des familles. Après trois ans passés à plein temps à Toulouse à assurer la défense de ses clients, il avait aspiré à un peu plus de sérénité, tant sur le plan privé que sur le plan professionnel. Il avait donc refait une spécialisation en droit des familles, s'était servi de ses relations pour rejoindre un premier cabinet à Toulouse, puis un deuxième à Albi, et dans la foulée avait acheté cette maison au Séquestre. Ses collègues avaient d'ailleurs bien ri en apprenant qu'il quittait le milieu du droit pénal pour finir "Séquestré".

Lorsqu'il s'était lancé à la recherche de ce bien immobilier, Patrick avait vingt-neuf ans. Jusque-là, il avait avancé dans la vie avec pour seule ambition de réussir ses études, puis son parcours professionnel. Il ne s'était jamais posé plus de questions, en se levant le matin, que de s'assurer qu'il allait bien défendre ses clients et satisfaire le cabinet qui l'embauchait. Et il y était parvenu. Mais une fois cette assise professionnelle assurée, une fois son rêve abouti, il avait souhaité réaliser son autre grand projet : celui de fonder une famille. Aussi, lorsqu'il s'était engagé dans cette nouvelle étape de sa vie, il l'avait fait avec cette perspective bien établie de rencontrer la femme qui vivrait à ses côtés et, peut-être, lui donnerait des enfants. Ce n'est pas qu'il aurait été contre le fait de la rencontrer plus tôt, mais l'occasion ne s'était pas présentée.

Il avait alors rêvé d'une belle maison avec plusieurs chambres, deux salles de bain, une grande pièce à vivre et un jardin. Après quelques mois de recherches il avait fini par trouver l'objet de ses rêves, tout du moins sur le plan architectural, car la bâtisse était plutôt ancienne et avait besoin de rafraîchissements. Et c'était bien ce qui avait plu à Patrick, l'idée de pouvoir réaménager à son goût l'intérieur d'une maison qui lui plaisait déjà par sa forme et son agencement. Pour l'épauler dans cette aventure, il s'était adjoint les services d'une architecte d'intérieur. Il avait tenu à ce que ce soit une femme, pour apporter une touche de féminité. Elle l'avait longuement questionné sur ses goûts et ses aspirations avant de lui proposer plusieurs esquisses. Il avait été emballé. Après quelques discussions qui avaient conduit à des retouches, ils s'étaient mis d'accord pour la réalisation finale, sur laquelle ils avaient également travaillé de concert. Le résultat avait été à la hauteur des attentes de Patrick et il avait emménagé avec joie dans sa nouvelle demeure.

Il avait ensuite espéré réaliser la prochaine étape de son projet : rencontrer la femme de sa vie. Sa carrière était en mode croisière, la maison était fin prête, il ne manquait plus qu'elle pour que son bonheur soit complet. Le temps avait passé sans qu'il se voie exaucé. Il avait atteint, puis dépassé les trente-cinq ans sans l'avoir rencontrée, et depuis ce cap fatidique sa joie de retrouver sa belle maison chaque vendredi soir était toujours ternie par la déception d'y être encore seul. A quoi bon tout ça si c'était pour n'avoir personne avec qui le partager ? Oh, bien sûr, il n'était pas tout seul dans la vie, il avait la chance de bien s'entendre avec sa famille, il avait quelques amis et nombre de collègues avec qui il avait de bonnes relations, mais il trouvait que cela ne remplaçait quand même pas une compagne et des enfants.

Et ce soir, plus particulièrement, ce sentiment de solitude qui venait lui aiguillonner le cœur comme chaque vendredi soir était exacerbé par la perspective des fêtes qui se profilaient à l'horizon. Dans un mois ce serait Noël. Et cette année, il n'avait pas envie de le passer chez ses parents ou chez sa sœur, comme toutes les autres années. Ce n'est pas qu'il voulait fuir leur présence, il n'avait rien contre eux, mais cette fois il ne se sentait plus le courage d'être le témoin du bonheur des autres, sans le connaître lui-même.

Tout seul face à sa baie vitrée, le verre à la main, il distinguait à travers le feuillage quelques lumières des maisons voisines, de même qu'il entendait, de loin en loin, passer quelques voitures. Ces gens-là connaissaient-ils la même solitude que lui ? Ou s'ils étaient en famille, avaient-ils seulement conscience de la chance qu'ils avaient ? A moins que l'ambiance familiale n'ait viré à l'enfer et que ce ne soient eux qui lui envient sa tranquillité…

Quand il commença à ressentir les premiers effets de l'alcool, il se dit qu'il serait quand même plus sage de manger quelque chose. Quitte à ce que sa soirée soit gâchée, autant que ça ne se reporte pas sur tout le week-end. Il posa le verre et retourna à la cuisine, à nouveau à la recherche d'un repas acceptable. Il se décida pour des lasagnes industrielles qu'il sortit du congélateur. Il les sortit de leur emballage et les déposa dans le micro-ondes qu'il programma pour vingt minutes à pleine puissance. Il se souvenait les avoir achetées justement en prévision d'un vendredi soir où il n'aurait pas le temps ou l'envie de cuisiner. En attendant, il alluma la télé et grignota des cacahuètes tout en finissant son verre. Pour la énième fois depuis qu'il habitait cette maison, il se demanda comment il devait faire pour rencontrer une femme, ou plutôt pour en rencontrer une qui lui plaise, et à qui il pourrait plaire.

Il n'avait jamais été doué avec les femmes. Ç'avait toujours été son grand problème. D'un naturel discret, il n'était pourtant jamais emprunté quand il s'agissait de parler en public. Que ce soit lors de ses années d'étude, ou à la barre une fois devenu avocat, on disait de lui qu'il était éloquent, qu'il avait de la prestance. Mais force lui avait été de constater qu'il perdait tous ses moyens quand il s'agissait de parler à une femme. Ou plus précisément, quand il s'agissait de parler à une femme qu'il trouvait séduisante. Son problème venait du fait qu'il s'estimait banal. Terriblement banal. De taille moyenne pour un homme, brun avec des yeux marrons, de corpulence classique avec une voix sans relief, il ne voyait rien chez lui qui aurait pu attirer une personne du sexe faible. Même s'il pratiquait couramment le tennis, il n'y avait jamais particulièrement brillé, bien qu'il ait été avocat pénal, il ne s'était pas fait un grand nom, et il ne se connaissait pas de talent particulier. Ça ne lui posait pas de problème dans la vie de tous les jours, ni même dans sa vie professionnelle, quand il s'agissait juste de s'adresser à une dame pour un échange classique. Mais toutes les fois où une femme avait retenu son attention, qu'il la trouvait attirante, intelligente et spirituelle, il en était resté muet. Parce qu'il se demandait comment un homme tel que lui allait bien pouvoir attirer une femme comme elle.

Un jour, il y a de cela plusieurs années quand il était étudiant, il s'en était ouvert à une copine tandis qu'ils révisaient leurs cours. Ils avaient discuté de ce qu'il qualifiait de moyen chez lui. Michèle lui avait exprimé son point de vue : selon elle, la séduction ne tenait pas seulement à un physique, une voix ou une activité, mais plutôt à l'ensemble de ces facteurs, et à la façon dont ils se combinaient entre eux. Pouvait-on prétendre tomber amoureux seulement d'une paire d'yeux, d'une voix ou d'un métier ? Lui-même, quand une femme lui plaisait, était-ce à cause uniquement de ses jambes, de son style ou de son parfum ? Il avait convenu que non. Elle lui avait alors fait remarquer que chez lui aussi, ça ne serait pas uniquement son physique, sa physionomie ou sa voix qui pourraient séduire une femme, mais bien plutôt l'ensemble, comme la symphonie d'un orchestre flatte l'oreille du mélomane plus sûrement qu'un seul instrument. Et par ailleurs, que valait un physique, quel qu'il soit, si la mentalité de la personne n'était pas à la hauteur ? Si la personne se révélait égoïste, méchante ou sotte, ou encore superficielle ? Patrick était resté silencieux un moment, à méditer ces propos, avant de conclure en riant que cette alchimie ne devait pas être encore très au point chez lui.

Depuis, il avait souvent repensé à cette discussion et aux propos tenus par Michèle, et avait pris conscience qu'elle avait raison. Il lui était parfois arrivé de trouver une femme attirante, dans un premier temps, pour s'apercevoir ensuite qu'elle avait une voix aigrelette, une mentalité étriquée ou méprisante, ou encore une absence totale d'opinion personnelle. Tout particulièrement en droit, certaines femmes étaient redoutables dans leur connaissance de la loi, mais incapables d'avoir une opinion personnelle quant à la jurisprudence. Ou de montrer une quelconque humanité à l'égard de la partie adverse. Ce qui était venu confirmer la théorie de Michèle. Pourtant, dans son cas, cette théorie ne l'avait aidé en rien : il continuait à douter de ce qui, chez lui, pourrait plaire à une femme, quelle qu'elle soit.

Le micro-ondes sonna, le ramenant à l'instant présent. Il récupéra ses lasagnes et s'installa sur la table du salon devant la télé, où il mangea à même la barquette, avec juste un verre d'eau et une tranche de pain. Les pubs défilaient devant lui, ne laissant que peu de souvenir dans sa conscience. Il y en eu une, pourtant, qui retint un peu plus son attention. On y vantait les mérites d'un site de rencontres où l'on pouvait à coup sûr être mis en contact avec des gens biens. Il avait déjà réfléchi à utiliser ce type d'outils, mais ne s'était jamais décidé à sauter le pas. Trop peu naturel pour lui. Mais ce soir, du fond de sa solitude, il songea que le fait de ne pas être face à la personne serait peut-être un avantage pour lui. Il serait moins intimidé et arriverait probablement mieux à aligner quelques mots.

L'annonce des programmes de la soirée acheva de le convaincre. Il éteignit la télé, débarrassa la table du salon, jeta sa barquette à la poubelle et se rendit dans son bureau où il alluma l'ordinateur. Une fois connecté, il se rendit directement sur le site Toi-Emoi et commença à découvrir le concept, les jeunes femmes qui étaient inscrites, les hommes qui se décrivaient. Ce qu'il voyait le rassurait parfois, le terrifiait la plupart du temps. A les lire, ces personnes étaient, pour la majorité d'entre elles, parfaitement accomplies. Elles étaient bourrées de talents, avaient un parcours professionnel sans faute, respiraient la joie de vivre, et avaient déjà planifié la majorité de leurs projets pour les dix ou vingt ans à venir. A n'en pas douter, ces gens-là avaient déjà dû vivre deux ou trois vies pour avoir accumulé autant de connaissances, à moins qu'ils ne vivent les trois en même temps. Est-ce qu'il leur arrivait de dormir, parfois ? C'était mal parti pour lui, qui cherchait simplement une femme de la planète terre qui serait d'accord de lui cuire quelques pâtes le soir quand il rentrerait, en échange de quoi il lui masserait les pieds quand ils seraient tous les deux devant la télé.

Il resta un moment immobile devant son écran, dubitatif. Ce qu'il voyait ne l'attirait pas. Mais vraiment pas du tout. Pourtant, il commençait à se dire qu'il n'allait pas avoir d'autre choix que d'en passer par là s'il ne voulait pas finir sa vie tout seul. Il poussa un soupir, éteignit son ordinateur et posa son menton dans ses mains.

Qu'est-ce qui clochait, chez lui ? Où avait-il manqué le coche ? Fallait-il croire que, quand on réussissait professionnellement, on loupait forcément sa vie privée ? Et ceux qui trouvaient un conjoint plus tôt, devaient-ils renoncer à une vie professionnelle ? Est-ce que la vie moderne était tellement compliquée, tellement difficile que quand on déployait ses efforts dans un domaine, on n'avait plus de force, plus de ressources pour en conquérir un autre ? Il aurait aimé pouvoir en discuter avec d'autres célibataires, connaître d'autres points de vue, mais il ne savait même pas où il aurait pu glaner ce genre d'information.

Il se leva, éteignit la lumière du bureau et monta se coucher.

Nicole

Nicole choisit un CD de musique classique, le plaça dans le lecteur et appuya sur play. La musique s'éleva aussitôt, enveloppant la pièce de ses notes claires, à la fois toniques et apaisantes. Nicole s'assit en face de son secrétaire, prit une feuille de papier de style antique de sa fabrication, une plume, et se mit à écrire avec application, de belles lettres qui respectaient les pleins et les déliés.

Nicole était une femme raffinée, qui aimait tout ce qui touchait à l'écriture, que ce soit la tournure du texte, ce qu'il évoque, son support ou la forme de l'écriture. Elle avait développé cette passion depuis toute jeune, passion qu'elle avait héritée de son père, Paul Constant, libraire de père en fils depuis 1860. Cette passion ne l'avait jamais quittée. Bien au contraire, elle l'avait cultivée, avait appris à fabriquer son propre papier, ainsi que l'art de la calligraphie.

Aujourd'hui, elle écrivait à son vieil ami Alexandro Rojas-Araya, ancien secrétaire de l'ambassade d'Argentine. Elle-même avait été secrétaire de l'ambassade de France, et ils s'étaient connus lors d'une soirée officielle à Pretoria. Etant moins sollicité que ses ambassadeurs, le personnel avait eu tout le loisir, une fois les salamalecs d'usage terminés, de se rencontrer et de discuter, et c'est ainsi qu'elle avait fait la connaissance d'Alexandro. Ils étaient restés en relation au fur et à mesure de leurs mandats, et avaient régulièrement correspondu, d'abord exclusivement par voie postale, puis par mail une fois cet outil créé. Maintenant à la retraite, ils avaient tous deux réintégré la terre de leurs ancêtres, lui à Santa Rosa en Argentine, et elle à Albi où elle avait grandi. Il l'avait invitée, une fois, à aller lui rendre visite, et elle avait ainsi pu faire la connaissance de son épouse Lucia et re-découvrir le pays où elle avait été affectée autrefois. Ils avaient continué à communiquer par la suite et auraient pu le faire par mail, mais à l'initiative de Nicole, ils avaient opté pour l'écriture, plus personnelle, plus raffinée.

Nicole avait adoré son travail de secrétaire d'ambassade. Vivre dans des pays différents, profiter d'être sur un continent pour visiter les pays alentours, découvrir d'autres cultures, avait été pour elle une source inépuisable de joie et de satisfaction. Elle avait vécu dans une dizaine de pays mais en avait visité une quarantaine au total, pendant ses vacances ou même pendant ses week-ends. Aujourd'hui, le sous-sol de sa maison regorgeait de livres et de souvenirs sous forme de photos, tableaux, statuettes, vases ou livres. Elle était devenue elle-même un puits de science, connaissant plusieurs cultures, plusieurs coutumes, et des histoires et légendes sans fin. Mais plus que tout, ces expériences riches et diverses lui avaient transmis une grande philosophie de la vie.

Avec ce mode de vie elle ne s'était pas mariée, n'avait pas eu d'enfants. Cela ne lui avait jamais manqué et elle n'en avait jamais eu le regret. Son grand rêve avait été de découvrir le monde, pas de fonder un foyer, et ce rêve avait été exaucé au-delà de ses désirs. Elle avait eu une vie riche, avait été constamment occupée, physiquement et intellectuellement.

Mais à présent, elle constatait que sa vie devenait plutôt solitaire. Son père était maintenant décédé depuis cinq ans, avant même qu'elle n'ait pris sa retraite, et sa mère était partie à son tour l'année passée. Comme elle était fille unique, elle n'avait pas de frère ou sœur, encore moins de neveu ou nièce. Elle avait par contre plusieurs cousins et cousines, ainsi que de nombreux petits-cousins mais, bien qu'étant revenue régulièrement à Albi voir ses parents, elle avait perdu le contact avec les premiers, et ne connaissait donc pas les suivants. Tant qu'elle avait eu la présence de ses parents, de sa mère dont il lui avait fallu s'occuper, elle n'avait pas ressenti la solitude, mais maintenant qu'ils n'étaient plus là, qu'elle avait réglé la succession, qu'elle avait quelque peu réaménagé la maison… maintenant, elle ne trouvait plus de but à donner à sa vie.

Comme elle avait toujours vécu à l'étranger, elle n'avait que très peu de connaissances sur Albi. Elle se souvenait bien des amis de ses parents, auxquels elle rendait parfois visite, mais ces personnes n'étaient pas de sa génération. Et même si elle se souvenait de leurs enfants, et si ces derniers se souvenaient d'elle, les portes d'une relation ne s'ouvraient pas forcément. Les affinités qu'avaient pu ressentir les parents entre eux ne garantissaient pas la même alchimie au sein de la génération suivante. Elle avait bien rejoint quelques clubs de lecture, de peinture ou similaire, mais elle n'y avait pas fait de réelle connaissance. Certains ne venaient que pour l'activité en elle-même et ne souhaitaient pas que la relation se prolonge au-delà du club, ou plus simplement il n'y avait pas eu d'affinités. Et les clubs du troisième âge, en dehors du fait qu'elle était encore jeune, ne présentaient pas d'intérêt pour elle. Elle ne voyait pas ce qu'il pouvait y avoir de passionnant à passer l'après-midi à jouer aux cartes ou à des jeux de société. C'était pourtant les seules activités proposées. Enfin, elle s'était engagée à la bibliothèque comme conteuse pour lire des histoires aux enfants, et même parfois aux adultes, mais ces lectures n'étaient proposées qu'une fois par semaine ou même par mois. Pas de quoi l'occuper réellement, ni lui permettre de nouer des relations.

Ce samedi matin, elle avait pris sa plume pour raconter ce vécu à Alexandro. Elle lui racontait ses efforts, ses espoirs, ses déceptions. Elle le rassurait, en lui disant qu'elle n'était pas désespérée, encore moins dépressive, mais juste déçue de ne plus trouver d'exutoire à sa soif de connaissance et de partage. Elle avait commencé à lui en parler dans sa précédente lettre, et Alexandro lui avait exprimé sa sympathie face à cette situation, que lui-même avait la chance de ne pas connaître. En effet, si sa femme l'avait parfois accompagné dans ses affectations professionnelles, elle était aussi souvent restée au pays, lorsque la destination ne lui convenait pas ou lorsqu'elle s'était lassée de vivre à l'endroit où ils étaient. Elle avait ainsi conservé les relations avec leurs amis, avec lesquels Alexandro renouait volontiers lorsqu'il rentrait chez lui pour les vacances. Ce qui faisait qu'il n'éprouvait pas la même solitude que Nicole, en plus du fait de partager sa vie avec une compagne. Mais il avait compati au récit de son amie, et lui avait demandé de le tenir au courant de la suite que donneraient ses tentatives d'ouvertures relationnelles. Nicole lui répondait que, pour l'instant, rien n'avait changé à sa situation, mais qu'elle ne désespérait pas de la voir s'améliorer. Après tout, il y avait moins d'un an que sa mère était décédée, et retrouver un nouvel équilibre pouvait prendre du temps, surtout à soixante-six ans. Elle lui souhaitait ensuite le meilleur pour lui-même et son épouse, et leur souhaitait de bonnes fêtes.

Elle mit sa lettre sous enveloppe, fabriquée elle aussi par ses soins, ouvrit un tiroir d'où elle sortit un bâton de cire, un cachet et une bougie. Elle alluma la bougie, chauffa la cire, la fit couler sur le papier et y apposa son sceau, ses initiales entrecroisées. Elle colla un timbre, rangea son matériel d'écriture puis quitta la pièce. Elle déposa la lettre dans une boîte placée sur une petite commode dans l'entrée, puis se rendit au salon où elle s'assit dans un fauteuil, face à la fenêtre qui avait vue à la fois sur le parc et sur la ville. Elle avait besoin de réfléchir.

Son métier lui avait fait découvrir bien des pays, bien des cultures. Tout au long de ces années, elle avait appris à découvrir, puis à aimer, d'autres visages, d'autres paysages, d'autres coutumes. Elle avait pris conscience, elle savait maintenant, qu'il n'y avait pas qu'un seul monde sur la planète, mais des centaines. Rien que dans un pays, combien de couches sociales différentes, combien de façons d'agir, combien de dialectes, de langues différentes ? Et elle avait vu, elle avait constaté que ces mondes se frôlaient, parfois se fréquentaient, souvent s'ignoraient, encore plus souvent se faisaient la guerre, avec des armes, avec des mots, ou même encore, par l'absence de mots. Parce que l'indifférence ou le mépris peuvent aussi être des armes. La guerre parce que l'un estimait que sa coutume était plus valable que celle de l'autre, pour prouver que son dieu était plus fort, ou tout simplement pour élargir son espace. Ou bien encore parce que la présence de l'autre empoisonnait l'oxygène de l'un. Elle avait pourtant constaté, chaque fois, que tous ces peuples, tous ces gens, toutes ces couches sociales avaient cependant un point commun : offrir le bonheur à leurs enfants. Alors pourquoi l'ensemble de la planète y échouait-il ?

Elle s'était toujours demandée comment, en vivant les uns à côté des autres, les gens pouvaient se méconnaître à ce point. Dans chaque pays, elle avait vu des pauvres se battre pour s'en sortir, et d'autres se résigner et se complaire dans leur pauvreté. Elle avait vu des riches pleins de compassion, et d'autres plein de mépris. Partout, dans tout milieu, elle avait rencontré des gens intelligents et des sots, des gentils et des méchants, des généreux et des égoïstes. Malgré ces différences frappantes, elle avait toujours constaté les mêmes comportements chez les êtres qu'elle avait croisés, depuis les grandes villes des Etats-Unis, du Canada, de l'Australie ou de la Russie, jusqu'aux confins de l'Afrique ou de l'Indonésie. Partout, les gens se lèvent et poursuivent leur journée pour trouver de quoi se nourrir, se vêtir, se loger, éventuellement avoir quelques loisirs, eux et leurs proches. Alors si tout le monde travaillait aux mêmes buts, pourquoi tant d'échecs, tant de souffrances ?

Et aujourd'hui, face à sa solitude, elle aurait souhaité apporter un peu de sa modeste contribution pour améliorer ce monde, partager ce qu'elle avait observé tout au long de sa vie, mettre les générations futures en garde contre les erreurs qu'avaient commises les générations précédentes. Mais elle n'avait personne à qui partager ses connaissances.

Elle n'avait jamais eu l'occasion de se marier, mais ne l'avait jamais recherchée. Et ça ne lui avait pas manqué. Même aujourd'hui, elle n'avait aucun regret. Elle n'avait jamais souhaité partager son existence avec une personne en particulier, ni rêvé de transmette un savoir avec ses enfants à elle en particulier. Plus largement, elle avait aimé partager tout au long de sa vie au sein d'un cercle beaucoup plus vaste que le cercle familial. Mais aujourd'hui qu'elle était à la retraite, aujourd'hui que la source de son bonheur s'était tarie, et qu'elle-même était tellement pleine de connaissances à partager, à qui allait-elle transmettre tout ce savoir ?

Week-end solitaire

Ce samedi-là, Jean se réveilla encore aux aurores. Et il détestait quand il se réveillait aux aurores. La journée n'en était que plus longue. Il resta donc au lit un moment, histoire de faire un peu la grasse matinée, mais finit par se lever parce qu'il s'ennuyait. Comme tous les jours il but sa chicorée, alla faire sa toilette, lut sa Bible puis pria. Vers sept heures il mangea ses tartines tout en lisant son roman, qu'il termina dans la foulée.

Il se rendit ensuite derrière la fenêtre, où il regarda vers l'école, mais bien évidemment, il n'y avait personne. Et lui, il aimait quand il y avait du mouvement, de la vie. Alors, pour tromper l'ennui et le désœuvrement, il décida de sortir faire un tour au commerce. Au moins il verrait du monde, de l'animation. Il avait bien conscience que les jeunes ménages allaient se plaindre de ce vieux qui venait les gêner, alors qu'il avait toute la semaine pour faire ses courses et leur laisser le champ libre le samedi, mais tant pis. Il avait besoin de contact.

Une fois sur place, il lui fallut se rendre compte qu'il ne savait pas trop ce qu'il était venu faire là. Il avait beau errer entre les linéaires, il ne pouvait que constater qu'il n'avait besoin de rien. Il y avait bien du monde, comme il l'avait espéré, mais tous ces gens étaient affairés et ne lui accordaient pas la moindre attention. Et en fait, c'était tout à fait normal, à quoi s'était-il attendu ?

Il se secoua un peu, se morigéna intérieurement, et décida d'aller au rayon des surgelés et au rayon traiteur, voir s'il ne trouverait pas quelque plat raffiné tout prêt pour son repas de ce soir et du lendemain midi, histoire de se redonner un peu le moral. Il dénicha un merveilleux petit rôti de saumon farci au poisson blanc ainsi que des pommes de terre sautées toutes prêtes. Il prit deux poireaux pour accompagner le rôti, un magret de canard pour servir avec les pommes de terre, et un gâteau au chocolat. Il avait déjà chez lui les vins qui iraient avec, il n'était donc pas besoin qu'il s'éternise. Il régla ses achats et s'en retourna dans sa maison.

Pourtant, une fois rentré, et contrairement à son habitude, sa morosité du matin lui revint. Sa maison lui sembla sombre, grise, vide, inhospitalière.

- Allons donc, qu'est-ce que j'ai aujourd'hui, à ruminer ? Ah… y'a des jours comme ça…

Il s'employa à allumer plusieurs lampes dans le salon, histoire de réchauffer l'atmosphère, d'amener un semblant de vie.

Il déjeuna tôt puis alla s'étendre pour sa sieste, mais échoua à trouver le sommeil. Il était seulement quatorze heures trente quand il se releva et, n'ayant rien de particulier à faire, se sentant désœuvré, il se dit qu'il pourrait faire un tour en ville pour occuper son après-midi. Peut-être trouverait-il quelques idées de cadeau pour ses proches.

Il prit le bus et se retrouva quelques minutes plus tard au centre-ville. Il emprunta la rue Villegoudou, flâna devant les vitrines, essaya de trouver quelques présents, mais rien n'attira son regard, rien ne lui plut. Tout en marchant il regardait dans la foule, au cas où il reconnaîtrait quelque visage, où il croiserait quelque connaissance, mais ce ne fut pas le cas.

Il poursuivit son chemin jusqu'à un centre commercial où il entra, fit un tour dans les rayons, jeta un œil sur les bacs où étaient empilés les articles de Noël, sans que rien ne retienne véritablement son attention. Dépité, désœuvré, il ressortit du commerce et se rendit au bistrot d'en face où il commanda un café et un petit pain au lait. Il dégusta sa collation, essayant de nouer un peu la conversation avec le serveur, mais ce dernier se contenta de lui répondre poliment sans jamais entrer dans une véritable conversation. Jean n'insista pas, conscient qu'il allait passer pour ce qu'il était : un papi désœuvré qui quémandait un peu d'attention. Il finit son café et son petit pain, récupéra sa canne, régla sa consommation, puis ressortit dans le froid de la rue. Il n'eut plus envie de reprendre ses pérégrinations. Le temps était maussade, à la pluie, et ça n'était pas pour réchauffer son cœur. Alors il prit le chemin de l'arrêt de bus le plus proche et grimpa dans le premier arrivé.

Lorsqu'il fut rentré chez lui il se prépara une chicorée, plus pour occuper le temps et avoir quelque chose de chaud à tenir entre ses mains que par réel besoin, et s'installa dans son fauteuil avec son prochain livre. Une fois plongé dedans, il passa le reste de l'après-midi à découvrir cette nouvelle histoire, ravi une fois de plus d'aimer autant la lecture et de toujours faire de bons choix quant aux sujets.

Il termina sa journée comme tous les autres jours, et alla se coucher de bonne heure. En tendant la main vers la table de nuit pour éteindre la lumière, ses yeux tombèrent sur la photo de Jeanne. Il prit cette photo, la rapprocha de son visage et la contempla un moment avant de lui dire :
- Tu me manques, Jeanne.

* * *

La journée de Nathalie n'avait été guère plus remplie. Après les courses, elle était rentrée chez elle avec ses deux enfants. Bien évidemment, personne ne l'attendait à la maison. Elle n'avait quasiment aucun ménage à faire, puisque c'était déjà sa principale occupation de la semaine, et n'avait pas eu non plus envie de laver du linge. Alors, elle était ressortie avec les enfants et les avait conduits à l'aire de jeux. Eux avaient été ravis, elle s'était ennuyée, comme d'habitude. Avec le froid et l'heure matinale il n'y avait eu personne d'autre. De toute façon, ça n'aurait rien changé, car même lorsqu'il y avait d'autres mamans, la plupart restaient dans leur coin sans dire un mot. Et comme Nathalie n'était pas du genre à aller vers les autres, elle restait elle aussi dans son coin. Tout en trouvant stupide que chacune s'ennuie sans parler aux autres. Pourtant, c'était l'attitude générale : je ne te connais pas donc je ne te parle pas. Et pas idée d'essayer de faire connaissance.

Vers onze heures trente Nathalie avait sonné le départ. Pour une fois, les enfants n'avaient pas rechigné, ayant pu jouer tout leur saoul, sentant le froid eux aussi, ainsi que la faim qui commençait à s'annoncer. Une fois rentrés, elle avait préparé une purée avec du jambon, et des bâtonnets de carotte. Après le repas, elle avait laissé la vaisselle sale empilée dans la cuisine et avait allumé la télé qu'elle avait regardée tout l'après-midi, parfois avec les enfants, parfois seule. Le soir, Nathalie avait mis à cuire deux pizzas, avait lavé la vaisselle de midi, puis s'était remise devant la télé avec les enfants. Ils avaient ensuite été au lit, puis elle avait passé sa soirée devant une émission quelconque, probablement la même que celle que Jean avait regardée. Une fois l'émission finie, elle avait ramené les assiettes sales à la cuisine, avait éteint les lumières et était allée se coucher. Avec dans le cœur une grande sensation de vide.

* * *

Le dimanche matin, Jean se réveilla de meilleure humeur qu'il ne s'était endormi car ce matin, comme tous les dimanches matin, il avait un but devant lui, celui d'aller à l'église. Et cela lui occupait toute la matinée.

Il était croyant depuis qu'il était tout petit. Il avait hérité sa foi de ses parents, et au fur et à mesure qu'il avait grandi il avait étayé ses convictions sur la lecture de la Bible, sur ses propres méditations, et sur l'étude de nombreux ouvrages de théologie. Sans oublier les innombrables prédications qu'il avait entendues. Ce qui faisait qu'aujourd'hui sa spiritualité était solidement établie et que la vie de l'église, solidement ancrée dans ses habitudes de vie, lui apportait toujours la même satisfaction.

Il se leva donc promptement pour être au plus tôt à l'église. Là, il retrouva des visages connus de longue date, d'autres rencontrés plus récemment, des gens qu'il avait plaisir à retrouver chaque semaine pour discuter, échanger des nouvelles, se donner des conseils et surtout vivre ensemble un temps de louange, de prière et d'étude biblique.

Puis le temps du culte prit fin. Jean essaya d'inviter une ou deux personnes de son âge pour le repas de midi, mais l'un était déjà invité dans sa famille, et l'autre craignait que cela ne le fatigue trop. Et personne ne l'invita en retour. Souvent, pris dans leur quotidien, les gens ne réalisent pas la solitude des autres... Jean rentra seul chez lui et dégusta seul son rôti de saumon aux poireaux. Il alla à la sieste et se réveilla seul, de même que c'est seul qu'il passa la soirée. Il reçut toutefois un coup de fil de ses petits-enfants et de sa fille, comme c'était souvent le cas le dimanche en fin de journée, et cette discussion lui ramena un peu de gaieté. Avec eux il parla de leurs études, de leurs souhaits professionnels, des soucis de leurs amis, et avec Valérie il discuta des prochaines fêtes. Elle l'informa qu'elle avait décidé de dire non à ses beaux-parents, peu importe comment ils le prendraient, car il lui était inimaginable de laisser son père seul. Jean la remercia bien, il fut touché et rasséréné que sa fille se soucie de lui, mais il lui exprima une fois de plus sa crainte d'occasionner des brouilles dans sa famille. Finalement, après en avoir débattu, il botta en touche en proposant d'attendre :

- Ecoute, ma chérie, nous ne sommes qu'au début du mois. Donnons-nous jusqu'au quinze, tu veux bien, pour nous décider, voir si je peux trouver une connaissance ici avec qui passer de bonnes fêtes. Et si vraiment je ne trouve personne d'ici au quinze, et bien nous aviserons. Je pense que ta belle-mère peut attendre ta réponse jusqu'au quinze, ou ça va trop la défriser ?

- Je la ferai patienter jusque-là, et même je lui dirai franchement pourquoi. Si elle ne comprend pas, c'est son problème.

Jean se fit caressant.

- Ma petite Valérie, tu te donnes bien du mal pour ton vieux père.

- Si je ne me donne pas du mal pour toi, pour qui est-ce que je le ferai ?

Après qu'ils eurent raccroché, Jean se sentit quand même rassuré. Il voyait que sa famille ne l'abandonnait pas. La conversation l'avait occupé un bon moment et lui avait changé les idées. Il abordait la soirée le cœur beaucoup plus léger.

Il reprit son livre et lut jusqu'à l'heure du repas. Pour son dîner, il finit les restes de saumon et de poireaux avec lesquels il s'était régalé à midi. Puis il alla se coucher.

* * *

Nathalie n'avait pas eu autant de chance que Jean. Elle n'allait pas à l'église, n'avait personne à appeler, et n'aimait pas spécialement lire. Elle n'avait pas eu le courage de sortir, même pour passer une heure ou deux, et même pas de s'habiller. Elle et les enfants étaient restés en pyjama, comme tous les dimanches, à regarder la télé dès le matin, comme tous les dimanches.

Et tout au long de la journée, elle avait cru entendre la voix aigrie de son père ou de sa mère lui rabâcher qu'elle n'était qu'une bonne à rien, fainéante et sale. Regarder la télé, passe encore, mais en pyjama c'était le comble. Mais elle n'avait jamais compris à quoi il servait de se lever tôt, de faire sa toilette et de s'habiller pour ensuite ne rien faire. Chez ses parents, on ne faisait jamais rien, on n'allait jamais nulle part. Alors à quoi bon ?

Maintenant qu'elle vivait seule, sans compagnon, sans travail, sans but réel dans sa vie, elle avait renoncé à maintenir cette exigence dont elle n'avait jamais compris le sens. Mais cette transgression lui rappelait malheureusement les récriminations de ses parents, et la ramenait malgré elle à son enfance.

Et aujourd'hui, n'ayant rien appris d'autre, elle passait à son tour la journée devant la télé. La seule différence résidait dans le fait que, à la fois par découragement et par provocation, elle ne faisait pas sa toilette et ne s'habillait pas. C'était pour toutes les fois où elle l'avait fait sans raison.

Elle avait bien pensé, une ou deux fois dans la journée, à emmener les enfants à l'aire de jeux, toilette faite ou pas, en se disant qu'il y aurait peut-être le papi Jean, mais elle avait estimé qu'il y avait quand même peu de chance pour que ce soit le cas. Aussi, elle n'avait pu s'y décider et était restée sur son canapé. Le papi Jean devait avoir bien autre chose à faire, avait probablement une famille chez qui passer le dimanche. Et puis elle ne le connaissait pas, il était probablement ennuyeux comme tout, comme tous les vieux qu'elle avait toujours connus.

Le soir, à vingt et une heures, elle était toujours devant la télé. Ils avaient mangé, elle avait couché les enfants, leur avait lu une histoire, puis était retournée à son poste. Que faire d'autre ? Elle avait pourtant au cœur une lassitude, un dégoût, chaque fois plus prononcé de dimanche en dimanche. Un dégoût qui lui restait de son enfance mais qu'elle ne savait pas comment faire passer, puisqu'elle ne savait pas comment changer d'activité. Et elle était consciente que cette amertume, ce ras-le-bol d'une vie monotone et sans but, la submergeait, la noyait, l'étouffait, qu'elle ne le supportait plus. Elle était écœurée de cette vie, d'elle-même, du fait qu'elle n'était pas capable d'en vivre une différente de celle de ses parents. Elle voulait en changer mais ne savait pas comment faire. Comment aurait-elle bien pu occuper ses journées ? Avec qui ? Après en avoir tant voulu à ses parents, elle se rendait compte qu'elle n'était pas capable de faire quelque chose de mieux pour ses enfants.

Elle alla se coucher, le dégoût emplissant encore sa bouche.

Début de semaine

Patrick retrouva sa bonne humeur en reprenant son rythme de travail de début de semaine. Quand il entendit son réveil sonner, il pensa tout de suite à tout ce qu'il avait à faire dans la journée, et cela lui redonna du punch. Au moins, il avait un but, il se sentait utile. Ça pouvait paraître stupide à d'autres, d'avoir besoin de se sentir utile pour être heureux, mais Patrick avait besoin de donner un sens à sa vie pour être bien dans sa peau. Et chaque lundi matin, motivé par son premier rendez-vous, il songeait à toutes ces personnes qu'il allait voir dans la semaine, qui attendaient un conseil, un soutien, qu'il leur indique une direction, pour améliorer leur vie. Il aimait alors se plonger avec eux dans le dédale de leurs soucis et de leurs interrogations pour trouver la meilleure solution, celle qui leur conviendrait le mieux et leur serait la plus bénéfique, ou pour le moins la moins préjudiciable. Il avait alors plaisir à s'appuyer sur ses compétences en droit, en se disant que toutes ces années d'études servaient à quelque chose, pour apporter une solution face à une situation douloureuse.

Ce matin, pendant qu'il roulait sur l'allée François Verdier en direction de son bureau, il pensait à son premier rendez-vous de la journée. Madame Nicole Constant, une amie de ses parents qu'il se souvenait vaguement avoir déjà rencontrée chez eux, souhaitait son avis pour une question d'héritage. Pour le peu de souvenirs qu'il en avait, il se la rappelait comme d'une personne agréable, ouverte, intéressante. De toute façon, si ses parents l'avaient fréquentée et la fréquentaient encore, c'est qu'il s'agissait forcément d'une personne bien. Elle n'avait pas précisé ce qui la tracassait quant à cet héritage, puisqu'elle semblait être entrée dans ses droits et avoir réglé tous les détails de la succession avec son notaire, mais il verrait bien ce qu'elle aurait à lui dire une fois qu'elle serait dans son cabinet.

Il arriva rapidement et se gara à proximité de son bureau situé boulevard Lacombe. Il s'était établi là deux ans plus tôt avec deux collègues, désireux comme lui de fonder leur propre cabinet. Ils s'étaient connus chez leur précédent employeur, dont le cabinet avait commencé à perdre sa taille humaine à force d'embaucher de nouveaux collaborateurs toujours plus spécialisés. Comme Patrick s'entendait bien avec Nicolas et Laetitia, qui étaient de la même génération que lui, ils avaient estimé tout naturel de prendre leur envol ensemble. Ils avaient trouvé une maison ancienne qui convenait à tous les trois par sa localisation et le montant du loyer, et s'y étaient promptement établis. Au début, ils avaient géré leur secrétariat eux-mêmes, pour éviter des frais, puis ils avaient fini par embaucher Madame Combelle. Depuis, Patrick se félicitait régulièrement de ce choix de vie, l'entente étant cordiale et respectueuse tant entre les avocats qu'avec la secrétaire. Laetitia déplorait parfois que leurs bureaux soient situés face aux quais de chargement de la gare routière, mais Patrick et Nicolas voyaient surtout l'avantage de trouver assez facilement de la place pour stationner, et de ne pas être trop loin du centre-ville, donc du tribunal. Au final, Patrick appréciait particulièrement son cadre de travail.

Patrick entra dans la bâtisse à huit heures quarante-cinq, comme il en avait l'habitude pour se donner le temps de s'installer avant de recevoir son premier client. Il salua Madame Combelle en lui serrant la main, alors qu'elle ouvrait tout juste son secrétariat.

- Bonjour Madame Combelle, comment allez-vous ?
- Bien Monsieur, merci, et vous-même ?
- Très bien, je vous remercie.

Elle lui fit signe en désignant la porte de la salle d'attente.
- Votre premier rendez-vous est déjà arrivé.

Patrick jeta un coup d'œil vers ladite porte et exprima sa surprise.
- Déjà ? Je vous remercie, je m'en occupe.

Il ressortit du secrétariat, traversa l'entrée et ouvrit la porte de la salle d'attente avant de s'avancer vers sa cliente, porté comme toujours par le dynamisme qui le caractérisait. Il lui tendit la main.

- Bonjour Madame Constant, Patrick Boismont.

Elle se leva aussitôt et lui serra la main. Il reconnut les traits de la femme qu'il avait rencontrée autrefois et put constater que, malgré les marques du temps sur son visage, Madame Constant ne s'était pas laissée aller, comme le font parfois les femmes ayant dépassé un certain âge. Elle était encore mince, habillée d'une tenue simple mais élégante, ses cheveux blancs en partie relevés vers l'arrière lui dégageant le visage et mettant en valeur ses yeux bleus.

- Bonjour Maître, enchantée de vous revoir.
- Oui, il me semble me souvenir que nous nous étions déjà rencontrés un jour chez mes parents…
- En effet, mais il y a de cela déjà plusieurs années, vous étiez encore étudiant. Nous avions discuté de l'intérêt que présentait le droit pour vous.
- C'est ça, je m'en souviens bien maintenant.
- Eh bien voilà, vous êtes maintenant devenu avocat, et ça tombe bien car j'ai besoin de vos services.
- Très bien, nous allons voir ça, allons dans mon bureau.
- Je vous suis.

Il s'effaça pour la laisser sortir, puis lui désigna l'escalier où ils s'engagèrent ensemble.

- C'est bien vous, n'est-ce pas, qui étiez secrétaire aux affaires étrangères ?
- C'est bien ça. J'ai exercé ce métier passionnant toute ma vie, avant de prendre ma retraite il y a quatre ans. J'ai pu prendre soin de Maman pendant quelques temps, mais mon pauvre papa nous avait déjà quittées. Maman l'a rejoint il y a quelques mois déjà. Voilà pourquoi j'ai besoin de votre aide aujourd'hui.

Patrick constata que Madame Constant évoquait le décès de ses parents avec une tristesse sensible, mais modérée, ce qui

indiquait qu'elle avait réussi à faire son deuil. Il relança la conversation, sans pour autant aborder tout de suite les questions d'héritage.
- Et vous ne vous ennuyez pas trop, maintenant que vous êtes sédentaire ?
Elle sourit.
- Pas pour le moment. Il se trouve que dans ma profession les mutations s'effectuaient à peu près tous les quatre ans, et comme je suis revenue à Albi depuis quatre ans justement, pour l'instant je me sens encore dans le rythme. Mais je vais voir dans les mois qui viennent si ça ne commence pas à me perturber, effectivement.
Ils avaient atteint le palier et Patrick lui ouvrit la porte de son bureau.
- Entrez je vous en prie, asseyez-vous.
Il referma derrière elle puis contourna le bureau pour prendre place.
- Nous y voilà. Je vous écoute, Madame Constant, que puis-je pour vous ?
- Et bien Maître…
Il l'arrêta d'un geste de la main tout en lui adressant un sourire à la fois franc et humble.
- Désolé, j'ai horreur qu'on m'appelle "Maître", je trouve que ça fait pompeux. Appelez-moi Patrick, ou si ça vous gêne appelez-moi plus simplement "Monsieur Boismont", ça sera plus simple.
Elle lui rendit son sourire.
- Je vais commencer par vous appeler "Monsieur", ensuite je verrai si je parviens à vous appeler "Patrick". Voilà : mon problème est très simple, et à vrai dire c'est un problème de riche. Comme je viens de vous le dire, Maman est décédée il y a peu. Comme j'étais fille unique, j'ai hérité de la totalité des biens de mes parents, c'est-à-dire la maison à Puygouzon, la librairie de mon père en ville, ainsi que leurs avoirs. De mon côté, j'avais acheté un appartement à Albi, au cas où l'envie de revenir

m'aurait prise en cours de carrière. Cet appartement est aujourd'hui entièrement payé et me rapporte le montant du loyer. Ce qui fait qu'à présent, je suis propriétaire d'une maison, d'un appartement et d'une librairie, avec par ailleurs des ressources... disons... confortables. Or, et c'est là l'objet de ma visite, je n'ai pas d'enfant, pas de neveux ou nièces. Ce qui fait que, le jour où mon tour sera venu de quitter cette terre, tous mes biens seront partagés entre les descendants des frères et sœurs de mes parents.
- C'est tout à fait ça. Avez-vous beaucoup d'oncles et tantes ?
- Mon père avait un frère et une sœur, qui sont maintenant décédés, et ma mère avait une sœur qui elle, est encore en vie. Voyez-vous, lorsque j'ai hérité, j'ai demandé à mon notaire de faire une estimation de mes biens...
Elle s'interrompit pour secouer une main d'un air gêné avec un sourire ironique.
- Oh là là, vous m'entendez ? puis elle prit un air pompeux pour déclamer "J'ai fait l'estimation de mes biens", avant de reprendre un ton normal mais toujours empreint d'ironie pour dire :
- Je vais bientôt passer pour pédante et arrogante !
Patrick la rassura d'un sourire entendu.
- Non, non, je vous rassure, vous n'avez rien de pédant ni d'arrogant. Je croise suffisamment de gens de cette catégorie pour savoir que vous n'avez rien à voir avec eux.
Toujours sur le mode ironique, elle prit un air soulagé.
- Ah, tant mieux, vous me rassurez.
Tout en parlant, elle avait sorti un papier manuscrit de son sac à main.
- Selon mon notaire, la maison est estimée à deux cent quatre-vingt-cinq mille euros, l'appartement à cent quinze mille euros, pour la librairie, les murs sont estimés à cent mille euros et le fonds de commerce à cent quarante mille euros, et mes avoirs se montent à deux cent mille euros. Tout cela fait donc un total de huit cent quarante mille euros.

Patrick hocha la tête avec appréciation.
- Ce qui fait une jolie somme.
- Nous sommes d'accord… Donc, pour poursuivre mon raisonnement, si je venais à décéder, ces biens, ou le produit de leur vente, seraient partagés entre les héritiers de mon oncle et de mes tantes, c'est bien ça ?
- C'est ça, oui.
- Soit quatre cent cinquante mille euros du côté de mon père et autant du côté de ma mère.
- Oui, desquels il faudra déduire les impôts et taxes.
Madame Constant pencha la tête.
- C'est vrai, j'avais oublié ce détail.
Puis elle reporta son attention sur sa feuille, semblant réfléchir. Patrick lui laissa quelques instants, puis relança aimablement la conversation.
- Il me semble que vous avez parfaitement cerné votre situation. Je ne vois donc pas très bien en quoi vous avez besoin de moi… Ou bien… avez-vous une autre idée en tête que je n'ai pas encore discernée ?
Elle sortit de sa réflexion et reprit la parole.
- Oui… en effet… J'avoue que ce raisonnement financier, pour simple qu'il soit, me chagrine pour la bonne raison que je suis attachée à ces biens. Oui je sais, cela fait bassement matérialiste, mais j'ai de nombreux souvenirs en relation avec la maison et la librairie, et l'idée qu'elles seront un jour léguées ou vendues à des inconnus dont je ne sais rien… m'afflige. Sauront-ils en apprécier la valeur, la beauté ? Ou bien par exemple vont-ils tout raser pour construire à la place… euh… je ne sais pas… un bunker ? Comprenez-vous ce que je veux dire ? Ce n'est pas tant de me défaire de tous ces biens… de toute façon, là où je serai, je n'aurai plus mon mot à dire. Ce n'est pas non plus le fait de devoir céder cela à de parfaits inconnus, j'ai rencontré quantité d'inconnus, dans ma vie, qui ont recueillis ma plus haute estime, mais bien plutôt…
Elle réfléchit un instant avant de poursuivre.

- Oui… est-ce que ces gens qui récupéreront ce que mes parents ont mis tant d'année à constituer, et leurs parents avant eux, est-ce que ces gens le mériteront ? Est-ce qu'ils en seront dignes, ou pas ? Voyez-vous, si dans les années à venir je fais la connaissance de mes petits cousins, et que je découvre de braves gens, méritants, agréables, avec une bonne mentalité, dont je me dis qu'ils feront bon usage de cette maison, de cet appartement, alors je serai en paix. Mais si je viens à découvrir que ce sont des gens désagréables, cupides… ou méprisants…
Elle se tut, laissa sa phrase en suspens, secoua la tête en signe de dénégation.
- Cela me ferait me retourner dans ma tombe !
Patrick acquiesça plusieurs fois d'un air entendu, en signe d'assentiment.
- Je vous comprends parfaitement.
Il garda le silence un instant, par respect pour Nicole, avant de demander :
- Vous n'avez pas de relation avec vos cousins ?
- Eh beh, disons qu'avec mon travail, j'ai perdu le contact avec plusieurs personnes de la famille. Déjà, mes oncles et tantes ne sont pas tous restés dans la région, une fois parvenus à l'âge adulte certains sont partis. Donc, quand j'étais enfant, nous ne les voyions que de loin en loin. Et si le contact est bien passé avec certains de mes cousins, il est moins bien passé avec d'autres. Alors en plus, une fois partie à l'étranger, si certaines relations se sont maintenues, d'autres se sont complètement dissoutes.
- Je vois. Et ces gens sont, pour certains, devenus de parfaits étrangers pour vous maintenant.
- C'est ça.
- Alors à plus forte raison leurs enfants.
- Tout à fait.
- Ce qui fait qu'aujourd'hui, vous êtes totalement dans l'ignorance quant à la moralité des gens qui hériteront de vos biens.
Elle ouvrit les mains en signe d'assentiment.

- Vous avez tout compris !

Ils restèrent quelques secondes silencieux, avant que Patrick n'affiche un petit sourire à la fois aimable et taquin.

- Ceci dit, vous êtes quand même encore jeune pour vous soucier d'un testament ! Il me semble que vous avez encore bien des années devant vous pour y songer.

Elle lui adressa à son tour un grand sourire charmé tout en levant le doigt comme pour une réprimande.

- Oh oh, Monsieur Boismont, vous êtes un charmeur !

Puis elle reprit sur un ton plus sérieux.

- Mais oui, bien sûr, vous avez raison, je ne suis pas si vieille que je doive déjà m'inquiéter. Pour être honnête, j'ai soixante-six ans, et à moins que mon médecin n'ait un scoop à m'apprendre, j'ai encore du temps devant moi. Mais voyez-vous, je suis quelqu'un qui n'aime pas laisser les échéances venir, j'aime bien anticiper. Pour l'instant, comme vous venez de le dire, je ne suis pas encore malade ou grabataire, j'ai donc toute latitude pour m'occuper de tout ça l'esprit serein. Je préfère donc en profiter, d'autant plus que, passé un certain âge, on pourrait venir contester toute décision en invoquant la sénilité.

- Alors, vu comme ça, je comprends mieux et je reconnais que vous avez tout à fait raison. En ce sens, il vaut effectivement mieux y songer à l'avance.

- Donc l'objet de ma visite est de savoir, au risque de paraître calculatrice, ou même abjecte, si j'ai la possibilité de prendre des dispositions par le biais d'un testament pour éviter que mes biens ne tombent en n'importe quelles mains. Par exemple, je sais que des parents ne peuvent spolier un de leur enfant, que les droits sont les mêmes pour chaque descendant, mais quand les liens de parenté sont aussi éloignés, y a-t-il d'autres dispositions possibles ? Est-ce dans ce genre de cas que l'on peut rédiger un testament ? Ou est-ce considéré comme une spoliation ?

Ce fut le tour de Patrick de prendre la parole. Maintenant qu'il connaissait la situation, il pouvait enfin avancer sur son terrain.

- Au contraire, c'est exactement le genre de cas où le testament montre tout son intérêt. Voyez-vous, en matière d'héritage, il n'y a que les descendants, les collatéraux ou les ascendants qui soient protégés, ou éventuellement le conjoint. Et encore, du moment que vous maintenez à leur égard la part minimale que la loi vous impose, vous êtes libre de disposer du reste comme bon vous semble. Mais dans ce cas précis vous n'êtes pas concernée, puisque sans conjoint, sans descendants ou ascendants. Et une fois ces liens de sang directs écartés, vous avez toute latitude pour décider à l'avance de qui héritera quoi.
- C'est une excellente nouvelle.
- Tout à fait. Je comprends bien que vous n'ayez pas envie que vos biens tombent, si je puis dire, en de mauvaises mains. Qui aurait envie de voir l'objet de ses soins, quel qu'il soit, être galvaudé ? Et rassurez-vous, cela n'a rien d'abjecte ou de calculateur, puisque de toute façon ce n'est pas dans votre intérêt que vous faites cela, mais bien dans l'intérêt d'autrui. Aussi, vous pouvez tout à fait réfléchir dès à présent aux personnes à qui vous souhaitez léguer vos biens, et établir un testament pour être assurée que votre patrimoine ne sera pas attribué à des gens que vous mésestimez.

Madame Constant affichait un sourire satisfait. Il sembla à Patrick que ses pensées commençaient à s'échapper vers quelques réflexions. Elle murmura :
- Oui... une excellente nouvelle...

Puis elle posa à nouveau ses yeux sur Patrick, le cours de ses réflexions ayant, semble-t-il, brusquement changé de direction. Elle reprit avec un air ironique.
- Encore faut-il que je trouve qui mettre dans ce testament ! Car je ne me vois quand même pas léguer tout ça au facteur ou à mon voisin !
- Vous n'avez vraiment plus de relations avec votre famille ?

Elle haussa les épaules en faisant la moue.
- Ce n'est pas vraiment que je n'ai plus de relation. En fait, comme je vous le disais, ces relations se sont distendues au fur

et à mesure. Nous avons fait connaissance il y a longtemps, mais en raison de mon absence prolongée, nous ne nous sommes plus vus, ou que rarement. Je venais presque tous les ans fêter Noël ou le Nouvel an chez mes parents, et j'en profitais pour revoir tel cousin ou telle cousine. Mais ça n'était pas toujours possible et il s'écoulait parfois dix ans entre deux rencontres. Et puis, j'avais certaines affinités avec les uns et pas avec les autres, et ces tendances n'ont fait que se marquer davantage avec le temps...

Elle se perdit un instant dans ses pensées avant de commenter, comme se parlant à elle-même :

- Je me rends compte, maintenant que mes parents ne sont plus là, qu'il n'est pas toujours facile de vivre seule. C'est curieux, je n'ai pourtant jamais vraiment connu la solitude durant ma vie. Peut-être aussi parce que je suis d'un caractère qui m'accommode facilement de cette situation, je n'ai jamais souhaité me marier.

Elle haussa à la fois les sourcils et les épaules, comme surprise elle-même par ce qu'elle venait de dire.

- Eh oui, c'est curieux, il y a beaucoup de gens qui souffrent de solitude et rêveraient de rencontrer l'âme-sœur, tandis que moi ça n'a jamais été mon but. Si je ne me suis pas mariée, c'est que je ne l'ai pas cherché. Pour ma vie, j'avais plus envie d'une multitude de rencontres que d'une rencontre unique. Et à cet égard, mon métier m'a comblée, j'ai toujours eu de nouvelles personnes à découvrir, avec qui échanger et partager des idées. Mais maintenant que ce conjoint bien accommodant qu'était mon travail est décédé... je me retrouver un peu seule... je ne trouve plus vers qui me tourner, avec qui échanger...

Elle se tut, s'apercevant qu'elle était en train de se confier à ce jeune homme dont elle aurait largement pu être la mère, et qui n'était ni confesseur, ni psychologue, mais avocat. Elle était sortie, sans le vouloir, du cadre juridique. Patrick, de son côté, avait été surpris d'entendre cette femme d'une autre génération et au style de vie tellement différent du sien, évoquer à présent le même souci que lui : la solitude. Cela réveilla en lui la tristesse qu'il avait ressentie durant tout le week-end. Ainsi donc, ça ne prenait jamais fin, cette sensation de vide ? Même quand on avançait vers la fin de sa vie, il fallait composer avec ? Cette perspective n'était pas pour le rassurer.

Il aurait préféré ne pas avoir à reprendre la parole, vu sa propre incertitude face au sujet abordé par Nicole, mais il était aussi conscient qu'un silence de sa part pourrait passer pour de l'indifférence, ou de l'impolitesse. Il était dans son bureau, c'était lui le professionnel, c'était à lui de mener la conversation.

Il répondit d'une voix grave :
- Je comprends très bien le sentiment que vous évoquez, sauf que je me situe dans l'autre catégorie, celle qui recherche l'âme-sœur sans la trouver.

Nicole le considéra un instant avec surprise :
- Vous n'êtes pas marié ? Ou pour le moins pas en couple ?

Il hocha la tête d'un air contrit :
- Hé non.
- Des enfants ?
- Non plus.

Nicole le regarda d'un air interloqué :
- Comment ? Un si beau jeune homme qui a si bien réussi dans la vie et semble charmant à tous égards ? J'en suis stupéfaite, mais qu'ont donc les jeunes femmes d'aujourd'hui dans la tête ?

Patrick inclina la tête d'un air penaud :
- Il faut croire que le problème ne vient pas uniquement du côté du sexe faible.

Madame Constant répondit sur le ton de la sincérité.
- Allons Patrick, quand je vous regarde, je ne vois rien en vous de répréhensible. Alors à moins que vous n'ayez un caractère épouvantable, je me demande où est le problème…

Elle réalisa à nouveau que, en raison à la fois de leur différence d'âge et du fait qu'elle était amie avec ses parents, elle venait de se comporter avec lui plus comme une parente que

103

comme une cliente. Levant une main en signe d'excuse, elle exprima le fond de sa pensé en adoptant un ton plus léger.
- Mais excusez-moi, je me mêle de ce qui ne me regarde pas. Voyez-vous, comme votre maman m'a souvent parlé de vous comme peut le faire une mère, j'en arrive à me comporter presque comme si j'étais... votre tante !

Patrick sauta sur l'occasion pour changer de sujet et mettre un peu de gaité dans leur conversation en faisant de l'humour :
- Eh bien voilà ! Vous vous plaigniez de ne pas avoir de famille ! Vous venez de vous trouver un neveu !

Madame Constant rit de bon cœur à cette boutade, quand Patrick réalisa le sous-entendu qu'il n'avait pas voulu faire, mais qu'elle avait peut-être entendu. Levant une main en signe de dénégation, il se dépêcha d'ajouter :
- Oups, avant que vous vous mépreniez sur mes paroles, je vous précise que je n'ai pas le droit d'être couché sur le testament de mes clients.

Elle leva elle-même la main en signe de protestation.
- Ne vous inquiétez pas, je ne l'avais pas pris dans ce sens-là. Et je réalise qu'il est grand temps que je vous laisse. Je parle, je parle, mais vous avez d'autres rendez-vous.

Patrick consulta le réveil posé à côté de lui sur le bureau.
- Pas de problème, nous sommes dans les temps.
- Très bien, mais nous avons fait le tour du problème, il n'est donc pas nécessaire que je vous retienne davantage. Maintenant, grâce à vous, je sais ce que j'ai à faire.

Elle se leva et reprit son sac qu'elle avait posé sur le siège à côté du sien. Patrick se leva également et lui demanda d'un air surpris :
- Vraiment ? Vous savez maintenant qui vous allez coucher sur votre testament ? A part votre avocat, bien entendu.

Elle prit doucement la direction de la porte tout en lui répondant.
- Non, pas encore. Mais j'ai réalisé que, lors de l'enterrement de Maman, j'ai revu la plupart de mes cousins. Ils se sont tous

montrés gentils, ont tous pris de mes nouvelles, m'ont demandé ce que j'allais faire maintenant, m'ont tous proposé de passer les voir. Mais alors, dans l'état où je me trouvais, j'avais pris ça pour de la simple politesse, des mots de circonstance. Mais maintenant que j'y repense, je crois que je vais faire comme ils m'ont suggéré, et reprendre contact avec eux.

Arrêté devant la porte du bureau fermée, Patrick répondit sur le ton de la surprise un peu consternée :
- Aucun d'entre eux ne vous a recontacté depuis l'enterrement de votre maman ?

Nicole réfléchit un moment.
- Si. Ma cousine Christiane, sa sœur Jacqueline, et mon cousin Gilbert m'ont appelée pour m'inviter. Mais j'avoue qu'à cette époque je me sentais d'humeur triste, je n'avais pas envie de sortir. Ils ont respecté mon deuil. Mais aujourd'hui, c'est à moi de relancer.

Patrick lui adressa un sourire en ouvrant la porte.
- Eh bien au moins vous savez quoi faire.

Il la raccompagna jusqu'au secrétariat de Mme Combelle où ils se serrèrent la main.
- Au revoir Patrick. Merci pour vos conseils, je vois un peu mieux où je vais.
- Au revoir Madame Constant, et ravi d'avoir pu vous aider.

Elle reprit instantanément un ton taquin.
- Oh, maintenant que vous faites partie de la famille, appelez-moi Nicole.

Il répondit sur le même ton :
- Je vais d'abord vous appeler Madame Constant, ensuite je verrai si je parviens à vous appeler "Nicole". Au revoir.

Il la laissa auprès de sa secrétaire et retourna dans son bureau.

* * *

En arrivant chez elle, Nicole posa sa veste et son sac, décrocha le combiné qui se trouvait dans l'entrée, et composa un numéro.

- Allô Gilbert ? Oui, c'est Nicole, ta cousine.

En allant à la bibliothèque

En s'éveillant ce mardi matin, Jean vit qu'il n'était que quatre heures trente et décida de rester au chaud sous la couette, le temps de bien se réveiller. Après tout, rien ne pressait. Tout en émergeant, il réfléchit à l'organisation de sa journée. Puisqu'il s'était réveillé tôt, il ferait bien d'aller à la médiathèque dans la matinée, sinon le temps allait lui sembler long. Par contre, pour les mêmes raisons, il aurait grand besoin d'une bonne sieste, ce qui risquait de raccourcir son après-midi. Et très franchement, en cette saison, il n'appréciait guère de devoir sortir en milieu d'après-midi pour rentrer en fin de journée, parmi tous les gamins qui sortaient du collège, dans les bousculades et les cris, sans oublier le jour déclinant et le froid ambiant. Donc, c'était décidé, il sortirait ce matin.

Motivé par cette idée il se leva, alla ouvrir sa fenêtre de cuisine, but sa chicorée en lisant sa Bible, fit sa toilette et pria. Il se rendit au tabac-presse comme d'habitude pour acheter son journal puis rentra chez lui où il s'installa pour le lire jusqu'à l'heure de l'école. Là, il regarda la foule se presser, foule où il distingua Jolie-Brunette, euh pardon, Nathalie arriver avec ses enfants, puis repartir seule. Une fois le calme revenu il se chaussa, s'habilla, mit son béret, prit sa canne et sa sacoche et s'en alla en direction de l'arrêt de bus.

En arrivant, quelle ne fut pas sa surprise et sa joie d'y retrouver Nathalie.

- Eh ! Bien le bonjour jeune dame ! Comment allez-vous ?

Il lui tendit une main cordiale, un grand sourire affiché. La jeune femme, qui était appuyée contre l'arrêt de bus, sortit de ses pensées, le reconnut, se redressa et lui serra la main, mais visiblement par politesse. Elle lui adressa un petit sourire courtois, mais ses yeux restèrent inexpressifs.

- Bien merci. Et vous ?

- Bien, bien, aujourd'hui ! Le temps est clair, le ciel dégagé, il fait froid mais, quand on voit le soleil, ça n'est pas pareil que quand le ciel est gris.
- Oui, c'est vrai.

Elle avait le même air taciturne que chaque fois qu'il la voyait, et ne semblait pas savoir quoi dire, ni même avoir envie de prolonger la conversation. Jean hésita l'espace d'une seconde ou deux à poursuivre cet échange. A quoi bon, si elle n'en avait pas envie ? D'ailleurs, il commençait à se demander si elle était une personne intéressante, ou bien plutôt superficielle. Il avait été attiré par elle à cause de sa ressemblance physique avec Jeanne, mais il se pouvait très bien que la ressemblance s'arrête là. Le moins qu'on puisse dire, c'est que jusqu'à aujourd'hui elle ne l'avait pas assommé de paroles... Difficile alors de se faire une idée sur son intellect, sur ses idées... Mais il en fallait plus pour décourager Jean. Après tout, ils ne s'étaient rencontrés que quelques fois, et si lui la voyait et l'observait depuis des mois, pour elle, il n'était encore qu'un inconnu. Il fallait bien la laisser s'habituer à le voir. Et puis, si elle avait toujours la tête baissée et les yeux rivés au sol comme à présent, pas étonnant qu'elle ne l'ait jamais remarqué. Alors, comme il n'était lui-même jamais à court de paroles, et qu'il était déterminé à en apprendre un peu plus sur elle, il relança la conversation.
- Alors vous aussi vous allez en ville ce matin ?

Elle se contenta de répondre "Oui" sans autre commentaire. La bougresse était drôlement coriace. Mais Jean l'était tout autant.
- Eh bien vous avez eu une excellente idée, car ainsi nous ne voyagerons pas seuls, vous et moi.

Réalisant qu'elle n'avait peut-être pas envie de sa présence, il préféra mettre les formes, et reprit sur un ton taquin :
- A condition que vous m'acceptiez à côté de vous. Après tout, peut-être que je vous saoule, avec mon verbiage.

Est-ce que ce vieux monsieur la saoulait, avec son baratin ? Nathalie n'aurait su le dire. Il y avait si longtemps qu'elle n'avait pas parlé à quelqu'un. La plupart du temps, ses échanges avec des adultes se limitaient aux formules de politesse échangées avec la maîtresse, les caissières, ou les agents de Pôle-Emploi. Rien de personnel, rien de construit, que du superficiel, du politiquement correct. Depuis que son dernier compagnon l'avait abandonnée quatre ans plus tôt, elle n'avait plus personne à qui parler et avait perdu l'habitude de communiquer au-delà de quelques mots. Elle avait l'impression d'être invisible aux yeux des gens, lesquels ne s'adressaient à elle que parce que c'était nécessaire, parce que c'était leur métier. La caissière, le guichetier de Pôle Emploi, des allocations familiales ou du service social l'auraient-ils seulement reconnue s'ils l'avaient croisée dans la rue après leur journée de travail ? Lui auraient-ils parlé ? Elle n'était pour eux qu'un être humain parmi d'autres êtres humains, un numéro sur un dossier, un cas de plus à traiter. Même ses parents, et les deux pères de ses enfants ne lui adressaient plus la parole... Alors elle s'était murée en elle-même, dans un soliloque silencieux, sans même plus en avoir conscience. Au moins personne ne la contredisait.

Alors aujourd'hui, à cet arrêt de bus, que devait-elle répondre à ce vieux monsieur qui lui demandait s'il la gênait avec sa sollicitude ? La gênait-il vraiment ? Un peu, oui, elle en avait conscience. Ça l'obligeait à sortir de sa torpeur, à s'ouvrir à nouveau à quelqu'un, à prendre le risque de se laisser atteindre une nouvelle fois pour, peut-être, sûrement, le voir ensuite se détourner, se refermer, l'abandonner comme tous les autres avant lui et la laisser là, désemparée, à nouveau en manque de discussion, à nouveau en manque de relation.

Mais la brèche était faite. Elle était maintenant complètement sortie de son apathie, et se demandait ce qu'avait ce vieux monsieur, depuis quelques jours, à toujours se trouver sur son chemin. Consciente de ce qu'elle était restée silencieuse un petit peu trop longtemps, elle lui fit un mince sourire en disant :

- Oh, comme vous dites, ça nous passera le temps.

Il lui attribua un sourire radieux.

- Très bien ! Ah, voilà notre bus !

Galant, il la laissa monter la première, grimpa à son tour lourdement en s'accrochant à la main courante, la suivit dans l'allée, un peu moins lestement qu'elle peut-être, puis s'assit à ses côtés.

- J'avoue que ça me fait bien plaisir que vous m'acceptiez à côté de vous, car depuis que ma femme est décédée, je n'ai pas souvent quelqu'un avec qui discuter, et des fois les journées sont longues.

Elle eut une moue triste.

- Je connais bien ça, moi aussi je suis seule toute la journée.
- Votre mari rentre tard ?

Elle hésita l'espace d'une seconde. D'habitude, quand elle disait qu'elle était mère célibataire, elle avait affaire à deux types de réaction : l'indifférence ou le mépris. C'était d'ailleurs bien pour ça que ses parents l'avaient mise à la porte, parce que ramener un gosse à la maison, alors qu'elle-même y était déjà de trop, ça ne méritait que le mépris pour son attitude inconséquente, et l'indifférence pour ce bâtard.

Elle aurait pu répondre que son mari rentrait effectivement tard, pour sauvegarder les apparences, mais elle n'avait jamais été douée pour le mensonge. Elle aurait fini par se trahir, tôt ou tard. Et puis au moins, en disant la vérité tout de suite, elle n'avait pas le temps de se faire des illusions sur les intentions de ce monsieur. S'il devait être aussi cruel que les autres, autant qu'elle le sache tout de suite. Et c'est en le regardant droit dans les yeux qu'elle lui dit :

- Non, je vis seule.

Puis elle observa sa réaction. Les yeux du vieil homme s'agrandirent et il la fixa tandis que son visage exprimait la stupeur.

- Seule ?

Il resta à nouveau silencieux quelques secondes, sans arrêter de la dévisager, puis commenta à mi-voix, comme s'il se parlait à lui-même :

- Seule avec deux jeunes enfants, ma p'tite dame, ça ne doit pas être facile...

Elle fut saisie de sa réaction. De la part d'un homme de cet âge, elle se serait plutôt attendue à de la morale qu'à de la compassion. Et là, en une seule phrase, d'une seule expression, il avait résumé à voix haute tout le contenu de sa vie. Elle en fut tellement déstabilisée, qu'elle se surprit à répondre :

- Non, c'est pas facile tous les jours...

Elle qui s'efforçait d'habitude de sauver les apparences, de toujours avoir l'air bien à l'extérieur... Elle n'était pas habituée à se confier de la sorte... Jean continuait à la regarder d'un air pensif. Au bout de quelques instants, il lui demanda :

- Est-ce que le papa les prend au moins de temps en temps, le week-end ?

Aïe, nouvel écueil. Aurait-elle le courage de lui dire qu'il n'y avait pas un mais deux papas ? Et qu'ils ne donnaient plus signe de vie ni l'un ni l'autre ? Cela aurait fait trop d'aveux pour une même journée. Alors elle répondit simplement :

- Non, jamais.

Jean leva la main en détournant la tête d'un air de reproche. Que l'on se sépare d'une compagne, passe encore, mais abandonner ses propres enfants, ça il ne le comprenait pas. Il regarda à nouveau la jeune femme avec compassion.

- Et vous, vous êtes restée.

Elle ne comprit pas sa remarque.

- Comment ça, je suis restée ?

- Vous, vous n'avez pas abandonné vos enfants, vous êtes toujours là pour eux. Et pourtant, ça doit être bien difficile. Je sais de quoi je parle, j'en ai eu deux moi aussi.

Indignée, elle protesta.

- Je n'allais pas les abandonner aux services sociaux !

Il haussa les sourcils en signe d'évidence.

- Je veux dire que votre compagnon, lui, ne s'est pas posé autant de questions...

Elle resta un instant interloquée. Oui, c'était vrai, Kevin et Bastien s'en étaient allés tous les deux sans état d'âme. Ils ne l'avaient jamais recontactée pour savoir comment allait leur enfant, encore moins pour le voir. Quant à savoir ce qu'elle devenait elle... Jean poursuivit la conversation.

- Et vous arrivez à jongler entre votre travail et les horaires scolaires ?

Nathalie se dit que, s'il n'avait pas déjà une piètre opinion d'elle, à présent ça allait être le cas.

- Je n'ai pas de travail. Là, je vais à Pôle-Emploi pour voir les annonces.

Il eut un haut le corps.

- En plus vous êtes au chômage ?!

Il réalisa, en disant cela, que c'était pourtant bien ce qu'avait dit le petit garçon l'autre jour. "Toi tu sais lire, et pourtant t'en as pas de travail".

Après quelques secondes, il détourna les yeux en secouant la tête, puis marmonna.

- Pauvre petite, seule et au chômage...

Puis, il eut un geste qui bouleversa Nathalie. Levant sa vieille main ridée, il lui tapota gentiment le dessus de la sienne en un geste exprimant tout à la fois la compassion, l'affection et la tristesse.

- Pauvre petite... pauvre petite...

Puis, probablement conscient qu'il ne serait pas très séant de prolonger cet attouchement, il reposa sa main sur ses genoux en secouant la tête. Nathalie ramena la sienne comme si elle lui brûlait. Il y avait tellement longtemps que quelqu'un n'avait pas eu un geste d'affection comme celui-là, qu'on ne l'avait pas touchée. Elle ne dit rien, trop ébranlée par la réaction qu'avait eue ce vieux monsieur qu'elle ne connaissait pas. Au lieu du mépris, la compassion, au lieu du jugement, la compréhension. Comment cet homme âgé pouvait-il comprendre ?

Jean était bouleversé. Tous les jours, il regardait cette jeune femme avec admiration sans imaginer une seconde le drame qu'elle vivait au quotidien. Elle était jolie, ses enfants aussi, ils semblaient agréables… comment pouvaient-ils se retrouver dans une situation pareille ? Mais dans quel monde vivait-on ? Il reprit la parole.

- Ah, ma petite Nathalie, me voilà bien attristé d'apprendre dans quelle situation vous vous trouvez. A votre joli minois, je ne me serais jamais douté que vous viviez une pareille galère. Vous êtes toujours bien mise, vos enfants sont toujours propres, vous êtes toujours à l'heure, vous offrez l'image d'une jolie petite famille, et pourtant que de difficultés ! Ah vraiment, je dois vous avouer que je vous admire. Réussir à faire aussi bien dans des circonstances aussi difficiles, chapeau !

Nathalie sentit une grosse boule lui monter subitement dans la gorge. Qu'est-ce que cet homme venait de lui dire ? Qu'il l'admirait ? Elle était mère célibataire, au chômage, seule, sans famille, rejetée, minable, incapable… et il l'admirait ? Elle ne put répondre dans l'immédiat, de crainte de se mettre à pleurer.

Quand elle eut recouvré la maîtrise d'elle-même quelques minutes après et qu'elle fut un peu plus assurée de sa voix, elle demanda d'un air malgré tout lugubre :

- Je ne vois pas ce que ma vie a d'admirable. Le père de mes enfants m'a quittée, mes parents ne veulent plus me voir, je ne suis pas fichue de trouver un travail, mon fils me fait des colères tous les jours, je ne peux acheter que des produits premier prix et à condition d'aller aux restos du cœur, et je m'habille dans des friperies. Dites-moi où est le bonheur là-dedans ?

Il la regarda à nouveau en face et son regard exprimait une grande détermination.

- Ah, ma petite Nathalie, je n'ai pas parlé de bonheur, et notez bien que ça me fait de la peine pour vous. J'ai bien compris que votre vie ne doit pas être facile tous les jours. Mais quand j'ai parlé d'admiration, je n'ai pas parlé de votre vie, mais de vous.

En disant ça, il la désigna du doigt avec la même détermination que ce qu'exprimait son regard.

- C'est vous que j'admire, Nathalie. Vous qui êtes restée pour vos enfants, vous qui vous levez chaque matin pour vous occuper d'eux, pour trouver de quoi les nourrir, pour les amener à l'école pour qu'ils reçoivent une instruction, vous encore qui lavez leurs vêtements, qui faites leur toilette, qui les écoutez, les câlinez, les rassurez quand ils ont peur. Vous qui vous battez en allant à Pôle-Emploi pour trouver un travail. Et malgré votre solitude, vos maigres ressources, comme je vous le disais tout à l'heure, vous êtes toujours bien mise, jolie, et vos enfants aussi. Vous leur parlez sans leur aboyer dessus comme certaines, vous les écoutez.

Il laissa ses propos en suspens avant de conclure sur un ton très affirmatif :

- Et c'est pour tout ça que je vous admire.

La grosse boule était revenue dans la gorge de Nathalie. Elle détourna la tête, incapable de soutenir le regard de ce vieil homme qui la regardait avec tant de conviction. Comment lui dire ? Comment lui dire toutes les bêtises qu'elle avait faites, tout ce qu'elle avait échoué ? Comment lui dire le bazar qui régnait souvent chez elle, les crises de colère qu'elle piquait après ses enfants, l'inutilité de sa vie ? Il lui semblait avoir tout fait, tout tenté, sans que jamais rien n'aboutisse. Elle était une ratée. Et visiblement, elle avait bien donné le change, le vieux monsieur s'y était laissé prendre. Elle osa à nouveau le regarder en face. Durant ces quelques instants où elle s'était détournée, il n'avait cessé de la regarder, toujours de cet air convaincu. Il reprit la parole d'un air assuré :

- Vous ne pensez pas comme moi ?

Le ton de sa voix, ainsi que son regard, exprimaient toujours une forte conviction.

Elle détourna à nouveau les yeux.

- Pas vraiment.

Jean avait bien conscience que la jeune femme était au bord des larmes. Visiblement, son opinion d'elle-même était au plus bas, comme c'est bien souvent le cas quand quelqu'un traverse un temps de difficulté. Il aurait souhaité lui parler davantage, l'aider à s'ouvrir, lui dépeindre sa situation avec un autre regard, mais il aurait été cruel de la bouleverser encore plus. Ce n'était ni l'endroit, ni le moment. Pourtant, il aurait aimé lui dire tant de choses... mais allons, il fallait qu'il soit raisonnable, pas maintenant.

Il regarda par-dessus les fauteuils et vit qu'il allait bientôt arriver à destination. Il hésita sur la conduite à tenir : il pourrait descendre plus tard, après que le bus ait contourné le centre-ville, pour ne pas laisser la jeune-femme au beau milieu de la conversation, en grand désarroi, mais il sentit que ça aurait fait trop pour Nathalie, qu'elle avait besoin de se retrouver seule. Il préféra se montrer raisonnable et ne pas la bousculer davantage.

- Ma destination approche...

Il se tourna vers Nathalie et lui tendit la main d'un air cordial.

- Une fois de plus, j'ai été ravi de pouvoir discuter avec vous. Vous êtes une jeune femme sympathique.

Elle lui répondit d'un pauvre petit sourire et lui serra la main. Il allait se lever quand il se ravisa.

- Il me vient une idée ! J'habite la maison jaune aux volets bleus, celle qui est au bord du chemin, juste à l'angle de l'école, vous voyez ? Si un jour vous avez besoin de quelqu'un pour garder les enfants, n'hésitez pas ! Venez toquer, on en discutera autour d'un café. D'accord ?

Elle pencha la tête d'un air peu convaincu.

- Pourquoi pas.
- Oui, oui, sûrement ! N'hésitez pas !

Il se leva et lui adressa un dernier "Au revoir" avant de descendre. Nathalie continua seule son trajet vers Pôle-Emploi.

Une fois dehors, Jean prit une grande inspiration d'air frais. La conversation l'avait un peu oppressé. Il regarda s'éloigner le bus en se disant que décidément, tout le monde n'avait pas les mêmes chances à la naissance... Il fit une brève prière à mi-voix :

- Seigneur, je pense que voilà un beau projet pour toi et moi. Quelle jeune femme splendide à l'extérieur, et pourtant tellement triste à l'intérieur. Et qu'a-t-elle dit à la fin ? Que ses parents ne voulaient plus la voir ? Mais quelle misère ! Seigneur, je te prie de l'accompagner durant ce déplacement, qu'elle ne se sente pas seule, qu'elle vive quelque chose de positif.

Il resta encore pensif un moment à regarder l'arrière du bus s'éloigner, puis traversa et s'engagea dans la rue Villegoudou pour rejoindre l'annexe de la bibliothèque située rue Emile Zola. Il avait une heure à tuer avant que l'établissement n'ouvre et en profita pour flâner, humer l'air, écouter les bruits de la ville, regarder vivre les gens et regarder les vitrines en essayant, là encore, de trouver quelque chose qui pourrait l'intéresser pour les fêtes de Noël. Au moins profita-t-il cette fois-ci de la balade, le temps étant devenu plus clément. Une fois arrivé à destination, rassasié d'air frais et d'animation matinale, il entra, salua le bibliothécaire et s'engagea dans les allées à la recherche de quelques ouvrages littéraires propres à le divertir.

Jean aimait l'atmosphère feutrée des bibliothèques, toute de silence et de bruits étouffés, il aimait le parfum qui émanait des livres, parfum du papier, de l'encre, des mains qui avaient tenus ces ouvrages, peut-être aussi des larmes qui avaient roulé dessus. Il prenait toujours son temps, regardait le dos des livres, se penchait pour en lire le titre, s'arrêtait quand ce qu'il lisait l'interpellait puis sortait l'ouvrage pour regarder la couverture, lire le résumé, regarder qui était l'auteur et voir si l'on en apprenait plus sur lui. Puis, une fois qu'il avait bien apprécié la beauté de l'emballage, il ouvrait le livre comme d'autres ouvrent un cadeau, tout fébrile de voir si ce qu'il y avait dedans était à la hauteur de ce que l'extérieur laissait présager. Il lisait alors les premières lignes, et savait au bout d'une dizaine s'il valait le coup pour lui de poursuivre sa lecture ou pas. Alors, selon les cas, il reposait le volume ou au contraire, tout émoustillé, se sentant presque comme un explorateur qui aurait découvert un nouveau monde, il glissait son trésor sous son bras et continuait sa quête pour en trouver un deuxième, puis un troisième. Là, se sentant équipé pour affronter les jours à venir, il décidait qu'il pouvait rentrer chez lui. Ce fut le cas ce matin encore et, ses livres sous le bras, il reprit le chemin vers l'arrêt du bus qui devait le ramener chez lui.

Dans l'après-midi, après sa sieste, il réalisa qu'il avait complètement oublié madame Poulet et sa tendinite. Se traitant d'imbécile, depuis presque une semaine qu'il l'avait vue, il prit le téléphone pour lui demander comment elle allait. Il fut soulagé d'apprendre qu'elle ne s'était pas formalisée de cette absence d'intérêt, comprenant parfaitement que Jean avait ses propres préoccupations, et proposa, pour se racheter, de lui faire trois courses avant de lui rendre visite. Ils passèrent le reste de l'après-midi ensemble et discutèrent, comme la dernière fois, de leur passé, de leur vie présente, de leurs enfants, leurs petits-enfants, et du monde en général. Puis il fut l'heure pour Jean de rentrer, et il reprit pour la dernière fois de la journée le chemin de son domicile.

Une fois chez lui, tandis qu'il retirait ses chaussures, il sentit la fatigue de la journée lui tomber dessus. Alors, toujours prêt à faire de l'humour, le sourire en coin, il se dit à lui-même :

- Ah, pauvre de moi, je me fais vieux, il faudrait que je me montre plus raisonnable ! Deux sorties dans la même journée, en plus d'aller acheter le journal, ça commence à faire… Il va falloir que je fasse attention à ne pas me surmener, le burn-out n'est pas loin…

Il se concocta un petit dîner simple comme il les aimait, mangea devant la télévision, puis alla se coucher. Il s'endormit immédiatement, satisfait de sa journée.

* * *

Ce soir-là, Nathalie s'endormit bien plus tard que Jean. Les paroles qu'il lui avait dites avaient continué de tourner dans sa tête toute la journée.

"Et c'est pour tout ça que je vous admire."
Toute la journée, elle avait lutté contre une envie de pleurer, sans même bien savoir pourquoi elle avait envie de pleurer. Parce que quelqu'un avait enfin conscience de son désespoir ? Parce qu'au contraire, elle avait peur de le décevoir et de perdre ainsi le peu d'estime qu'il avait d'elle ? Parce que justement il lui montrait un peu d'amabilité ? Ou encore parce qu'elle avait envie de lui crier qu'il se trompait, qu'elle était nulle, et qu'il n'avait pas le droit de lui donner de faux espoirs ?
"Et c'est pour tout ça que je vous admire."
A Pôle-Emploi, elle n'avait fait que passer entre les panneaux d'annonce sans en voir aucune, avait consulté les offres en ligne, sans plus de résultat. A chaque fois, elle n'avait pas réussi à se concentrer suffisamment pour retenir quelque chose, ou le peu qu'elle voyait lui avait semblé inaccessible.
"Et c'est pour tout ça que je vous admire."
Qu'il l'admirait ? Il était bien le premier ! Ses parents ne s'y étaient pas laissés prendre, eux qui la connaissaient bien parce qu'ils l'avaient vue au quotidien. Et ses ex non plus. Ils l'avaient tous fui. Il n'y avait que ses mômes pour la supporter, et probablement parce qu'ils n'avaient pas le choix.
"Et c'est pour tout ça que je vous admire."
Il l'admirait ? Il voulait venir voir chez elle, ce qu'il y avait d'admirable ? Ses quelques rares meubles d'occasion, tous dépareillés ? La pile de linge sale dans la salle de bain qui attendait qu'elle la lave ? Les assiettes empilées depuis la veille parce qu'elle n'avait pas trouvé la motivation de les laver ? Ou encore les paquets de pâtes dans le placard parce qu'elle n'avait pas les moyens d'acheter autre chose ?
Elle avait traversé la journée comme dans un monde parallèle, comme si un brouilleur était venu perturber ses pensées, parasiter sa réflexion. Elle avait avancé par habitude, par automatisme : prendre le bus, rentrer à la maison, préparer le repas, aller chercher les enfants, faire comme si de rien n'était, comme si tout allait bien…

"Et c'est pour tout ça que je vous admire."
Une fois couchée, alors qu'elle n'avait plus les gestes du quotidien pour occuper ses mains et imposer un rythme à ses pensées, elle voyait encore le visage ridé du vieil homme tourné vers elle, ses yeux bleus délavés fixés sur elle, la stupéfaction sur son visage.
"Seule ?!"
Elle le revoyait sursauter quand elle lui disait qu'elle n'avait pas de travail.
"Parce qu'en plus vous êtes au chômage ?!"
Elle sentait à nouveau la vieille main sur la sienne.
"Pauvre petite... pauvre petite..."
Elle pouvait encore sentir la compassion, la compréhension. Et elle en pleurait, toute seule dans son lit, elle en pleurait toutes les larmes qu'elle retenait chaque jour. Comment avait-il fait pour savoir ? Et elle lui en voulait de lui donner de l'espoir, ne serait-ce qu'une ombre d'espoir, que peut-être elle n'était pas si nulle qu'on le lui avait dit, que peut-être elle valait quand même un peu quelque chose, un tout petit peu quelque chose. Elle aurait tant voulu y croire.
    Elle s'endormit très tard, après avoir épuisé toutes ses larmes.

Franck

Henri ferma la porte à clef et prit avec Franck la direction du parking du Bondidou d'un pas vif. A minuit passé il faisait froid, et ils ne souhaitaient pas s'éterniser dans les vieilles rues.

Franck dut calquer son pas sur celui d'Henri pour ne pas le distancer, au risque de lui faire sentir qu'il commençait à prendre de l'embonpoint. Il avait de l'estime pour son patron, qui s'était toujours bien comporté avec lui, et il aimait qu'ils fassent ce bout de trajet ensemble après avoir fermé le resto, comme pour prolonger leur relation au-delà des murs de "La Cathédrale". La plupart du temps c'était Henri qui faisait la conversation, faisant généralement des commentaires sur la fréquentation de la journée, l'amabilité des clients ou sur la météo, tandis que Franck se contentait d'écouter, hochant la tête ou répondant par monosyllabe. C'est qu'Henri était un bavard, et Franck un silencieux, ce qui faisait que chacun trouvait son compte lors de leur trajet de fin de journée.

Ils finirent par atteindre l'endroit où ils avaient garé leur voiture et se saluèrent cordialement.

- Allez Franck, à demain, bonne nuit.
- A demain patron.

Ils montèrent chacun dans son véhicule, Henri dans un Scénic blanc et Franck dans une 106 grise métallisé, et prirent chacun la direction de leur domicile, Henri dans le quartier résidentiel situé au-delà du parking du Bondidou, Franck dans le quartier HLM de Cantepau.

Il avait accepté un appartement dans ce quartier réputé chaud pour deux bonnes raisons : sortir vite fait du foyer social où il se trouvait depuis des mois et parce qu'il s'était senti quasiment chez lui à Cantepau, quand il était venu visiter l'appartement. Un quartier couleur brique, avec des alignements d'immeubles de dix étages et des commerces en bas. Il avait bien aimé le ton chaud des briques qui habillaient les immeubles, qu'il avait trouvé parfaitement assorti au bleu lumineux du ciel en été. Ça le changeait des murs en pierre et des toits en ardoise de Cancale. Il avait aimé, alors il avait signé.

Depuis, il ne l'avait jamais regretté, malgré les bagarres ou les incendies de voiture qui avaient parfois lieu. Des conflits, il y en avait partout, il suffisait de regarder la télé pour s'en convaincre. Et puis, avec son mètre quatre-vingt, sa voix grave et son look jean-santiags, ébouriffé et mal rasé, il avait l'avantage qu'on ne venait pas souvent lui chercher des noises. D'autant plus qu'il ne les cherchait pas non plus. Ce qui fait qu'il n'avait jamais eu de problème.

Le temps de faire le trajet par le centre-ville, il se retrouva chez lui vers une heure du matin. Mais il n'avait pas sommeil. Les collègues le lui avaient tous dit, au début, peu importait l'heure à laquelle on finissait, il était impossible d'aller se coucher en arrivant, il fallait toujours se laisser le temps de déconnecter, de se poser.

Il se fit une boisson chaude et se planta derrière la fenêtre de la cuisine pour admirer le paysage qu'il devinait dans la nuit. C'était une des raisons pour lesquelles l'appartement lui avait plu, pour le point de vue qu'il avait sur la cathédrale d'Albi, illuminée la nuit, ainsi que sur les collines environnantes. Magnifique. En face de lui, à travers l'épaisseur de la nuit, il devinait le contour des collines qui entouraient la ville et la protégeaient des vents.

Il avait très vite constaté, dans les premiers mois où il avait vécu ici, fraîchement arrivé de sa Bretagne natale, l'inconvénient que pouvaient avoir de tels remparts : des records de chaleur en été, parce que la ville n'était jamais apaisée par la brise. Lui qui était habitué à des températures plus clémentes et au vent venu de la mer, il s'était senti terrassé par ces chaleurs torrides. Il avait dû apprendre à faire avec, et s'y était finalement bien accoutumé.

Comme chaque fois qu'il rentrait tard et qu'il se plantait derrière sa fenêtre à regarder l'horizon, c'est-à-dire quand même plusieurs fois par semaine, il se disait qu'il avait de la chance d'être là.

Enfant non désiré, mal aimé, parfois maltraité, il avait quitté le domicile parental à l'âge de dix-huit ans, une fois son bac en poche. De sa propre initiative, sans regret. Il avait commencé par squatter, ayant réussi à rejoindre un petit groupe de jeunes plus ou moins de son âge, qui survivaient en alignant de petits boulots. Ils avaient fini par se rendre compte que, à eux tous, ils avaient de quoi louer un appart, à condition bien sûr de vivre à plusieurs par pièce, et avaient fini par dégoter une vieille maison défraichie, que le propriétaire ne voulait pas s'embêter à retaper. Il était donc prêt à louer à n'importe qui tant que ça ne lui coûtait rien.

Ils s'y étaient entassés à dix, deux par chambre, quatre dans la salle à manger. Ils n'avaient qu'une seule salle de bain et un seul wc, pas de machine à laver, quasiment pas de meubles, mais au moins ils avaient un toit, des murs, un endroit à eux, légal. En mettant en commun, en se motivant les uns les autres, ils étaient parvenus tour à tour à avoir du travail, bon an mal an, à régler le loyer et la nourriture, et à se meubler petit à petit avec de la récup. Le grand luxe avait été quand ils avaient réussi à s'offrir une machine à laver d'occasion, après avoir économisé durant des mois.

Mais malgré la bonne volonté de tous, les petits boulots s'étaient faits rares, en particulier parce que la plupart d'entre eux était sans qualification, et certains avaient commencé à commettre de menus larcins, avant de passer au vol plus systématique. Franck et quelques autres avaient désapprouvé, et cette situation avait créé quelques tensions : d'un côté ceux qui voulaient rester honnêtes, mais ne trouvaient pas de travail, de l'autre ceux qui étaient partisans de la débrouille, et ramenaient de quoi manger. Avec le reproche aux premiers de profiter quand même de la débrouille des seconds. Devant la nécessité, les biens pensants avaient fini par céder, en commençant eux aussi par de menus larcins, comme leurs camarades, avant de passer à leur tour à quelque chose de plus systématique. Franck en avait d'abord eu des remords, avant de se laisser gagner par les raisonnements de ses camarades : puisque tout le monde les laissait tomber, les méprisait après les avoir jetés à la rue, autant trouver un moyen de survie en se faisant justice. Ils étaient passés au cambriolage organisé, en s'acoquinant avec un couple qui revendait la marchandise.

Leur stratagème avait formidablement fonctionné pendant plusieurs mois, jusqu'au jour où trois voitures de police s'étaient garées autour de leur bicoque, où plusieurs hommes en uniforme étaient sortis des véhicules, et avaient frappé à leur porte pour leur présenter une commission rogatoire pour fouiller la maison. Franck avait immédiatement compris qu'ils étaient fichus. Il avait bien fallu que ça arrive un jour. Les policiers n'étant pas plus bêtes que la moyenne, ils avaient fini par trouver bizarre de voir régulièrement des annonces d'objets multimédia à vendre, avec à chaque fois le même numéro de téléphone à appeler. Ils avaient rapidement compris le truc.

Franck n'avait pas résisté, convaincu qu'ils ne faisaient que subir une juste sanction. Il l'avait dit dès le début, avant de se faire embringuer par l'ambiance générale, que le crime ne payait pas. Il avait suivi l'homme qui l'emmenait sans rechigner, certains de ses camarades faisant de même, d'autres se débattant, d'autres encore tentant de fuir. Il avait écopé de neuf mois de prison. Là aussi, il avait accepté, s'était soumis, avait obéi à tout ce qu'on lui avait dit. Il avait su qu'il était dans son tort. En prison, il avait trouvé un univers presque familier, entre l'enfermement des murs, la discipline et l'agressivité permanente des co-détenus. Il avait eu la chance de pouvoir s'intégrer à un petit groupe de détenus assez solidaires où l'un des gars, un ancien militaire qui avait touché au trafic de marijuana, leur avait enseigné l'art de l'auto-défense.

Quand il était ressorti neuf mois après, il avait atteint l'âge de vingt-trois ans et n'avait toujours nulle part où aller, ni aucun moyen de subsister. Déjà que ses parents ne l'avaient jamais aimé, ça n'était pas maintenant qu'il avait enfreint la loi qu'ils allaient l'accueillir. Son conseiller en insertion lui avait trouvé un foyer d'hébergement, mais le travail n'avait pas vraiment suivi. Tout juste s'il avait réussi à trouver quelques emplois à la plonge, dans quelques restaurants, et uniquement en CDD[5]. Alors, une fois ses droits aux aides épuisés, à nouveau sans ressource, il n'avait pas pu régler le montant de son loyer et n'avait pas eu d'autre choix que de reprendre sa vie de marginal en squattant là où il le pouvait. Il avait alors retrouvé quelques copains de son ancienne bande, et s'était rapproché d'eux pour ne pas rester seul. Sans espoir, sans plus de qualification qu'autrefois, certains avaient songé à retourner à leurs activités illicites. D'autres, dont Franck, avaient fait remarquer que ça ne les avait pas menés bien loin. Les premiers avaient alors demandé quelles solutions ils proposaient... Nécessité faisant loi, les réticents avaient fini par céder, et le vol avait repris. Pour plusieurs, ç'avait été à contrecœur. Aussi, quand la police avait à nouveau débarqué, Franck en avait été presque soulagé. Même si la prison ne représentait pas son choix de prédilection, il aurait à la fois le gîte et le couvert, et n'aurait plus à voler pour survivre. Il avait écopé cette fois de deux ans de prison, parce que récidiviste, et avait réintégré les murs de la maison d'arrêt de Saint-Malo, avec un goût de déjà-vu.

Durant le temps de son incarcération, il avait pris conscience que s'il retournait dans les squats de Cancale ou de Saint-Malo, il finirait par retrouver un ou plusieurs gars de sa bande et par replonger. Il avait alors décidé qu'il lui fallait changer de vie, repartir à zéro, et pour cela il lui avait paru indispensable de quitter la région où il était né, de reprendre pied ailleurs. Même s'il n'avait aucune idée de l'endroit où il pourrait bien aller.

---

[5] Contrat de travail à Durée Déterminée.

Il en avait discuté avec son conseiller d'insertion, Monsieur Jocelin, qui avait compris son point de vue et s'était employé à lui fournir quelques recueils présentant plusieurs villes du sud de la France. Franck les avait découvertes avec intérêt et avait rapidement craqué pour la ville d'Albi. Le ciel y semblait d'un bleu intense, le soleil lumineux, et le centre-ville était entièrement construit en briques. Il trouvait ça plus chaud que le ton gris de l'ardoise. Il avait cherché davantage de renseignements sur internet et avait consulté la carte de France pour repérer où se situait cette ville. Les photos et les informations qu'il avait trouvées avaient achevé de le convaincre : c'est à Albi qu'il se rendrait. Avec une distance de presque huit cent cinquante kilomètres, pas de risque qu'il retrouve un de ses anciens camarades, ou que quelqu'un le connaisse. Dans le même temps, il avait suivi une formation de base pour être cuisinier, avec pour une fois la chance de pouvoir faire son stage sur place, à la cuisine de la prison. Au moins aurait-il un minimum à noter sur son CV.

Il avait fini de purger sa peine et avait été libéré un jeudi matin du mois d'avril, très tôt, avec dans sa poche son billet de sortie et son billet de train pour Albi, et sur le dos un sac avec quelques affaires. Monsieur Jocelin l'avait accompagné jusqu'à la gare de Saint-Malo où il était monté dans le train à destination de Paris, où il aurait à prendre sa correspondance pour le sud. Quand le train s'était ébranlé et qu'il avait fait un dernier signe à Monsieur Jocelin, il n'avait pas vraiment su quel étrange sentiment l'avait étreint, entre la peur de quitter la terre de son enfance, la peur de perdre le dernier contact qu'il avait ici en la personne de son agent d'insertion, la peur du monde qui l'entourait et qu'il ne connaissait plus, et d'autre part l'exaltation de la liberté retrouvée, l'exaltation de la perspective du voyage, et l'espoir d'une vie meilleure ailleurs. Il s'était raccroché à cet espoir, en misant sur sa courte formation, sur son aussi courte expérience, et sur le fait qu'on disait souvent de lui qu'il avait une belle gueule, ou encore une gueule d'ange. Monsieur Jocelin lui avait également dit que, quand il regardait quelqu'un en face, ses yeux bleu azur exprimaient la franchise, la sincérité, et que son attitude générale inspirait la confiance. Si c'était vrai, cela ne pourrait que l'aider à obtenir la confiance et la sympathie des gens. Cependant, il avait bien conscience qu'il ne pouvait plus, à vingt-huit ans, obtenir la même compassion que quand il en avait dix-huit.

Le voyage avait duré onze heures. Tout au long de la journée, au fur et à mesure que le train filait, la végétation s'était insensiblement modifiée pour afficher, au hasard des campagnes qu'il traversait, des paysages différents. Dans le milieu de l'après-midi, alors que bercé par le roulis il avait sombré dans une demi-torpeur, il ouvrit brusquement les yeux et se demanda l'heure qu'il était et où il se trouvait. Il avait observé le paysage pour essayer de déterminer où il se situait et avait perçu un réel changement dans la végétation environnante. Les paysages étaient vallonnés, le ciel lumineux, les maisons prenaient à ses yeux un aspect campagnard. Il avait alors compris qu'il avait atteint le sud-ouest de la France, sa nouvelle région, celle qu'il s'était choisi. Se penchant discrètement vers son voisin, il avait demandé s'il pouvait lui indiquer où ils se trouvaient. L'homme avait répondu qu'on venait de dépasser Cahors et qu'on se dirigeait vers Montauban. C'était justement là que Franck devait changer pour un car qui le conduirait à Albi. En consultant sa montre il avait découvert qu'il était quinze heures trente. Il avait alors concentré son attention sur ce paysage qui se révélait peu à peu à lui, avide de découvrir la région qui, peut-être, allait lui permettre de démarrer une nouvelle vie. Le train avait commencé à décélérer, puis la voix dans le haut-parleur avait annoncé la gare de Montauban au moment où le train s'était arrêté. Franck s'était levé, avait récupéré son sac au-dessus de lui et avait intégré la file de voyageurs qui s'apprêtaient à descendre.

Quand il avait posé le pied sur le quai, Franck avait bien ressenti une différence d'avec sa ville d'origine. Les senteurs, l'atmosphère, tout lui avait semblé nouveau. Mais il n'avait pas eu le loisir de s'y appesantir, pressé par la foule qui descendait du train et remontait le quai jusqu'à la gare. Il avait alors suivi le mouvement et traversé le hall. C'est quand il s'était retrouvé dehors, devant la gare de Montauban, qu'il avait perçu jusqu'au fond de ses tripes qu'il commençait bel et bien une nouvelle vie. Le monde qui l'entourait n'avait plus rien à voir avec tout ce qu'il avait toujours connu. Au lieu du blanc et gris omniprésent à Saint-Malo, les teintes dominantes étaient le jaune, le beige et la brique. A la place des grands bâtiments modernes et lisses de sa ville de départ, de petits bâtiments de style assez ancien mais parfaitement entretenus, qui auraient pu laisser croire qu'il se trouvait dans une petite ville campagnarde. Or, il n'en était rien. Il savait, pour s'être bien renseigné avant de s'exiler, qu'Albi et Saint-Malo comptaient autant d'habitants l'une que l'autre, soit quarante-cinq mille, et que Montauban en comptait même quinze-mille de plus. Et pourtant, malgré cette population plus nombreuse, la ville lui avait semblée plus riante, plus chaleureuse, plus paisible. Ici, il avait trouvé que même les senteurs étaient différentes. Il n'aurait pas su dire en quoi, mais toujours est-il qu'il avait trouvé ça agréable. Enfin, ses sens dépassés avaient réussi à reconnecter le son, et il avait pris conscience, comme on réalise tout à coup qu'il pleut, de l'accent chantant des gens qui l'entouraient. Oh bien sûr, il avait déjà eu l'occasion d'entendre cet accent par le passé, mais ça n'avait été le plus souvent qu'une rencontre fugace, en remontant une rue ou en attendant le bus. Tandis que là, de toute part, les voix qu'il avait entendues chantaient. A tel point qu'il n'avait pas toujours été sûr de comprendre ce qui s'était dit. Son vécu, à ce moment-là, lui évoqua dans toute sa force ce qu'avait justement chanté Nougaro le Toulousain "Dès l'aérogare, j'ai senti le choc"…

Il avait alors avancé lentement et fait le tour de la place de la gare, son sac toujours sur son dos, en découvrant son environnement. Il aurait bien aimé aller plus loin dans les rues, mais il ne voulait pas manquer sa correspondance, le bus ne partant que quinze minutes plus tard. Il avait songé que s'il avait découvert Montauban avant Albi, il aurait peut-être choisi cette ville comme lieu de résidence, mais maintenant qu'il avait indiqué cette destination au SPIP[6] de Saint-Malo, il ne pouvait plus revenir en arrière. Il était donc monté dans le car qui devait l'y conduire et s'était assis tout devant, de manière à bien voir la route, en espérant qu'il ne serait pas déçu après ce premier coup de foudre.

Il avait continué à baigner dans cet état d'enchantement durant tout le voyage, à découvrir la campagne environnante. Partout, les toits des maisons étaient en terre cuite. La végétation était plus rase, plus sauvage, les parfums différents. Il lui avait semblé reconnaître quelque chose comme du romarin et de la sève de pin, parfois aussi l'odeur de la mer, mais il n'en avait pas été sûr. Il avait continué à observer les environs, tandis que le paysage défilait sous un ciel décidément très bleu, encadré d'une végétation à la couleur plus foncée que ce qu'il était habitué. La température, plus douce ici que chez lui, l'avait conduit à retirer son blouson. Il s'était cru arrivé lorsqu'une agglomération était apparue à l'horizon, mais le bus avait poursuivi sa route en laissant la ville de Gaillac sur sa gauche. Franck avait trouvé le lieu aussi charmant que Montauban. Enfin, au bout d'une heure de trajet, il avait pu apercevoir au loin les premières maisons de ce qui lui avait semblé être une localité plus importante. Le panneau d'entrée d'agglomération lui avait confirmé qu'il s'agissait bien d'Albi. Il s'était alors penché en posant ses coudes sur ses genoux, tendu de découvrir son nouveau cadre de vie. Il n'avait pas été déçu.

Le car avait traversé une zone commerciale en bordure de ville avant d'emprunter la rocade. Sur sa gauche, Franck avait découvert les premiers quartiers d'Albi, où plusieurs des habitations étaient décorées de briques roses. Même les murs qui bordaient la rocade en étaient recouverts. Au bout de quelques centaines de mètres, le car avait quitté la rocade pour prendre la direction du centre-ville. Et au moment où le bus était passé sur

---

[6] SPIP : Service pénitentiaire d'insertion et de probation.

un léger surplomb, Franck avait été stupéfait d'apercevoir la cathédrale dans le lointain, minuscule à l'horizon, et pourtant tellement imposante, tellement impressionnante, tellement belle. Cette vision n'avait duré que quelques secondes, le temps pour le véhicule de dépasser le surplomb, mais elle avait eu sur Franck un fort impact. Il avait reconnu la cathédrale qui avait capté son regard dans l'ouvrage de photos de la prison de Saint-Malo, celle qui lui avait donné un point de repère parmi toutes les autres villes qu'il avait vues, et l'avait motivé à aller jusqu'au bout de sa résolution : tout quitter pour tout recommencer. Et maintenant, le fait de la voir en vrai l'avait rassuré, réconforté, comme s'il retrouvait une vieille amie, un lieu déjà connu, comme s'il voyait s'accomplir une promesse. Un sourire était apparu sur son visage. Un sourire comme il n'en avait pas eu depuis longtemps.

    Le car avait poursuivi sa route jusqu'à la gare routière où il s'était arrêté. Franck était arrivé à destination. Il avait attrapé son sac posé à côté de lui, était descendu, s'était fait indiquer l'avenue Maréchal Joffre, et avait trouvé le SPIP sans difficulté. Il avait fait la connaissance de son nouvel agent de probation, Monsieur Joubert, qui l'avait accueilli simplement, lui avait demandé s'il avait fait bon voyage, avait vérifié ses papiers et lui avait brièvement rappelé ses obligations, ses droits, et ce qu'on attendait de lui. Franck avait écouté avec attention et avait acquiescé à tout. Monsieur Joubert l'avait ensuite conduit à un foyer pour jeunes au centre-ville, où il avait lui-même réservé la chambre. Il avait également effectué toutes les déclarations nécessaires pour que Franck puisse bénéficier des aides auxquelles un jeune libéré peut avoir droit.

    Une fois sur place, Monsieur Joubert l'avait présenté au responsable des locaux, Monsieur Baulène, un gars à peine plus âgé que lui qui l'avait accueilli de manière très cordiale, bien que sachant que Franck sortait de prison. Cet accueil l'avait mis en confiance. La chambre, bien que petite et simplement meublée, était propre, agréable, et disposait d'un coin cuisine, d'un coin bureau, et de sa propre salle de bain. C'était plus que Franck n'avait osé espérer. Il avait remercié Monsieur Joubert, qui était reparti après lui avoir fait ses dernières recommandations. Avant que le repas ne soit servi, il avait demandé à Monsieur Baulène de lui indiquer la direction de la cathédrale. Il avait souhaité découvrir sa nouvelle ville. Celui-ci l'avait bien volontiers renseigné, et Franck était parti d'un bon pas.

Quand il avait débouché sur la place Sainte-Cécile et s'était retrouvé face à elle, se détachant sur le ciel illuminé par les derniers rayons du soleil, il en avait eu le souffle coupé. Non pas tant à cause de ses dimensions colossales ou de son caractère impressionnant, mais bien parce qu'après en avoir rêvé, après avoir imaginé cette nouvelle vie qui, peut-être, l'attendait là-bas, il l'avait enfin eu en face de lui, cette cathédrale, pour de vrai, comme la gageure d'une promesse, d'un nouvel avenir qui s'ouvrait devant lui, fait d'autre chose que des rues de Saint-Malo, des squats et de la prison. Il était retourné au foyer le cœur empli d'un nouvel espoir.

Le lendemain, après le petit déjeuner, il était retourné en ville pour frapper aux portes des petits restaurants, dans l'espoir qu'on l'accepterait comme plongeur, commis ou serveur. Mais au fur et à mesure, on lui avait répondu qu'on n'avait besoin de personne, ou bien qu'il n'avait qu'à envoyer un CV. A chaque fois il avait remercié et était parti frapper à une autre porte. Enfin, il était entré dans un petit restaurant de taille modeste s'appelant ironiquement "La Cathédrale", et s'était adressé à une femme occupée à dresser les tables. Elle lui avait demandé de patienter, était allée dans l'arrière cuisine, et s'était adressée à un gars qu'il ne voyait pas pour lui demander de son accent chantant :

- Henri, y'a un gars qui demande du travail, tu veux le voir ?
- Ah, c'est sûrement l'agence d'intérim qui l'envoie, c'est pas trop tôt !

Et un homme au début de la quarantaine, brun, de taille moyenne avec un léger embonpoint, s'était vivement présenté devant lui en lui tendant la main.

- Bonjour, c'est l'agence d'intérim qui vous envoie ?

Franck avait frémi d'espoir en lui tendant la main à son tour. Si le gars avait contacté une agence d'intérim, c'est qu'il avait besoin de quelqu'un. Il avait hésité un instant à prétendre que oui, c'était bien l'agence qui l'envoyait, mais il avait aussitôt réalisé que ça se vérifierait rapidement, et que s'il avait la moindre chance d'obtenir un contrat de travail, mieux valait se montrer correct dès le début. A mentir, il risquait au contraire de faire mauvaise impression et de tout perdre.

- Honnêtement, non.

L'homme avait levé les bras au ciel.

- Ça fait des heures que je les ai appelés, qu'est-ce qu'ils fichent ?!... Bon, en tout cas, vous, vous êtes là et j'ai justement besoin d'un plongeur, le mien vient de se casser la main, cet imbécile. Vous sauriez faire ça ?

Franck avait senti la chance tourner, et c'est avec un sourire confiant qu'il avait répondu :

- Oui Monsieur, j'ai déjà fait.
- Pendant combien de temps ?
- Oh, plusieurs semaines.
- Et où ?
- Dans un restaurant d'entreprise, à Cancale.

Ben oui, quoi, une cantine de prison, c'était bien comme une cantine d'entreprise...

- Ok, ok. Bon, je vous propose quelque chose : vous commencez dès maintenant, ça me sort une épine du pied et je verrai ce que vous valez. Et si vous faites l'affaire, je vous fais un CDD dès demain, ça vous va ?

Franck en avait haussé les sourcils de surprise avant de s'empresser de répondre.

- Oui, oui, ça me va.

- Super ! Venez, je vais vous présenter à l'équipe et vous montrer votre poste de travail. Moi c'est Henri, et vous ?
- Franck.
- Très bien, alors Franck suivez-moi.
Il avait fait la connaissance de Sandrine la serveuse et de Sébastien qui, selon les cas, faisait le service ou la plonge. Ce soir-là, il devait être au service.
- Si vous avez le moindre problème, adressez-vous à Sébastien, moi je ne pourrai pas vous aider, je suis aux fourneaux et je suis seul.
- Ok patron.
Il s'était facilement intégré à l'équipe, de même qu'il avait été accepté sans problème. Le travail s'était fait à un rythme soutenu, comme dans tous les restaurants, mais dans une ambiance correcte, respectueuses, où la discussion primait sur les cris. Il avait pu démontrer son efficacité, sa bonne volonté, son sérieux. Il était en train de dénouer son tablier quand Henri était venu lui tendre la main en clamant :
- C'est bon ! Le job est pour toi !
Franck n'avait pu réprimer un grand sourire.
- Génial !
- Je t'attends pour demain matin, onze heures quinze précises, pour ce soir j'ai pas besoin de toi. Ah et puis…
Il s'était retourné et avait pris un sac en papier posé à côté de la grande plaque de cuisson, qu'il avait tendu à Franck.
- Tiens, voilà un doggy bag, j'allais oublier. Tout à l'heure, quand t'es arrivé, il était trop tard pour que tu aies le temps de manger, mais je ne veux pas qu'il soit dit que je fais bosser les gens le ventre vide. Normalement, on mange tous ensemble avant le coup de feu, c'est la règle, mais tu es arrivé après qu'on ait fini.
Franck avait saisi le sac d'un geste automatique, sidéré. Mais il était bien trop affamé pour se permettre le luxe de refuser.
- Euh… merci patron.
- De rien mon gars, c'est inclus dans le contrat. A demain.

- A demain patron.

Franck était ressorti dans la chaleur du soleil, son doggy bag à la main, encore stupéfait de se retrouver avec un repas chaud alors qu'il n'avait rien demandé. Il était tout juste quinze heures, il faisait beau, la ville était splendide, il était sorti de prison depuis moins de trente-six heures et il avait déjà un logement et un travail. C'était tellement beau qu'il avait eu de la peine à y croire.

Pendant les trois mois qui avaient suivis, il s'était accroché et avait tenu son poste avec le plus grand soin. Il avait fait la connaissance de Christelle, l'autre serveuse, qui était aussi sympathique que le reste de l'équipe, et avait croisé une fois Anthony, le plongeur officiel, venu porter des papiers. Il s'était habitué à cette vie, avait apprécié la sécurité qu'elle apportait.

Mais un peu avant l'échéance, Henri l'avait convoqué dans son bureau d'un air ennuyé à la fin d'un service. Il lui avait annoncé que son employé avait recouvré l'usage de sa main et allait reprendre son poste dans quelques jours. Son CDD allait bien prendre fin, sans possibilité d'être rallongé. Puis Henri avait pesté, déplorant qu'il aurait préféré virer ce petit con d'Anthony plutôt que de se défaire de lui, mais que malheureusement on ne pouvait pas virer quelqu'un sur le motif de mauvais esprit, sale caractère et fainéantisme. Il lui avait fait une lettre de recommandation, disant qu'il n'aurait pas trop de mal à se trouver un nouveau job. Franck avait gardé la tête haute, mais il avait envié Anthony. Lui et Henry s'étaient serré la main et Franck était rentré chez lui. On était à la mi-juillet.

Il avait à nouveau fait le tour des restaurants et brasseries de la ville et des environs. Il avait réussi à obtenir quelques contrats de travail en CDD ou en intérim, une semaine par-ci, deux semaines par-là, mais jamais rien de définitif. A chaque fois, il avait vu arriver la fin de son contrat sans autre espoir, et avait dû se résigner à quitter les lieux. Par contre, jamais il n'avait retrouvé la même ambiance qu'à "La Cathédrale". L'été était passé, l'automne était arrivé, et il n'avait toujours trouvé aucun poste fixe.

Sur le plan personnel, sa vie n'avait pas plus évolué que sur le plan professionnel. Il avait réussi à établir une relation cordiale avec Éric et Julien, les deux responsables du foyer, mais la position professionnelle des deux hommes et sa qualité d'extaulard les avait obligés à maintenir une distance. Quant aux autres résidents, les uns étaient trop jeunes, les autres trop immatures, et d'autres encore se maintenaient à la limite de la légalité, fiers de montrer leur virilité en jouant les gros bras qui n'avaient pas peur de défier l'autorité. Or, déjà taciturne de nature, il avait pris l'habitude d'éviter ce genre de gaillard, pour ne pas se retrouver mêlé à quelque histoire qui lui aurait fait du tort. Tout juste, une fois, dut-il user de la force et de ses connaissances en auto-défense pour maîtriser un fier à bras qui lui cherchait querelle. Un autre résident, témoin de l'affrontement et admiratif devant la prestance de Franck, lui avait demandé :
- Où est-ce que t'as appris à te battre comme ça ?

Franck lui avait jeté un regard vide avant de lui répondre :
- En taule.

Il avait ainsi imposé une certaine crainte à tous, et n'avait plus eu d'embrouille par la suite. Mais cela ne l'avait pas pour autant aidé à établir des relations.

Puis, à force de patience et de persévérance, la chance lui avait à nouveau souri. Comme Henri le lui avait recommandé, Franck était régulièrement passé à "la Cathédrale" pour voir s'il y avait des besoins, donner des nouvelles, rencontrer un peu quelqu'un à qui parler. A chaque fois il avait été accueilli avec amabilité, on lui avait donné une chaise, servi un verre. Et un jour d'octobre, comme il passait selon son habitude en fin d'après-midi avant le service du soir, Sébastien l'avait accueilli avec empressement :
- Bon sang, Franck, quelle bonne surprise !

Il lui avait tendu la main avec cordialité.

- Ah, ça ! Tu es attendu comme le Messie ! On avait peur que tu ne viennes plus.
Franck avait montré sa surprise.
- Ah bon ? Pourquoi ça ?
- C'est que le patron aurait du travail pour toi, viens !
Franck n'en avait pas cru ses oreilles :
- Du travail ?
- Oui. Il va t'expliquer tout ça lui-même.
Puis il avait crié vers le fond du restaurant :
- Henri, Franck est ici !
Ils avaient traversé la salle du restaurant et avaient promptement rejoint le bureau d'Henri, au moment où ce dernier ouvrait la porte.
- Franck, te voilà ! C'est que je t'attendais !
Il lui avait tendu la main tout aussi cordialement que l'avait fait Sébastien.
- Viens, entre, assieds-toi, j'ai un travail à te proposer.
Franck était resté coi, trop surpris et n'osant y croire. Il s'était assis par automatisme, Sébastien était reparti à sa tâche, et Henri avait repris sa place de l'autre côté du bureau. Il était entré dans le vif du sujet.
- J'ai viré ce petit con d'Anthony. Non seulement il avait mauvais esprit, comme on te l'avait dit, mais en plus j'ai obtenu la preuve qu'il me volait, figure-toi. Chaque fois que je lui confiais les courses, il en détournait une partie à son profit ! Ça m'a pris du temps pour arriver à le prouver, j'ai dû contacter un huissier pour que tout se fasse bien légalement, j'ai dû le pister quasiment pas à pas pour le coincer, mais j'y suis arrivé ! J'ai porté plainte contre lui et je l'ai viré. Et là, je ne suis plus tenu de lui verser d'indemnités, puisqu'il y a faute. Me voilà bien débarrassé ! Voilà pourquoi on t'attendait car, si tu le veux, le poste est pour toi.
Franck avait écouté tout cela sans oser y croire. Il lui avait fallu un moment pour que les dernières paroles d'Henri ne lui fassent tilt, et même là, il avait encore hésité.

- Pour moi patron ?
- Hé, oui, pour toi ! C'est pas à toi que je suis en train de parler, peut-être ?

Mais Franck était resté silencieux. Alors Henri l'avait relancé gentiment, sur un ton toutefois un peu hésitant.

- Alors, c'est d'accord ? Ou tu veux prendre un moment de réflexion ?

Cette dernière remarque avait eu pour effet de réamorcer les réactions de Franck.

- Euh... non, non, c'est d'accord patron.
- Génial ! Tu sais, ça fait presque un mois qu'on t'attend, depuis fin septembre ! J'aurais pu prendre quelqu'un en intérim, en t'attendant, mais j'avais trop peur de tomber sur un gars comme lui, j'ai préféré attendre que tu reviennes.

Tout en parlant, il avait déverrouillé son ordinateur, avait complété le contrat avec la date du jour et l'avait imprimé. Il avait récupéré le document à la sortie de l'imprimante, y avait donné un coup d'agrafe, avait apposé sa signature et l'avait tendu à Franck.

- Si tu es toujours d'accord, lis et signe là.

Franck avait pris le document et l'avait relu. Il avait constaté que l'adresse indiquée en face de son nom était toujours celle du foyer. Pourtant, Henri ne lui avait posé aucune question, ne lui avait fait aucune remarque. Pas plus que pour son premier contrat. Il en avait été touché.

Il avait atteint la fin du document et allait apposer sa signature d'une main tremblante quand quelque chose l'avait retenu. Il avait réalisé que, s'il voulait être honnête, s'il voulait éviter toute difficulté pour l'avenir, il lui faudrait parler, être sincère avec Henri. Mais il était conscient que, s'il faisait ça, il risquait de compromettre sérieusement sa chance, son unique chance, la première qui se présentait à lui depuis longtemps. Il avait pourtant posé le stylo après un temps d'hésitation, sans oser relever les yeux. Henri avait froncé les yeux.

- Quelque chose ne va pas ?

- Il faut d'abord que je vous dise quelque chose, Patron.

Henri avait gardé les sourcils froncés, étonné. Franck avait péniblement relevé les yeux pour le regarder en face, de ces yeux bleu azur qui exprimaient tant de sincérité.

- Il faut d'abord que je vous dise que j'ai fait de la taule.

Henri était resté silencieux quelques secondes, l'ai toujours soucieux.

- De la taule Franck ? Pour quel motif ?

Franck avait avalé sa salive avec difficulté. Il avait réalisé à ce moment-là que ce qui l'avait conduit en prison était le même motif qui avait conduit Henri à licencier son employé : le vol. Cette fois-ci, il n'avait pu soutenir le regard d'Henri et avait baissé les yeux sur le contrat avant de répondre :

- Pour cambriolage.

Henri était resté sans réaction pendant un moment avant de secouer la tête et de pousser un soupir d'un air ennuyé. Franck avait conservé son regard sur le contrat.

- Et c'était quand tout ça ?

- Il y a deux ans et demi, à Cancale. Quand je suis arrivé ici j'en sortais.

Le Patron avait croisé les bras d'un air toujours ennuyé.

- Et pourquoi tu me dis ça maintenant ?

Cette fois-ci, Franck avait relevé les yeux.

- Pour être honnête. Ça ne serait pas correct de ne pas vous le dire. Et je préfère que vous l'appreniez de moi, maintenant, que par quelqu'un d'autre un autre jour.

Il y avait encore eu un silence.

- Et c'est quoi que tu volais ?

- Des trucs technologiques. De la hi-fi, du multimédia. En équipe.

Henri avait recommencé à secouer la tête d'un air de désapprobation.

- Et pourquoi tu faisais ça, dis-moi ?

Le ton de Franck s'était légèrement modifié, pour adopter presque celui de la supplique.

- Pour survivre. On était tous à la rue. Moi j'étais parti parce que j'en pouvais plus chez moi. D'autres, c'étaient leurs parents qui les avaient mis à la porte. On n'avait nulle part où aller, aucune formation, et on ne trouvait pas de travail. Fallait bien survivre.

Henri avait gardé les sourcils froncés mais il avait arrêté de secouer la tête. Après réflexion il avait repris :
- Les autres, tu me dis que leurs parents les avaient mis à la porte, mais toi, c'est toi qui étais parti, pourquoi tu n'es pas retourné chez tes parents ?

Cette fois-ci le ton de Franck s'était durcit avant de répondre avec force.
- Ils ne voulaient déjà pas de moi quand je suis né. Ils me l'ont bien fait comprendre pendant dix-huit ans. Je ne voulais plus de ça.

Henri était resté silencieux encore un moment à regarder Franck et à réfléchir. Il avait redemandé, mais sur un ton plus doux :
- Pourquoi tu me dis ça maintenant ?
- Je vous l'ai dit, pour être honnête. Vous êtes le premier à me donner ma chance, alors la moindre des choses que je puisse faire, c'est d'être correct avec vous. Tous ces cambriolages, moi au début j'étais pas d'accord. Ce sont les autres qui ont insisté, parce qu'il fallait survivre. Et comme c'est vrai que c'était dur, j'ai plongé. Mais je n'aime pas la malhonnêteté. Alors quitte à commencer une nouvelle vie, autant commencer par être franc.

Henri avait hésité un instant avant d'ébaucher un sourire.
- Beh t'as pas le choix, vu que c'est ton prénom.

Franck n'avait pas suivi.
- Comment ?
- Beh t'as pas le choix, puisque tu t'appelles Franck, faut bien que tu sois franc.

Franck était resté abasourdi, ne sachant pas trop comment il devait le prendre. Puis Henri avait déclaré, désignant le contrat d'un geste vague de la main :

- Allez, signe.

Franck avait écarquillé les yeux.

- Comment ?
- Signe, je te dis, on va pas y passer la nuit.

Et devant l'air hésitant de Franck, il s'était penché sur le bureau et avait ajouté :

- Ecoute, tu me l'as dit. T'étais pas obligé, c'est correct de ta part. T'aurais pu signer et j'aurais peut-être jamais rien su. Maintenant, si quelque chose disparaît de mon restaurant, peut-être que j'aurai des doutes, mais en attendant, je trouve que t'es un gars réglo. T'es correct au boulot, t'es correct en affaires, donc signe.

La main de Franck avait tremblé un peu plus fort.

- Merci patron.

Ensuite, tout avait été très vite. Avec ce nouveau contrat de travail, Franck avait pu aller déposer un dossier auprès de l'office des HLM et avait obtenu un logement au bout de trois mois, d'autant plus vite qu'il avait demandé s'il lui serait possible d'aller à Cantepau, un quartier chaud qui était rarement demandé. Grâce à ses salaires cumulés, il avait pu verser le mois de caution et s'acheter les meubles nécessaires, un lit et un matelas tout neuf, une table, des chaises et un frigo d'occasion. Il avait quitté le foyer avec pour seul regret de ne plus voir Eric ou Julien quotidiennement. Bien que les relations soient restées conventionnelles, elles n'avaient pas été dénuées de cordialité, d'estime et de réciprocité, et même s'il ne s'agissait que de quelques phrases échangées, au moins Franck était-il sûr, soir et matin, d'avoir quelqu'un avec qui échanger quelques mots. Et il savait que ce peu d'échange-là, il allait le perdre. Les deux hommes lui avaient toutefois serré la main avec cordialité, lui souhaitant bonne chance, et lui recommandant de venir régulièrement leur donner des nouvelles. Il serait toujours bien accueilli.

Il s'était trouvé très ému, la première fois qu'il avait refermé la porte de son domicile derrière lui et en avait tourné la clef. Cela avait fait un peu plus de dix ans qu'il avait quitté le logement de ses parents. Et aujourd'hui, soit dix ans après, il avait enfin un domicile bien à lui, un toit pour s'abriter, des murs pour le protéger, des toilettes, une salle de bain, du chauffage, de la place pour garder ses affaires. Une vie. Une vraie vie. Entre les deux, il n'avait connu que la rue, la prison, et les foyers sociaux. Les mois étaient passés, et il avait pu compléter son mobilier et même s'acheter une voiture.

Et ce soir, tandis qu'il admirait la cathédrale illuminée dans la nuit en repensant au chemin qu'il avait parcouru ces trois dernières années, au chaud dans son appartement, après une journée d'un honnête travail, avec la perspective d'aller se coucher dans un bon lit, il se disait qu'il avait de la chance, qu'il s'en était bien sorti.

Il perçut pourtant, au fond de son cœur, un léger pincement. Il avait un souhait, une aspiration qui n'était pas encore comblée. Cette prise de conscience lui était venue l'année d'avant, alors qu'il venait de passer son trentième anniversaire, et depuis elle revenait le tarauder régulièrement. D'autant plus qu'il venait maintenant de passer son trente-et-unième anniversaire, et que rien n'avait changé depuis. Ce à quoi il aspirait, c'était non seulement d'avoir des amis, mais surtout de rencontrer une compagne, quelqu'un pour partager sa vie, quelqu'un dont il tomberait amoureux et qui accepterait de l'aimer. Il ne pensait pas seulement au sexe, mais à quelque chose de plus construit, de plus abouti, à une vraie relation.

Mais voilà, il n'était pas doué pour les rencontres. Il était seul, et l'avait quasiment toujours été, même quand il vivait encore chez ses parents. Habitué au rejet depuis son enfance, il avait appris au fil du temps à se comporter socialement dans les grandes lignes, mais pas en particulier. Il ne savait pas exprimer ses sentiments, ne savait pas aller vers quelqu'un qui l'intéressait, que ce soit un homme ou une femme. Eternel marginal, il ne savait même pas comment nouer une amitié. Les rares fois où il avait pu établir un semblant de relation, c'était l'autre qui était venu à lui, jamais le contraire. Et vu sa réserve habituelle, que certains qualifiaient même de froideur ou d'asociabilité, ça n'était pas souvent que les autres venaient vers lui. Aussi, n'ayant jamais eu de modèle, il se demandait encore comment se conduisaient les gens normaux pour lier connaissance, comment faisait un homme pour aborder une femme qui lui plaisait sans paraître inopportun, sans qu'elle pense qu'il ne l'abordait que dans l'intérêt du sexe.

Cela faisait maintenant deux ans qu'il avait signé son contrat de travail chez Henri, et tout se passait bien. Il était très heureux d'avoir un vrai métier, de bons collègues et un bon patron. Mais ce travail lui semblait de plus en plus routinier. Et ses collègues, pour autant qu'ils soient agréables, n'étaient pas pour autant des amis. Une fois la journée de travail terminée, chacun se saluait puis repartait à sa vie privée. Et lorsque Franck retournait à sa vie privée, il retrouvait par la même occasion sa solitude.

Et de plus en plus, quand il se postait derrière sa fenêtre, son infusion à la main, savourant son bien-être durement acquis, il sentait la solitude l'aiguillonner chaque fois davantage et menacer de lui ravir le peu de joie qu'il avait réussi à glaner.

Bonhomme de neige

Jean avait passé un très bon début de semaine, lequel avait fait suite à un très bon week-end : il avait été rendre visite à ses enfants à Toulouse.

Il avait ensuite repris son petit train-train habituel pendant tout le début de la semaine, jusqu'à ce jeudi matin où, en ouvrant les volets de sa cuisine, il avait découvert qu'un petit miracle s'était produit pendant la nuit : il avait neigé. Et pas qu'un peu, il y en avait bien une quinzaine de centimètres, fait suffisamment rare à Castres pour que tout le monde en soit perturbé.

C'est qu'à Castres, comme la neige est franchement rare, et que le plus souvent elle fond à peine tombée, le jour où elle subsiste les gens et les communes sont un peu dépassés... Pas de pneus-hiver, pas de chasse-neige, et bonjour le bazar. A cette vue, il s'était senti comme un gosse, et s'était mis à rêver du bonhomme de neige qu'il allait faire dans la journée, devant l'entrée de l'école pour que les enfants puissent en profiter à leur sortie. En espérant que les mamans les laisseraient jouer.

Après ses occupations habituelles, toilette, prière, petit-déjeuner, journal, et après que les enfants soient rentrés dans l'école, il s'était habillé chaudement, avait récupéré sa brouette dans l'abri au fond du jardin, et avait rempli ladite brouette en pelletant la neige du trottoir devant la maison. Après quoi, il avait été la vider à proximité de l'entrée de l'école puis avait recommencé. Il avait travaillé ainsi une grande partie de la matinée, parfois interpellé par un voisin qui le taquinait ou par un passant qui le remerciait de déblayer le trottoir. Il n'y avait eu que Madame Guibaud, à son habitude, pour le toiser d'un air mécontent quand elle était sortie pour relever son courrier. Il n'y avait pas pris garde tout de suite, occupé qu'il était à pelleter, mais il avait fini par sentir une présence et un regard posé sur lui. Il avait relevé la tête et avait vu Madame Guibaud qui le regardait. Elle n'avait pas détourné les yeux et avait maintenu son regard scrutateur sur lui.

- Bonjour Madame Guibaud ! Vous allez bien ?

Il avait posé cette question par pure provocation, sachant d'avance qu'elle ne lui répondrait pas.

- C'est agréable, n'est-ce pas, toute cette neige ? C'est joyeux en cette saison ! Alors, je vais réaliser un grand bonhomme de neige pour les enfants, avant que tout ne soit fondu !

La vieille avait haussé les épaules en pinçant les lèvres. Visiblement, la réalisation d'un bonhomme de neige n'était digne à ses yeux que de mépris. Elle avait à nouveau haussé les épaules en levant les yeux au ciel, avant de se détourner pour rentrer chez elle.

- Ah, mais ne vous vexez pas, Madame Guibaud, je peux aussi en faire un pour vous !

La vieille aigrie avait claqué la porte derrière elle, d'autant plus fort qu'elle avait entendu la dernière remarque de Jean. Celui-ci s'était remis à pelleter tout en ricanant.

- Hi hi ! Pauvre femme, qu'elle est sotte !

Quand il s'était trouvé satisfait de la taille de ses tas de neige, et aussi un peu fatigué, il avait arrêté là son manège, était allé reposer la brouette au garage et était rentré au chaud. Il valait mieux s'arrêter avant que les enfants ne sortent de l'école et ne posent des questions. Il avait déjeuné tôt et était promptement allé faire la sieste dans le but de se réveiller au plus tôt.

Quand il se réveilla, ce fut avec l'enthousiasme d'un enfant qui se réveille au matin de Noël. Il fut rapidement levé et habillé pour passer à la deuxième étape de son plan : construire un bonhomme de neige. Comme il s'y était attendu, la neige qu'il avait préparée en tas aux abords de l'école avait diminuée. Les enfants y avaient pioché pour faire des boules de neige. Quant à celle qui était encore au sol, elle avait été piétinée ou largement entamée. Mais comme il y avait encore suffisamment de quoi accomplir son projet, il se mit à la tâche.

Il façonna une boule de neige dans ses mains, puis la posa sur le sol et commença à la faire rouler. La boule grossit au fur et à mesure et quand il jugea qu'elle avait atteint une taille respectable, il la dirigea devant l'école et la positionna en bonne place, là où les gamins ne pouvaient pas la manquer. Et tant pis si ça gênait un peu. Comme il la trouvait un peu petite, il s'employa à la grossir en rajoutant de la neige fraîche autour. Puis il s'attela à la deuxième boule, celle pour faire la tête, et elle vint prendre place par-dessus la première. Avec ravissement, il sortit alors une carotte de sa poche qu'il positionna pour faire le nez, puis des petits cailloux qu'il avait collectés devant sa maison pour faire les yeux, la bouche, et les boutons d'un gilet imaginaire. Il alla ensuite dans les fourrés pour trouver des branches mortes pour faire les bras.

Une fois son bonhomme finalisé, il réalisa plusieurs petites boules de neige, de celles que l'on réalise pour une bataille, et les entassa au pied de son bonhomme. Des munitions pour plus tard. Puis, satisfait de son travail, il rentra chez lui se réchauffer avant de passer à l'étape finale de son projet.

Il ressortit quand il fut seize heures vingt, et alla affubler son bonhomme de neige d'un vieux chapeau. Les papas et les mamans déjà arrivés le regardaient du coin de l'œil, sans rien dire, les uns avec un sourire, les autres avec indifférence. Enfin, il vit arriver Jolie-Brunette qui, le voyant, hésita, mais n'osa pas faire semblant de ne pas le voir. Il lui adressa un franc sourire en lui tendant la main.

- Bonsoir Madame Nathalie ! Vous avez vu mon bonhomme de neige ?

Les yeux de la jeune femme, dont les traits exprimaient la même morosité que d'habitude, se tournèrent vers le bonhomme blanc avec un air étonné. Elle le désigna du doigt.

- C'est vous qui l'avez fait ?
- Eh oui ! répondit Jean fièrement. Pour faire plaisir aux enfants. Un peu à moi aussi, je dois l'avouer. Avec une aussi belle neige, il faut en profiter ! D'ailleurs regardez !

Il se baissa au pied du bonhomme et ramassa deux boules de neige qu'il lui montra, tout en disant d'un air malicieux :
- Voilà de quoi accueillir vos deux bambins tout à l'heure ! J'en ai tout un stock ! Et partout, il y a des tas de neige pour en faire d'autres.

Nathalie lui adressa un regard incrédule, avec une ébauche de sourire.
- Vous voulez faire une bataille de boules de neige ?
- Et pourquoi pas ? Les adultes contre les enfants ! Vous voudrez participer ?

Il se tourna vers l'homme et la femme à côté de lui.
- Madame ? Vous voudrez participer à une bataille de boules de neige ? Et vous Monsieur ?

La femme fit signe que non de la main, avec un sourire poli, et l'homme répondit avec un sourire en coin.
- Pourquoi pas ? Ça nous détendra avant de rentrer.

La femme inclina alors la tête, l'air de réfléchir, avant de dire d'un ton hésitant.
- On verra.

Jean fut alors pris d'une inspiration. Conscient qu'il risquait de passer pour un original, mais que ça ne serait pas la première fois, il mit ses mains en porte-voix pour annoncer :
- Je propose une bataille de boules de neige dès la sortie des enfants ! Les tas de neige sont là pour ça ! Qui veut être de la partie ?

Certaines personnes tournèrent la tête dans sa direction avec un sourire, d'autres avec un regard étonné. Plusieurs restèrent figées dans une attitude d'indifférence.

Enfin, une assistante maternelle vint ouvrir le portail qui donnait sur la cour et les parents purent entrer pour que leurs enfants leur soient rendus. Jean resta dehors, à côté de son bonhomme.

Les premiers groupes franchirent le portillon en sens inverse. La plupart des enfants cherchaient à jouer avec la neige, mais certains parents les en empêchaient, prétextant qu'ils n'avaient pas le temps, qu'ils ne voulaient pas se mouiller ou se salir. D'autres jouaient le jeu, mais pour la plupart juste avec leurs enfants, ou avec les quelques personnes qu'ils connaissaient.

Enfin, le papa qui s'était laissé tenter par la proposition de Jean tout à l'heure, et qui sortait lui aussi, interpella lui-même ses enfants à voix haute :
- Qui est prêt à se prendre une boule de neige ?
- C'est toi qui va te la prendre ! rétorqua son garçon en se jetant sur le tas le plus proche.
- Je suis de la partie ! s'écria Jean
Et ce fut le début d'une sacrée bataille de boule de neige.

Jean ouvrit les hostilités en puisant dans la réserve qu'il s'était faite au pied du bonhomme, et en décochant coup sur coup trois boules au papa. Celui-ci, se voyant attaqué, enrôla ses enfants à sa solde.
- Quentin, Elise, on tire tous sur le Monsieur !

Les autres enfants, d'abord décontenancés et indécis, décidèrent de se rallier à la famille, ce qui fit que Jean se retrouva seul face à un adulte et quatre enfants.
- C'est pas juste ! s'écria Jean en s'abritant derrière son bonhomme.

C'est à ce moment qu'arrivèrent Nathan, Jade et Nathalie.
- Attends Papi, je vais te défendre !

Nathalie entendit son fils appeler le vieux monsieur "Papi" avec surprise, mais ne dit rien. Elle n'en eut pas le temps, car elle venait de se prendre une boule de neige sur la joue.
- Quentin ! J'ai dit sur le monsieur ! Pas sur la dame ! Et on ne tire pas dans le visage !
- C'est pas ma faute, c'est elle qui s'est mise au milieu !

Nathan avait rapidement réalisé sa première boule et, se plantant résolument à côté du bonhomme de neige, tira sur l'autre garçon.
- Tiens ! Je suis plus doué que toi !
- C'est même pas vrai, c'est moi le meilleur !

Jean interpella Nathalie d'une voix faussement geignarde.

- Nathalie ! Venez donc m'aider ! Ils se sont ligués à cinq contre moi ! C'est pas juste !

Nathalie se piqua au jeu elle aussi et retrouva sa jeunesse qu'elle n'avait pourtant pas eu le temps de perdre.

- Viens Jade, on va jouer aux boules de neige !

Elles se dépêchèrent de rejoindre Jean derrière le bonhomme. Nathalie montra à Jade comment on faisait pour prendre de la neige et la tasser dans ses mains, puis elles se mirent à leur tour à bombarder leurs adversaires que Jean nargua.

- Na na nère, maintenant je ne suis plus tout seul-euh !

Sans l'avoir vraiment décidé, il se trouva que les deux camps s'étaient établis de part et d'autre du portillon. Ce qui fait que ceux qui sortaient et n'étaient pas encore impliqués se prenaient malgré tout des projectiles, certains en râlant, d'autres en se piquant au jeu.

- Vous voulez que je m'y mette ?! disaient certains, le rire aux lèvres avec un air faussement fâché. Et de fait, ils se baissaient et se mettaient à lancer des boules eux aussi, à tel point qu'on ne savait plus qui jetait des boules à qui. Ce fut une belle pagaille.

Puis, comme tous les jeux, celui-là prit fin. La neige commença à s'éparpiller, le jour à baisser, tout le monde se trouva fatigué et les enfants affamés. Ici et là on commençait à entendre certaines mamans dire "on va rentrer" ou des enfants réclamer "j'ai faim !". Les uns les autres quittèrent les lieux en souhaitant une bonne soirée à ceux qui restaient. Le papa de Quentin et Elise vint serrer la main de Jean, un sourire radieux aux lèvres.

- Merci Monsieur pour cette bonne idée ! Il y a bien longtemps que je n'avais pas fait de bataille de boule de neige, je me suis amusé comme un petit fou !

- J'en suis bien ravi, Monsieur ! C'était le but !

- Bonne soirée à vous !

Et l'homme, souriant, posant une main sur le cou de chacun de ses enfants, reprit la direction de sa maison. Jean se tourna

alors vers Nathalie à qui le froid et le rire avait donné de belles couleurs aux joues.
- Nathalie, accepteriez-vous de venir prendre le goûter chez moi avec les enfants ?

Nathan et Jade, toujours au comble de l'excitation, se mirent à hurler :
- Oui, oui, oui !

Nathalie pensa à son appartement vide et triste, à la vaisselle sale de midi, et au fait que personne ne l'attendait. Alors après deux ou trois secondes de réflexion, elle répondit gaiement :
- Et bien... allons-y !

Jean ne dissimula pas sa joie.
- Ah ! J'en suis ravi ! Suivez-moi donc ! Vous me faites bien plaisir, tous les trois !

Ils prirent la direction de la maison tout en discutant.
- C'était une fameuse bataille de boules de neige, qu'est-ce que tu en dis Nathan ?
- Oui ! Tu as vu comment je leur ai envoyé plusieurs boules ?!
- Ah ça, tu t'es bien défendu ! Et maman et Jade aussi ! Alors princesse, tu aimes les boules de neige ?
- Oui, c'est rigolo ! Mais c'est froid !
- Eh, oui, tu as raison ! Mieux vaut ne pas en prendre une dans le cou !
- On s'est bien amusés, commenta Nathalie pour la plus grande surprise de Jean, qui lui adressa un cordial sourire.
- Alors si tout le monde est content, je suis bien content moi-même ! Je ne me suis pas donné tout ce mal pour rien !

Ils étaient arrivés et Jean ouvrit la porte d'entrée. Il sortit de vieilles serpillères pout tout le monde et Nathalie prit bien soin de faire déchausser les enfants pour ne pas salir. Une fois cette opération terminée, elle se releva et découvrit l'entrée qui avait été peinte dans les mêmes nuances que l'extérieur, en jaune pâle rechampi de bleu Provence. Ces couleurs judicieusement choi-sies illuminaient la pièce, qui était plutôt petite et sombre dès

149

que la porte d'entrée se trouvait fermée. Nathalie ne dit rien, mais Jean remarqua son regard admirateur.

Une fois entrée dans la pièce principale, Nathalie regarda partout à la fois avec admiration et timidité. La partie haute du mur qui séparait la cuisine de la salle à manger avait été ôtée pour faire un effet bar. Cela agrandissait la pièce et en augmentait la luminosité. Les murs étaient blanc ivoire, certains des meubles étaient anciens avec une teinte foncée, d'autres plus récents en merisier. L'ensemble était rehaussé de touches de couleur plus vives avec des coussins, des vases ou des cadres de photo dans des couleurs chaudes. Nathalie trouva l'ensemble harmonieux, chaleureux. Elle s'y sentit bien. Ce fut Jade qui exprima tout haut ce que Nathalie pensait tout bas.

- Oh ! Elle est belle ta maison !
- Merci jeune fille, c'est très gentil ce que tu dis là. Mais tu vois, c'est parce que ça fait longtemps que j'habite ici. Alors j'ai eu le temps de bien tout décorer. Et puis avant, il y avait aussi ma femme qui s'occupait de la maison. Alors nous deux, nous avons fait du bon travail.
- Elle est où ta femme ?
- Ah… elle est partie auprès du Seigneur, et maintenant elle dort au cimetière. Elle me manque, tu vois. C'était une merveilleuse épouse. Mais elle commençait aussi à être âgée, c'est pour ça qu'elle est partie… Bon, mais je ne vous ai pas amenés là pour radoter ! Que voulez-vous pour le goûter ? Un chocolat chaud ? Un café pour maman ?
- Un chocolat chaud ! hurla Nathan comme le font tous les enfants.
- Un chocolat chaud ! hurla à son tour Jade pour faire comme son frère.
- Hé, ne criez pas ainsi, ça casse les oreilles ! reprit Nathalie. Pour moi aussi ça sera un chocolat chaud.
- Alors trois chocolats chauds ! C'est parti !

Nathalie fut surprise et amusée de voir Jean prendre une casserole et la remplir de lait. Elle, elle aurait rempli directement

les bols et les aurait mis au micro-ondes. A croire que Jean lut dans ses pensées car il commenta :
- J'aurais pu mélanger directement dans les bols et mettre à chauffer au micro-ondes, mais ça prend trois heures, le bol est brulant tandis que le liquide est froid, et le temps que le troisième bol soit chaud, le premier a déjà refroidi. Alors je préfère la bonne vieille gazinière.

Il sortit quatre bols et confia le chocolat en poudre à la jeune femme.
- Je vais laisser maman servir le chocolat, elle saura bien mieux que moi.

Pendant qu'elle s'en occupait, Jean sortit sa chicorée et se servit lui-même, puis il alluma la bouilloire. Enfin, il ouvrit le placard et le frigo et en sortit le pain et le beurre. Il coupa plusieurs tronçons de baguette qu'il coupa ensuite en deux avant de les tartiner de beurre.
- Qui en veut ?
- Moi ! Moi !

Les enfants s'assirent d'office chacun devant un bol, montrant ainsi qu'ils mouraient de faim. Jean versa le lait chaud.
- Allez, mangez ! Il faut reprendre des forces ! Nathalie n'hésitez pas, servez-vous !

Les enfants trempèrent leur tartine dans le chocolat, à la française, et dévorèrent à belles dents. La jeune maman elle-même se coupa des tranches plus petites et les trempa pareillement dans son chocolat. Le silence disait à lui seul combien chacun avait faim. Jean aussi se fit des tartines, qu'il trempa lui aussi dans sa chicorée. Tout en mangeant, il affichait un grand sourire ravi, et ses yeux riaient aussi. On ne se comportait peut-être pas comme dans le grand monde, mais tout le monde arborait un air ravi.

Les enfants avaient fini leur tartine et Jean leur demanda.
- Vous avez encore faim ?
- Oui !
- Vous voulez encore une tartine, ou bien…

Et laissant sa phrase en suspens, il se leva, alla ouvrir le placard et en sortit un paquet aux couleurs bien connues.
- Des Niños ! hurla Nathan.
- Nathan, arrête de hurler comme ça ! Il faut te calmer, maintenant, le reprit sa mère.
- Mais ce sont des Niños !
- Oui, mais ça n'est pas une raison pour hurler !
- Alors ? Pain beurré ou Niños ? demanda Jean
- Niños ! hurlèrent les deux enfants, au grand désappointement de leur maman.

Jean suspendit son geste, afficha un air de désapprobation et cacha même les Niños dans son dos avant de dire :
- Allons, allons, les enfants. Votre maman vient de dire quelque chose, il me semble. Que vient-elle de dire ?

Nathan fit comme s'il n'avait pas entendu, et ce fut Jade, du haut de ses trois ans, qui apporta la réponse.
- Elle a dit qu'il faut pas crier.
- Oui, tu as raison Jade, il ne faut pas crier ! Ça ne sert à rien, et ça casse les oreilles à tout le monde, maman l'a dit tout à l'heure. Et même quand on est enthousiaste, on peut le montrer sans hurler. Alors je vais à nouveau poser la question, et celui qui répondra posément aura un Niños. Alors, vous voulez du pain beurré, ou un Niños ?
- Un Niños, répondit Jade posément,
- Un Niños, murmura Nathan.
- Ah ah ! Toi tu es un coquin ! Tu le veux vraiment ton Niños, hein ? Maman Nathalie, trouvez-vous qu'ils ont demandé poliment ? Ont-ils droit à leur Niños ?

Nathalie répondit avec un sourire.
- Oui, ils peuvent avoir un Niños, s'ils ont encore de la place dans leur ventre !

Chaque bambin se jeta sur le Niños et le dévora comme s'il n'avait rien mangé avant. Jean reprit sa place et, tout en sirotant sa chicorée, dit gentiment à Nathalie :

— Ça vous va bien de sourire, Nathalie. Vous avez déjà un joli visage, alors en plus, quand vous riez, vous êtes charmante.

Le sourire de Nathalie ne s'évanouit pas tout à fait, mais se crispa quand même un peu.

— C'est que je n'ai pas souvent envie de rire.

— Et je comprends tout à fait ça, vu ce que vous m'avez partagé l'autre jour.

— J'ai plus faim ! proclama Nathan.

Jean se pencha vers lui.

— Est-ce que tu voudrais que je te prête des jouets ?

Le petit garçon fit vivement signe que oui avec la tête.

— Alors viens avec moi.

Ils se levèrent tout deux et allaient partir quand Jade annonça à son tour, l'œil intéressé, la bouche pleine.

— Moi auchi ch'ai fini !

Jean lui tendit son autre main.

— Alors viens avec nous. Et maman Nathalie va venir aussi.

Nathalie se leva et les suivit, un peu surprise. Jean les conduisit à l'étage et leur montra les deux chambres qui autrefois avaient été celles de ses enfants. Il y ouvrit les placards et invita les enfants à choisir un jeu qu'il leur sorti. Nathan avait choisi les soldats de plastique, et Jade les poupées.

— Pendant que vous jouez, maman et moi, nous allons redescendre au salon pour discuter.

Et en traversant le palier, il recommanda :

— Soyez sages, les enfants.

Il ne reçut aucune réponse, les enfants étant déjà pris dans leurs jeux. A la cuisine, il retrouva sa chicorée refroidie. Il la mit à réchauffer au micro-ondes et rangea les restes du goûter tandis que Nathalie mettait les bols dans l'évier.

— Merci, ma jeune amie. Souhaitez-vous autre chose ? Un café ?

Elle répondit avec un sourire.

— Oh non ! Je n'ai plus de place, merci.

- Alors venez, allons nous installer au salon, nous serons mieux que sur des chaises. Installez-vous où vous voulez, vous avez un fauteuil ou le canapé. Moi, en vieil égoïste que je suis, je vais prendre mon fauteuil habituel.

Et une fois sa chicorée réchauffée, il rejoignit Nathalie et s'installa dans son fauteuil.

- Ah ! Ma jeune amie, je dois vous dire que votre présence, à vous et à vos enfants, me fait bien plaisir. C'est que, comme je vous le disais, à mon âge on ne voit plus grand monde, alors parfois on s'ennuie.

La jeune femme se contenta de lui répondre par un sourire poli, en inclinant un peu la tête comme pour reconnaître une fatalité, mais sans dire un mot. Jean se souvint alors du peu qu'elle lui avait raconté de sa vie, et s'en voulut presque de s'être plaint de la sienne. Elle était au début de sa vie, et pourtant celle-ci ne semblait pas bien enviable… Il essaya de la faire parler un peu d'elle :

- Mais dites-moi, vous-même, vous voyez un peu du monde, quand même ? Vous me disiez que le papa de vos enfants était parti, que vos parents ne voulaient plus vous voir, mais vous avez bien des copines, des cousins, des cousines ?

La jeune femme haussa les épaules, en faisant une moue dubitative.

- Non, pas vraiment…

Jean resta coi un moment.

- Mais… vous aviez bien des amies, à l'école ? Vous ne les voyez plus ?

- Beh non…

Le mutisme de la jeune femme n'était pas pour aider la conversation… mais peut-être n'avait-elle pas envie de parler d'elle ? Jeanne le disait souvent à Jean "Tout le monde n'est pas comme toi, qui trouverait encore à faire la conversation à un cerisier. Il y a des gens pudiques." Oui mais alors, comment s'intéresser à elle ?

Et puis, de manière inattendue, Nathalie se mit à parler. Était-ce le besoin de se confier, la bataille de boules de neige et le goûter partagé qui l'avaient mise en confiance, qui avait fait fondre sa réserve, peu importait, soudain elle se mit à raconter sa vie à Jean.

Ses parents eux-mêmes n'avaient guère eu de fréquentations. Ils étaient tous les deux enfants uniques, sa mère avait perdu son père, et pour le peu que Nathalie se souvenait de sa grand-mère, il s'agissait d'une vieille femme éteinte au fond d'une minuscule cuisine. Quant aux parents de son père, elle n'en avait jamais entendu parler. Celui-ci se faisait régulièrement licencier, selon lui à cause de l'humeur de ses collègues ou de ses chefs, et Nathalie l'avait plus souvent vu au chômage qu'avec un emploi. Sa mère seule travaillait, en faisant des ménages, ce qui leur avait laissé peu de marge pour les loisirs, ayant tout juste de quoi vivre. Et à cause de cette situation, Nathalie avait toujours vu son père de mauvaise humeur, aigri et hargneux.

A la maison, c'était sa mère qui s'occupait du ménage, des courses, des repas, car son père considérait que ça n'était pas le travail d'un homme. C'était aussi sa mère qui s'occupait des tâches administratives puisqu'il ne savait pas le faire. Sa maman s'en plaignait souvent et demandait à son mari de l'aider, mais cela ne lui avait valu, la plupart du temps, que de se faire rembarrer. Déjà qu'il devait supporter l'humiliation de ne pas avoir de travail, à cause de la hargne des gens, elle voulait en plus l'humilier à le rabaisser à des tâches de bonne femme ? Elle n'avait qu'à faire bosser la gosse, qui leur coûtait assez cher comme ça, au moins qu'elle serve à quelque chose.

Nathalie avait compris très tôt qu'elle n'avait pas été désirée. Ou qu'elle n'était pas arrivée au bon moment, elle n'avait jamais bien su. Aussi, dès qu'elle avait été en âge de faire un peu quelque chose, sa mère lui avait confié des tâches ménagères.

Ils ne sortaient jamais, n'allaient jamais nulle part et ne fréquentaient personne, à cause de leurs maigres ressources. Leur seul loisir, le dimanche, était la télé, qu'ils regardaient sans un mot, l'air morose. En fin d'après-midi, Nathalie avait le droit de la regarder avec eux, mais pas trop car ça n'était pas bon pour les enfants.

Dans cet univers étriqué, sa poupée avait été son unique bonheur durant toute son enfance. Elle n'avait pourtant qu'un petit lit et un petit couffin pour l'y allonger, une seule robe à lui mettre, mais elle ne s'en séparait jamais et la couvrait de bisous à longueur de journée. Laura, c'était le nom de la poupée, ne lui faisait jamais de reproche et l'aimait tout le temps. Entre elles deux, une éternelle connivence, à se comprendre sans avoir besoin de se parler, un vrai cœur à cœur.

Puis elle avait grandi. Le coloriage avait fini par la lasser, les livres aussi, et elle avait pris conscience, un jour dans sa dixième année, que Laura n'était qu'une poupée de chiffon, un objet sans émotion ni sentiment. Ce jour-là, après cette prise de conscience brutale, elle avait passé son dimanche à pleurer, seule dans sa chambre. Elle avait perdu à la fois sa meilleure amie, sa confidente, sa raison de vivre, la seule source de bonheur qu'elle connaissait. Elle avait fait une sorte de dépression, que ses parents avaient pris pour de la mauvaise humeur ou de la bouderie. Alors les reproches et les accusations avaient redoublé, ne faisant qu'augmenter son désespoir.

Heureusement, quelques filles de sa classe, la voyant accablée, s'étaient intéressées à elle et l'avaient intégrée à leur groupe. Ç'avait été sa bouée de sauvetage. Elle avait traversé ses années de collège puis de lycée dans le même état d'esprit, trouvant plus de soutien auprès de ses copines qu'auprès de ses parents. Elle avait également eu la surprise et la joie de bénéficier du soutien de plusieurs professeurs, lesquels s'étaient peut-être rendu compte de sa réserve maladive, de son émotivité et de son manque de confiance en elle. Certains l'avaient même félicitée et encouragée pour ses efforts et son comportement en classe, et elle avait définitivement mis l'accent sur son travail scolaire, maintenant ainsi un niveau appréciable. Ses résultats et ce soutien lui avait redonné un peu l'estime d'elle-même.

Puis, sans qu'elle n'eût jamais su pourquoi, les reproches et les accusations de son père s'étaient accentués. Elle avait commencé à se rebeller. Un soir, à peine avait-elle franchi le seuil de la porte, qu'il l'avait accueillie avec hargne :
- J'espère que tu as foutu un peu quelque chose aujourd'hui ? Je te préviens, si tu ne travailles pas mieux à l'école que ce que tu fais à la maison, tes professeurs ne vont pas te louper. J'attends tes notes du premier trimestre, et je te préviens que si je vois une seule mauvaise appréciation, ça va barder pour toi !

Elle en avait eu assez de ces reproches injustifiés sans fin et avait protesté :
- Mes professeurs sont contents de moi !

D'abord surpris d'entendre sa fille lui répondre pour la première fois, son père était resté coi avant de hausser le ton.
- Et tu la ramènes, en plus ?

Il s'était rendu à la première réunion parents-professeurs de l'année, la première aussi à laquelle il avait daigné participer, et tout du long, il avait pu entendre avec elle les félicitations des professeurs, leurs observations élogieuses, les bons résultats obtenus. Elle avait observé leurs sourires, elle avait entendu leurs propos aimables. Elle avait guetté sur le visage de son père un sourire, une détente, une prise de conscience qu'elle n'était pas la garce qu'il croyait, un signe de reconnaissance. Elle avait attendu en vain. Le sourire, la parole aimable n'étaient jamais venus, le visage de son père était resté fermé, inflexible. Ils étaient rentrés sans un mot de plus.

Une fois à la maison, elle était montée poser son cartable dans sa chambre. De loin, elle avait entendu sa mère, occupée à préparer le repas, demander à son père comment s'étaient passés les entretiens. Il avait répondu, de son éternel ton plein de rancœur :
- Oh, à l'école elle est parfaite, de bons résultats, un bon comportement, un vrai petit ange ! Il n'y a qu'à la maison qu'elle se comporte en emmerdeuse ! Tout pour nous faire chier !

Sa mère avait poussé un soupir d'exaspération. Sur le coup, Nathalie avait cru que c'était pour les mêmes raisons que son père, mais elle avait été surprise de l'entendre dire :
- Tu pourrais au moins être content qu'elle ait de bonnes notes !
Il avait vociféré.
- Parce que je devrais la féliciter de faire le minimum qu'on attend d'elle ? Il ne manquerait plus que ça, qu'elle ne fasse rien à l'école, déjà qu'elle ne fiche pas grand-chose à la maison !
Sa mère avait encore poussé un soupir de lassitude. Nathalie avait ressenti un vif dépit, puis une grande colère. Malgré tout ce que son père avait entendu dans la soirée, ça n'était pas encore assez, il n'était pas encore satisfait. Et lui-même, que faisait-il à part regarder la télé, fumer à longueur de journée et se plaindre que la responsabilité en revenait aux autres ? Ce jour-là, elle avait tout à coup pris conscience de ce qu'elle n'avait encore jamais vu avant : son père était un aigri, incapable de conserver un emploi et de faire quoi que ce soit de sa vie, et qui reportait sa frustration et son aigreur sur les autres. Elle avait également compris que le mutisme que sa mère lui opposait, ou que les plaintes qu'elle lui adressait, provenaient pareillement du comportement aigri de son père. Sauf que c'était elle qui en faisait les frais.

Elle avait fait la connaissance de Bastien en terminale. Bastien, la coqueluche de tout le lycée. Elle avait été stupéfaite puis émerveillée de voir qu'il s'intéressait à elle, et était tombée éperdument amoureuse. Elle avait cru qu'il en était de même pour lui, jusqu'au jour où elle lui avait appris qu'elle était enceinte. Il lui avait alors annoncé, sans état d'âme, qu'il la quittait, que de toute façon le gosse n'était probablement pas de lui. Elle avait eu beau lui affirmer qu'il était bien le père, qu'elle n'avait personne d'autre, qu'elle l'aimait, rien n'y avait fait. Il s'était détourné en lui disant qu'elle n'avait qu'à se faire avorter. Elle avait cru mourir, et avait même songé à mettre fin à ses jours.

Elle n'avait pas pu cacher sa grossesse longtemps à ses parents. Quand ils l'avaient découverte, la crise avait été terrible.

Son père, vert de rage, l'avait traitée de tous les noms, et sa mère, à la fois furieuse et atterrée, avait répété que c'était la pire bêtise qu'elle ait pu faire. Ils l'avaient mise à la porte le lendemain matin, avec une valise, un ticket de bus, et l'adresse d'un foyer social. Sa mère lui avait quand même concédé quelques billets sur le pas de la porte.

Elle avait cependant été bien prise en charge par les services sociaux, et avait même trouvé un meilleur accueil au foyer que dans sa propre famille. Elle avait vécu avec des jeunes femmes dans la même situation qu'elle, qui s'étaient épaulées les unes les autres. Elle avait obtenu, radieuse, son bac de secrétaire médicale, et lorsque son enfant était né, elle l'avait trouvé si beau qu'elle s'était définitivement décidée à le garder.

Elle avait ensuite trouvé un emploi à durée déterminée et un petit appartement, et même si elle supportait très mal la solitude, et que son rythme de vie était soutenu, au moins était-elle heureuse avec son enfant et fier d'être capable de s'assumer. Le travail qu'elle faisait à l'époque lui plaisait, la valorisait.

Puis elle avait fait la connaissance de Kévin. Elle s'était amourachée de lui parce qu'il lui avait fait part de ses difficultés avec ses parents, de leurs éternelles critiques, de leur continuelles accusations. Elle avait cru entendre sa propre histoire et lui avait ouvert sa porte, croyant avoir enfin trouvé son âme-sœur. Sauf qu'au fil des mois, elle s'était aperçue que l'individu se comportait exactement comme son père : il ne faisait rien, râlait sur tout, se plaignait du bébé, et exigeait d'être servi. Le temps qu'elle s'en rende compte, il était trop tard : elle était à nouveau enceinte. Il la planta là comme le précédent, déclarant qu'il n'avait jamais demandé un mioche. Il était reparti chez ses parents, lesquels l'avaient accueilli à nouveau, apparemment sans problème. Il n'avait jamais demandé des nouvelles de son enfant.

Jade était arrivée quelques mois après, et comme pour son fils, Nathalie n'avait jamais pu se résoudre à la confier pour être adoptée. Son appartement étant devenu trop petit pour elle et ses deux enfants, les HLM lui en avaient octroyé un plus grand à Lameilhé.

Depuis, son contrat de travail avait pris fin, et elle ne parvenait pas à trouver un autre emploi, la plupart du temps en raison des horaires tardifs du poste, alors qu'elle n'avait personne pour garder ses enfants. Elle n'avait jamais cherché à recontacter ses parents, apparemment eux non plus n'avaient fait aucune démarche, elle avait perdu le contact avec toutes ses anciennes copines, et les pères de ses enfants ne s'étaient jamais manifestés.

- Voilà, dit-elle enfin dans un haussement d'épaules. C'est ma vie.

Puis un silence se fit. Jean avait écouté tout ce récit en prenant peu la parole, juste pour demander une précision ou exprimer sa stupéfaction, mais s'était bien gardé d'interrompre la jeune femme, de crainte qu'elle ne parle plus. Il lui avait semblé, depuis que Nathalie s'était mise à parler, qu'une digue s'était rompue et qu'un lac de souffrance s'était déversé. Tout du long, il était resté sidéré de ce qu'il entendait, tant du comportement des parents de la jeune femme que de celui des deux jeunes hommes. En résumé, on pouvait dire que l'attitude de son père, son regard tellement négatif sur la vie, avait tellement pourri l'ambiance familiale que la jeune femme, cruellement en manque d'amour, s'était jetée sans réfléchir dans les bras du premier venu, sans même penser aux conséquences. Par deux fois. Ce qui fait que beaucoup avaient dû la classer dans la catégorie des filles faciles.

Ça n'était pas souvent que ça arrivait, mais Jean ne savait même pas quoi dire. S'il avait discuté avec une personne croyante, il lui aurait dit que Dieu savait toutes les souffrances par lesquelles elle était passé, qu'Il comprenait, qu'Il savait mieux que personne. Il aurait tenté de lui redonner espoir en lui rappelant que Dieu restaurait… Mais là, que dire ?

Encore tout stupéfait de ce récit de vie, estimant qu'il ne pouvait rester silencieux trop longtemps, il demanda :
- Alors vos parents ne connaissent même pas vos enfants ?! Leurs petits enfants ?

Elle ne put qu'incliner la tête en haussant les épaules, comme d'une évidence. Jean avait noté que c'était chez elle un geste familier, comme si elle doutait de tout.
- Et vous n'avez jamais tenté de renouer avec eux ?
- Ils ne m'ont jamais acceptée moi-même. De toute ma vie je n'ai jamais entendu que des reproches. Alors si c'est pour entendre les critiques que j'ai toujours entendues et pour que mes enfants entendent la même chose...

Jean répondit juste d'un signe de tête, pour indiquer qu'il avait bien compris. Effectivement, avec ce genre de relation, il valait mieux mettre de la distance. Mais le remède, dans ce cas, était presque aussi terrible que le mal, la jeune femme et les enfants se trouvant dans une solitude terrible... Il restait sidéré de ce qu'il venait d'entendre. Lui qui avait eu tant de plaisir à avoir des enfants, à les choyer, à penser à eux, attendant que leurs petits bras viennent se fermer autour de son cou le soir quand il rentrait à la maison... Comment ces gens pouvaient rejeter leur propre fille, refuser de faire la connaissance de leurs propres petits enfants ? Cela dépassait son entendement. Il comprenait maintenant pourquoi le visage de la jeune femme était toujours tellement triste, tellement fermé...

Il ne savait plus comment reprendre le fil de la conversation, quand il se rappela tout à coup le but de tous ses stratagèmes, le but de la présence de Nathalie chez lui ce soir : faire sa connaissance pour envisager de passer la Noël avec elle et ses enfants. C'était le moment idéal pour aborder ce sujet, même s'il avait conscience que c'était délicat. Comme entrée en matière, il dit sur le ton le plus doux possible :
- Alors dites-moi, ma petite Nathalie, vu votre situation, que faites-vous habituellement pour les fêtes ?

Elle haussa encore les épaules et répondit d'un ton résigné.

- Pas grand-chose. Quand j'étais enceinte de Jade, j'avais réussi à rejoindre quelques copines du foyer. Mais après, ça a été plus dur. Une fois qu'on a les enfants, qu'on n'habite plus le même quartier, c'est plus difficile pour se voir. Alors on s'est perdues de vue.

Jean réalisait, en l'écoutant, que même avec sa propre situation compromise pour ce Noël, il était bien moins à plaindre que cette pauvre jeune femme. Lui au moins avait une famille, une maison, des souvenirs...

- Et donc, vous n'avez rien de prévu pour ce Noël ?

Elle haussa à nouveau les épaules, l'air un peu plus triste.

- Non.

En entendant cette réponse, Jean resta un instant silencieux, partagé entre la stupéfaction d'apprendre que l'on pouvait être encore plus seul que lui, et l'espoir que les choses tournent à son avantage. Et peut-être aussi à l'avantage de cette jeune femme. Avant que l'atmosphère ne devienne lourde, il s'empressa de reprendre la parole pour dire d'un ton chaleureux.

- Dites-moi, Nathalie...

Il se pencha vers elle, comme pour une confidence.

- Seriez-vous choquée si je vous proposais que nous passions ce Noël ensemble, vous, les enfants et moi ?

Les yeux de Nathalie s'agrandirent, ses traits exprimèrent la crainte.

- C'est que... je ne connais pas votre famille...

Jean réalisa qu'il s'était mal exprimé et précisa sa pensée.

- Ah mais il n'y aura pas ma famille, justement ! Cette année, c'est compliqué, voyez-vous...

Jean hésita. Il aurait pu se contenter de lui dire qu'il était tout seul et qu'il cherchait quelqu'un pour passer les fêtes, mais il ne voulait pas non plus prendre le risque qu'elle le prenne pour un profiteur, qui se servirait d'elle pour combler un moment de solitude, comme on calerait un vieux livre sous un meuble branlant. Il décida alors de jouer franc jeu :

- Ma femme est décédée il y a un an et demi. Depuis, ma fille m'a invité pour chaque Noël, pour que je ne sois pas seul, mais cette année, ses beaux-parents réclament leur tour. Et là, je ne suis pas invité, voyez-vous. J'ai bien un fils aussi, mais il habite aux Etats-Unis, et je ne me sens pas d'aller jusque là-bas tout seul. Vous comprenez, l'avion, l'anglais, tout ça je ne maîtrise pas, ça me fait peur. Mais voilà, je risquais de me retrouver tout seul pour Noël, et ça ne m'enchantait pas, vous le comprendrez mieux que personne. Alors, comme je suis croyant, j'ai prié Dieu pour qu'il m'apporte une solution. J'ai fait votre connaissance, et voilà que j'apprends que vous aussi vous êtes seule. Voilà pourquoi je vous propose, à condition qu'un vieux pépé comme moi ne vous semble pas trop ennuyeux, que nous passions Noël ensemble. Ainsi nous serons moins seuls, même si je suis bien conscient que je ne vous propose pas une fête très intéressante pour une jeune femme de votre âge.

Nathalie était à la fois très étonnée et décontenancée. D'un côté, il était vrai qu'elle n'avait pas envie de se retrouver à nouveau seule avec ses enfants pour Noël, mais de l'autre, est-ce que ça serait mieux avec ce vieux Monsieur ? Il avait bien l'âge d'être son grand-père… Elle bafouilla.

- Eh beh… je ne sais pas… il faut que j'y réfléchisse…
- Bien sûr, bien sûr ! C'est bien normal, prenez le temps d'y réfléchir ! Et tiens, pour vous donner un peu une idée de ce que j'ai en tête, je vais vous l'expliquer.

Il se redressa dans son fauteuil et désigna une place à côté du canapé.

- Je ferai bien sûr un sapin, là, dans le coin. Vous pourriez venir faire la décoration avec les enfants, ils aiment beaucoup ça, ça les mettrait dans l'ambiance. Ensuite, nous préparerions nous-mêmes quelques bonnes choses à manger. Non seulement c'est moins cher, mais c'est meilleur. Tenez, venez voir.

Il se leva et se dirigea vers la cuisine. Il ne s'en était pas rendu compte, mais le ton de sa voix s'était animé au fur et à mesure où il parlait. Une fois dans la cuisine, il attrapa quelques livres de recettes dont on voyait qu'ils avaient beaucoup servi.

- C'est dans ces livres que ma femme puisait toutes ses idées. Il y a des tas de recettes succulentes, croyez-moi, à des prix très corrects.

Et tout en parlant, il faisait tourner les pages d'un livre en pointant du doigt certaines photos.

- Vous voyez, je pensais à quelques choses comme ça. A moins que vous n'ayez d'autres idées, bien sûr...

- Oh non... tout ce que je vois là me semble très bien.

Jean continua à tourner les pages des livres et à expliquer à Nathalie ce qu'il envisageait. Elle écouta sans faire de commentaire, l'air intéressée mais en même temps étonnée et décontenancée. Quand ils eurent consulté plusieurs livres et qu'il sembla à Jean qu'il avait tout dit, il releva les yeux sur elle pour lui demander :

- Alors, qu'en pensez-vous ?

- Eh bien... je ne sais pas...

La jeune femme semblait, il est vrai, un peu dépassée. Jean aurait aimé avoir une réponse assez rapidement, mais il prit conscience, en la voyant hésiter, que tout cela était trop rapide pour elle. De plus, elle avait évoqué beaucoup de choses difficiles ce soir, et il était tard... Elle avait probablement besoin de se retrouver, de temps pour réfléchir. Même si cela ne servait pas les desseins de Jean...

- Voulez-vous prendre le temps d'y réfléchir et me donner une réponse demain soir en revenant de l'école ?

Elle hésita puis fit signe que oui avec la tête.

- Oui, je crois qu'il vaut mieux.

- Très bien, alors nous allons arrêter là notre conversation, et nous nous reverrons demain.

La jeune femme regarda l'heure et poussa une exclamation.

- Oh, mais il est déjà dix-huit heures ! Il faut que je parte !

Elle quitta prestement la cuisine et s'empressa de monter chercher ses enfants pendant que Jean remettait les livres en place. Le vieil homme se trouva dépité que ce moment se termine ainsi, mais il résolut de ne pas le montrer. Une fois redescendus, Nathalie habilla les enfants, enfila sa veste, puis se tourna vers Jean avec un sourire gentil.

- Merci, Monsieur, pour tout ce que vous avez fait.
- Oh, mais ce fut un vrai plaisir ! Et j'espère bien que nous pourrons à nouveau nous retrouver !

Les enfants l'embrassèrent affectueusement, Nathalie lui serra la main, et la petite famille sortit dans la nuit. Jean les regarda s'éloigner un moment, referma la porte, et retourna s'asseoir dans son fauteuil. Il était contrarié. Contrarié de ce que la jeune femme lui avait raconté, d'entendre la vie qu'elle avait eue, contrarié de ce qu'il n'ait toujours pas obtenu de réponse de sa part. Alors, comme il le faisait chaque fois, il se tourna vers son Dieu pour lui en parler.

- Seigneur, quelle pitié que de voir une aussi jolie jeune femme être aussi malheureuse. Elle doute sans cesse d'elle-même et croit toujours mal faire, être coupable de je-ne-sais-quoi. Et pour le peu qu'elle m'a dit, ce sont ses propres parents qui lui ont inculqué cette façon de voir les choses. Quelle pitié... Seigneur, j'aimerais lui montrer un autre point de vue sur la vie, un autre regard. Mais j'ai besoin de toi pour que tu montres à cette jeune femme l'intérêt qu'elle pourrait avoir à se rapprocher de moi, et l'agrément qu'elle pourrait m'apporter... Se décidera-t-elle à accepter de passer son Noël avec un vieil homme comme moi ? Merci mon Dieu d'être là. Amen.

Puis il se leva, se fit à manger, et alla au lit tôt, fourbu.

* * *

Arrivée chez elle, Nathalie se contenta de donner un bol de céréales à ses enfants tandis qu'elle-même se fit un sandwich. Elle les coucha rapidement, rangea les restes du repas, puis s'installa selon son habitude derrière la fenêtre de sa salle à manger qui donnait sur la rue et sur le centre commercial. Au-delà, de l'autre côté de la place, elle devinait la maison de Jean. Quel drôle de Monsieur... si atypique, si original... si joyeux. C'était surprenant, d'ailleurs, de voir un monsieur de cet âge aussi gai. Pour elle, une personne âgée, et d'autant plus un homme, ne pouvait être que ronchon. Peut-être aussi parce qu'elle n'avait jamais rencontré que de vieux grincheux...

Monsieur Jean était très différent de ses parents. Elle l'avait bien observé, pendant la bataille de boules de neige, ainsi qu'une fois chez lui, et elle avait vu comment il agissait, comment il réagissait. Toujours sur un mode positif, toujours sur le ton de l'encouragement. Même quand il avait repris ses enfants parce qu'ils criaient, ça n'avait pas été en les grondant, mais en les faisant réfléchir. Avec lui, il semblait que rien n'était grave. Alors qu'avec ses parents, quand un incident se produisait, il semblait que la fin du monde était proche.

Elle restait étonnée de lui avoir déballé sa vie, comme ça, tout à coup, mais n'en éprouvait pas de honte. Elle avait déjà déversé toutes ses larmes la dernière fois, après l'avoir rencontré dans le bus, lorsqu'il avait su lui montrer de la compréhension, de la compassion, alors qu'elle s'était attendue au jugement, à la critique, au rejet. Ce soir elle avait eu besoin de parler, de se décharger, de raconter, de mettre des mots sur son vécu. Ça lui avait fait du bien. Maintenant elle se sentait moins lourde, moins écrasée, autant du fait d'avoir parlé que d'avoir vu les réactions stupéfaites de Monsieur Jean, qui semblait désapprouver les actions des gens qu'elle avait côtoyés. Il lui avait ainsi confirmé ce qu'elle avait parfois suspecté : elle n'était pas la seule fautive...

Mais maintenant, elle se demandait si elle ne l'avait pas saoulé, avec toutes ses histoires... Mais non, à bien y réfléchir, il n'avait pas semblé ennuyé... Puisque même, au final, il avait insisté pour qu'elle vienne passer Noël chez lui.

Elle repensa alors à cette drôle de proposition de passer Noël avec ce monsieur. En avait-elle seulement envie ? Elle ne le savait pas encore. Elle le connaissait si peu. D'un autre côté, est-ce qu'elle avait davantage envie de passer Noël toute seule ? En fait, elle n'en savait rien, elle ne s'était pas posé la question puisqu'elle n'avait, jusque-là, aucune autre possibilité. D'ailleurs, que signifiait Noël pour elle ? A la maison, elle se souvenait que cette fête ne faisait que rendre son père encore plus aigri. Si sa mère faisait un semblant d'effort pour essayer de décorer la maison et d'améliorer l'ordinaire, son père se montrait encore plus amer, se plaignant encore plus des moyens qu'ils n'avaient pas, de l'ingratitude de la vie, vociférant sur "les autres" qui eux, avaient les moyens de fêter Noël et de faire la fête. Elle, Nathalie, se serait bien contentée de ne changer que d'ambiance.

Puis la fatigue eu raison d'elle. N'arrivant plus à aligner deux pensées cohérentes, elle abandonna sa fenêtre et alla se coucher.

* * *

Le lendemain matin, au moment où elle se réveilla, la première pensée qui lui vint à l'esprit fut une certitude : celle qu'elle ne voulait pas passer Noël toute seule. Elle ne se souvenait que trop bien de ce qu'elle avait vécu l'an dernier et ne souhaitait pour rien au monde revivre la même chose. Alors, elle se dit que ce drôle de vieux monsieur qui faisait des bonshommes de neige et organisait des batailles serait cent fois plus intéressant que sa salle à manger grise et sa solitude. Pour cette année, elle allait changer d'ambiance. Sa décision était prise.

Forte de cette nouvelle résolution elle se leva de bonne humeur, et même pressée d'aller donner sa réponse à Monsieur Jean. Elle leva les enfants et s'en occupa avec plus d'entrain que d'habitude, avant de les conduire à l'école.

* * *

Ce même matin, quand Jean s'éveilla, ce fut avec une humeur incertaine. Il lui semblait que tous les efforts qu'il avait faits pour se rapprocher de Jolie-Brunette n'avaient servi à rien, et il craignait que Nathalie ne donne pas suite à sa proposition. Une fois levé, il effectua les gestes du quotidien en passant par espoir et résignation.

Il avait dit à Valérie qu'il l'appellerait ce soir pour lui indiquer s'il avait quelqu'un avec qui passer les fêtes, et pour le moment il ne savait pas encore ce qu'il allait bien pouvoir lui dire. D'un côté, il souhaitait la libérer pour qu'elle puisse aller chez ses beaux-parents et lui éviter des conflits familiaux, de l'autre, il redoutait de passer Noël tout seul. C'était au-dessus de ses forces. Mais avec qui le passer, si Jolie-Brunette ne donnait plus signe de vie ? Il savait très bien que, s'il avouait à sa fille qu'il était seul pour Noël, elle décommanderait aussitôt chez ses beaux-parents et l'inviterait chez elle à Toulouse. Mais ce Noël aurait alors pour lui un goût amer, où il se sentirait une charge pour sa fille, et un embarras pour son gendre. Et ça ne lui disait vraiment pas.

Il s'était placé derrière la fenêtre de la salle à manger, comme d'habitude, pour regarder les allées et venues de l'école, mais aujourd'hui le cœur n'y était pas. Il ne savait même plus, dépité qu'il était, pourquoi il venait là jour après jour pour regarder passer les gens.

Il vit passer Jolie-Brunette. Elle n'esquissa même pas un mouvement de tête dans sa direction, elle semblait ne même pas avoir conscience de son existence. En même temps, savait-elle seulement qu'il était là, planqué entre son rideau et son montant de fenêtre ? Non, bien sûr. Elle n'était pas comme lui à espionner les gens, à leur voler un moment d'existence pour pimenter la sienne. Pauvre vieux qu'il était, il n'avait donc plus que ça dans la vie ?

Pourtant, quand elle s'en retourna après avoir déposé ses enfants, il sembla à Jean qu'elle regardait en direction de sa maison. Elle pencha un peu la tête comme si elle voulait mieux voir, puis sembla faire un petit sourire accompagné d'un petit signe de la main. Puis elle disparut derrière la haie. Jean en fut tout étourdit. Est-ce qu'il avait bien vu ? Est-ce qu'elle lui avait bien fait un signe de la main ? Ou bien l'avait-il imaginé ? Il était encore là à s'interroger quand la sonnette retentie. A cette heure ? Il resta un instant stupéfait avant de se précipiter vers la porte, plein d'espoir. Quand il ouvrit, Jolie-Brunette était devant lui, toute hésitante, mais avec un gentil sourire, comme il ne lui en avait pas vu souvent. Toute sa bonne humeur lui revint d'un seul coup.

- Nathalie ! Quelle bonne surprise !
- Bonjour… je ne voudrais pas vous déranger…
- Mais vous ne me dérangez pas du tout, Nathalie, vous voulez entrer un moment ?
- Oh… je voulais juste vous demander… vous savez, ce que vous m'avez dit hier soir… à propos de Noël…

Un brusque élan d'espoir vint au cœur de Jean.

- Quand je vous ai proposé que nous le passions ensemble ?
- Oui… je voulais vous demander… si ça tenait toujours ?

Elle avait demandé ça sur un ton presque craintif. Jean n'en croyait pas ses oreilles.

- Si ça tient toujours ? Mais bien sûr que ça tient toujours ! Vous seriez intéressée ?

Nathalie, qui décidément était radieuse ce matin, ne put réprimer un sourire, qui exprimait même un soulagement.

- Beh, si mon histoire ne vous a pas trop effrayé hier soir, alors oui, je suis intéressée.
- Hourra ! s'exclama Jean en ouvrant grand les bras en un geste de victoire. Il se retint toutefois de prendre la jeune femme dans ses bras, mais se permit quand même de refermer ses mains sur les siennes.
- Merci, ma jeune amie, merci de vous intéresser à moi ! Je vais tout faire pour que vous ne le regrettiez pas !

Nathalie haussa les épaules, mais cette fois-ci avec un grand sourire d'enfant ébahi et une mimique toute réjouie.

- Moi aussi, je ferai de mon mieux.

- Eh bien... voudriez-vous entrer pour que nous en discutions ? Ou bien avez-vous quelque chose d'autre qui vous attend ?
- Euh...
Elle réfléchit rapidement.
- Si ça ne vous dérange pas, je préfèrerais passer demain. Aujourd'hui, avec l'école, c'est toujours un peu stressant, je dois encore faire les courses et laver du linge.
Jean leva les bras au ciel comme un signe d'évidence.
- Mais bien sûr, vous avez raison ! Demain, ça sera bien mieux ! A quelle heure voulez-vous venir ?
- Disons, en début d'après-midi ?
- Vers quatorze heures ?
- Euh... disons plutôt quinze heures, si ça ne vous dérange pas, le temps que Jade fasse sa sieste.
- Ah, très bien ! Ça me donnera le temps de faire la mienne ! dit-il avec un clin d'œil. Alors demain à quinze heures. A demain, chère Nathalie !
- A demain Monsieur Jean !
Comme la veille, Jean regarda Nathalie repartir un moment avant de refermer sa porte. Il était heureux, ce soir, il saurait quoi dire à Valérie ! C'était dingue ce qu'une brève visite impromptue pouvait vous redonner le moral !

En attendant Noël

En se réveillant le lendemain matin, Nathalie ne se sentit pas déprimée comme si souvent. Aujourd'hui elle avait un but, un projet. Et de plus, un projet qui non seulement lui ferait plaisir à elle, mais aussi aux enfants. C'est qu'ils devaient aller chez Monsieur Jean pour discuter des préparatifs pour la fête de Noël. Et elle se rendait compte que depuis qu'elle avait pris la décision de rejoindre Jean pour Noël, l'avenir lui semblait moins sombre. Pour une fois, elle n'était plus seule.

* * *

En ouvrant les yeux ce samedi matin-là, Patrick retrouva la même absence de but que le samedi précédent, qui le vidait de toute motivation à se lever, de toute vitalité. Comme de plus en plus ces derniers temps, il se demandait à quoi lui avait servi toute cette dépense d'énergie tout au long de ces années, et ce qu'il avait bien pu louper pour être encore seul à trente-cinq ans. Il lui semblait avoir passé en revue les moyens mis à disposition par la société pour rencontrer la femme de sa vie, et soit il était passé à côté, soit il n'avait pas adhéré. Oui mais alors, quel recours lui restait-il ?

* * *

En s'éveillant ce samedi matin, Nicole pensa avec joie à la perspective de recevoir son cousin et son épouse à déjeuner. Elle était impatiente de refaire la connaissance de Gilbert, et de faire la connaissance tout court de Chantal qu'elle ne connaissait que de vue. Elle se leva donc avec vivacité pour tout préparer avant leur arrivée.

* * *

A son réveil ce matin-là, Franck réalisa que ça serait Noël dans une semaine. Il ne réussit pas à décider si cela l'attristait ou le laissait indifférent. Au bout d'un moment de réflexion, il finit par comprendre que c'était le fait que ça le laisse indifférent qui l'attristait. A moins que, dans le fond, il ne soit pas si indifférent que ça. Depuis toujours, Noël n'avait été pour lui que la fête dont tous les autres se régalaient, mais dont lui-même ne faisait qu'humer les senteurs, en voir de loin les lueurs. Ça n'avait jamais été pour lui. Jusque-là il avait toujours composé avec, mais à présent, maintenant qu'il s'était construit une vie normale, maintenant qu'il aspirait à aller plus loin, il lui fallait bien reconnaître qu'il aurait aimé faire comme les autres aussi dans ce domaine, et avoir quelqu'un à rejoindre pour passer le cap. Et aujourd'hui, à une semaine de Noël, il réalisait que la perspective de passer les fêtes seul lui pesait.

* * *

Lorsqu'il ouvrit les yeux, aux aurores comme d'habitude, Jean se sentit joyeux comme il ne l'avait pas été depuis longtemps : il avait maintenant une perspective pour Noël ! Il se leva plein d'entrain, avec déjà dans le cœur un projet qu'il n'avait pu réaliser la veille, par manque d'enthousiasme. Une promesse faite récemment à sa voisine et qu'il n'avait pas encore pu tenir.

* * *

En ouvrant la porte de sa maison ce samedi matin pour aller faire ses courses, Madame Guibaud faillit s'étrangler en étouffant un cri de stupéfaction, puis de rage.
Devant sa porte, sur son muret, se trouvait un mignon petit bonhomme de neige...

Le réveillon de Jean et Nathalie

Il n'était pas loin de dix-huit heures, et Jean mettait la dernière main à la décoration de sa salle à manger en allumant des bougies ici et là. La guirlande lumineuse du sapin était allumée, le feu ronronnait dans la cheminée, et de la musique de Noël était diffusée en sourdine.

Il y avait également des décorations un peu partout dans la maison, mais en moindre quantité, juste pour évoquer l'ambiance de la fête. On était le vingt-quatre décembre, la nuit commençait à chasser le jour, et un peu partout dans les maisons on se préparait à réveillonner. Nathalie et les enfants n'allaient plus tarder.

Jean s'assit dans son fauteuil et apprécia la vue qu'il avait, satisfait de l'ambiance qu'il avait réussi à donner à la pièce. Ses pensées s'échappèrent, et il repensa à la semaine qui venait de s'écouler et qui lui avait apporté bien de la joie.

Le samedi de la semaine précédente, deux jours après la bataille de boules de neige, Nathalie s'était présentée à sa porte comme convenu. La petite famille était charmante, chacun offrant à Jean un sourire radieux, ils s'étaient tous embrassés comme de vieux amis, puis Jean avait refermé la porte derrière eux, heureux d'avoir de la visite et d'être occupé pour l'après-midi.

Les enfants étaient montés jouer immédiatement, reprenant les jouets laissés en place pour cette occasion, et Jean s'était installé à la cuisine avec Nathalie pour regarder à nouveau les livres de cuisine et faire des choix, discuter de leurs envies communes, des goûts des enfants, du budget qu'ils voulaient y mettre. Connaissant la situation financière de Nathalie, Jean avait volontairement privilégié les recettes bon marché, pour qu'elle ne se sente pas mise en difficulté. Il aurait pu prendre l'intégralité du repas à sa charge, ça n'aurait pas été un problème pour lui, mais il n'avait ni voulu tomber dans l'assistanat, ni que Nathalie se sente redevable. Aussi avait-il tranché d'office pour de bons petits plats simples. Il avait également proposé de faire un réveillon genre "buffet", bien plus convivial pour des enfants, et donc moins stressant pour la maman.

Nathalie avait été rassurée en voyant les listes des ingrédients et même, elle ne savait pas si Monsieur Jean l'avait fait exprès ou pas, il lui avait attribué les achats les moins chers. Elle s'en était sentie un peu contrariée, mais d'autre part elle avait bien eu conscience qu'elle ne pouvait pas faire plus. Ou alors, il aurait fallu renoncer à fêter Noël ensemble. Et ça, elle n'aurait plus pu s'y résoudre. D'autant plus que Monsieur Jean avait l'air d'y tenir autant qu'elle. Alors elle avait fait comme si de rien n'était, puis avait finalement accepté cela comme une évidence. Elle s'était sentie trop bien, trop contente pour s'arrêter sur ces détails.

Les enfants avaient fait une pause dans leurs jeux à l'heure du goûter, et après qu'ils soient retournés à leurs occupations Jean et Nathalie s'étaient installés au salon comme la dernière fois, au coin du feu, leur café à la main.

Jean avait diplomatiquement orienté la discussion sur le sujet des parents de Nathalie, pour essayer de comprendre un peu mieux leur attitude et où elle en était elle-même. Elle avait volontiers raconté et ils avaient parlé pendant tout le reste de l'après-midi de leurs points de vue sur l'éducation, le comportement des gens, et de ce qu'on pouvait attendre de la vie.

Jean avait trouvé Nathalie très ouverte, et même avide de savoir comment il voyait les choses. Elle avait besoin de confronter l'éducation qu'elle avait reçue à un autre point de vue, et il avait naturellement partagé son opinion, son expérience, ainsi que ses erreurs, ses regrets et ses incompréhensions.

La jeune femme et ses enfants étaient repartis en toute fin d'après-midi, la liste de courses en poche, et du bien-être plein le cœur. Tout le monde avait eu son content de loisir, de plaisir, d'amusement et de relation. Rendez-vous avait été pris pour le mercredi pour décorer le sapin et faire des biscuits, et pour le samedi suivant pour cuisiner.

Ils n'avaient manqué aucun des rendez-vous, les visites de Nathalie s'étaient passées à merveille, et sous son abord indifférent, maussade et en retrait, Jean avait découvert une jeune femme avec une intense envie de vivre, d'apprendre et de découvrir. A chaque fois que Jean s'était tourné vers ses enfants, elle avait épié, plus qu'elle n'avait regardé, chacun de ses gestes, de ses attitudes, elle avait écouté chacune de ses paroles comme si c'était la première fois qu'elle voyait un homme s'occuper d'un petit. Elle avait semblé fascinée, comme si elle n'avait jamais vécu, comme si elle avait débarqué d'une autre planète... Toujours est-il qu'il avait véritablement été touché de voir cette jeune-femme s'ouvrir peu à peu et avait apprécié à chaque instant la touchante confiance qu'elle lui avait témoignée. Il avait trouvé surprenant ce début d'amitié qui commençait à se tisser entre lui et cette jeune femme qui aurait pu être sa petite-fille, mais ravi en même temps de la fraîcheur qu'elle et ses enfants lui avaient apportée.

A présent les biscuits étaient rangés dans des boîtes, dans le buffet de la salle à manger, à côté des chocolats et des apéritifs, les plats étaient dans le frigo, le feu crépitait dans la cheminée, la chaleur commençait à monter. Et contemplant la décoration qu'il avait mise en place avec les enfants, Jean savoura le résultat de son labeur de ces dernières semaines, le fruit de ses prières.

* * *

Nathalie arriva en vue de la petite maison jaune provençale aux volets bleu lavande. Elle avait toujours aimé ce mélange de couleurs, ainsi que l'aménagement du jardin, mais sans imaginer le moins du monde qu'elle y entrerait un jour, encore moins qu'elle se lierait d'amitié avec son propriétaire, qui plus est un vieux monsieur en âge d'être son grand-père. Et pourtant, elle commençait à s'attacher à ce lieu et à son occupant.

Les enfants avaient couru devant pour sonner, et quand elle arriva à son tour la porte s'ouvrait déjà, Jean apparaissant dans la clarté de la lumière de l'entrée.
- Entrez ! Entrez vite au chaud !

Les deux enfants entrèrent en trombe, au comble de l'excitation, puis Nathalie entra aussi et posa sa valise dans un coin. Ils avaient en effet décidé que, pour éviter d'écourter la soirée, de devoir ressortir tard dans le froid de la nuit, et d'être seuls le lendemain pour ouvrir les cadeaux, Nathalie et ses enfants dormiraient chez Jean.

Le vieil homme se pencha pour embrasser Jade.
- Alors princesse, tu as fait la sieste ?
- Non ! J'avais pas sommeil !
- Ah non ? Eh beh moi, j'ai dormi comme un loir !

Sur ce, il ôta son sac à dos et sa veste à la petite fille, et Nathalie fut à nouveau étonnée de constater comment ce vieil homme pouvait avoir de l'à-propos. Jean se tourna vers elle.
- Donnez-moi votre manteau, que je l'accroche. Oh, vous êtes très belle Nathalie, votre tenue vous va très bien.

La jeune femme se sentit rougir un peu en entendant ces paroles. Elle n'était pas habituée aux compliments. Ses longs cheveux brun foncé presque noirs, parfaitement lisses, étaient relevés sur les côtés et attachés à l'arrière de sa tête. Elle avait agrandi ses yeux d'un trait d'eye-liner tiré vers l'extérieur, poudré ses paupières d'une ombre argentée, et coloré ses lèvres d'un rouge orangé. Son corps montrait des courbes très féminines, ce dont elle n'avait pas conscience et dont elle ne jouait donc pas. Elle avait revêtu une tenue très simple, composée d'une robe de lainage noire à col roulé, resserrée à la taille par une ceinture de couleur identique, et de collants de la même matière. En guise de bijou, elle arborait seulement un collier en argent qui indiquait son prénom, par-dessus sa robe. Le résultat était charmant, en particulier parce que Nathalie n'avait vraiment pas conscience du charme, et même de la séduction, qu'elle pouvait dégager. Peu habituée à s'entendre dire qu'elle était belle, ayant une faible opinion d'elle-même, elle ne pensait même pas qu'elle pouvait plaire à un homme, encore moins être un objet de désir. Aussi, son plus formidable atout était son authentique air innocent, qui la gardait de passer pour une aguicheuse, malgré son physique avantageux et son style attrayant.

Loin de ce genre de considération, Nathalie admirait silencieusement la décoration de l'entrée, comme chaque fois qu'elle était venue, décoration qui ne ressemblait à rien de tout ce qu'elle avait pu connaître auparavant.

Après avoir retiré leurs chaussures et enfilé leurs pantoufles, ils entrèrent dans la pièce principale. Et ce soir-là, en entrant dans cette pièce, elle en resta bouche bée. Le feu était allumé dans la cheminée, auquel répondaient plusieurs bougies disposées un peu partout sur les meubles, comme autant de petites étoiles scintillantes dans la nuit. La guirlande du sapin était pareillement allumée, clignotant elle aussi, mais d'un air plus rythmé, faisant miroiter les décorations qui l'entouraient. Une douce musique résonnait dans le fond de la pièce, enveloppant l'ensemble, s'il le fallait encore, de douceur et de paix. Jamais Nathalie n'avait vu un aménagement aussi harmonieux, aussi doux, aussi chaleureux. Avec peu de choses, Jean avait su imprégner son domicile d'une atmosphère sublime, qui reflétait, aux yeux de Nathalie, son caractère à la fois enjoué et paisible, facétieux et sérieux, ou encore accueillant et bienveillant. Cette atmosphère était magique.

Les enfants regardaient de tous leurs yeux, exprimant leur admiration par des "Ohhhh !" et des "Aaaaah !" extasiés.

- Ça vous plaît ? demanda Jean d'un air ravi.

- C'est magnifique ! répondit Nathalie d'une petite voix qui exprimait toute son admiration.

Jade renchérit :

- C'est trop beau ! C'est trop beau !

Nathan était fixé devant le feu dont il regardait danser les flammes, fasciné.

- Attention, bonhomme, à ne pas te tenir trop près, ça peut être dangereux le feu. Il peut y avoir des flammèches qui te sautent dessus.

Puis se tournant vers Nathalie.

- Voulez-vous monter vous installer, pour n'avoir pas tout à faire au dernier moment ?
- Oui, je veux bien. J'y vais tout de suite.

Elle s'arracha presque avec regret à cette pièce si accueillante, d'où elle aurait voulu ne plus bouger. Elle s'y sentait à l'abri, protégée, accueillie.

Elle récupéra sa valise et les sacs des enfants qu'elle monta à l'étage. Grace aux décorations disséminées ici et là, et aux petites lampes allumées comme des veilleuses, elle retrouva tout au long du trajet un peu de l'atmosphère du rez, mais il lui tardait quand même de rejoindre le reste du groupe dans la chaleur de la salle à manger. Elle sorti rapidement les pyjamas et les doudous avant de retourner en bas.

Jade et Nathan étaient toujours occupés à regarder les décorations tout en discutant avec Jean, debout devant la cheminée. Quand elle entra dans la pièce, il releva la tête et lui adressa un sourire.

- Vous êtes bien installée ? Vous avez tout ce qu'il vous faut ?

Elle lui rendit son sourire.

- Oui, tout va bien.
- Alors c'est parfait.

Nathalie admira à nouveau la pièce.

- Vous vous êtes donné beaucoup de mal.
- Oh, honnêtement, j'ai repris le genre de décoration que faisait mon épouse Jeanne. A force, même pour ce genre de détail, on a ses habitudes.
- Beh votre épouse avait bon goût.

- J'aime bien, voyez-vous, donner une autre ambiance, pour Noël. C'est que quand on est croyant, cette fête a une importance toute particulière ! Pour beaucoup, c'est surtout l'occasion de se goinfrer et de se faire des cadeaux, mais pour moi c'est avant tout la naissance de Jésus, que je considère comme mon sauveur.
- C'est qui Jésus ? demanda Jade.
- C'est le fils de Dieu, ma chérie. C'est le cadeau que Dieu nous a fait pour nous montrer qu'il nous aime. Mais c'est une longue histoire, euh...
Il consulta l'heure à l'horloge.
- Il est à peine plus de dix-huit heures, voulez-vous que je vous la raconte, cette histoire de Jésus ?
- Oui, oui, oui ! crièrent les enfants.

Nathalie ne dit rien, craignant de se voir imposer une histoire barbante, mais elle n'osa pas refuser.

- Très bien, reprit Jean, alors asseyez-vous sur le tapis, devant le feu, je vais chercher mon livre.

Et Jean, ouvrant son secrétaire, sortit un très bel album bleu et doré, où l'on voyait au centre de la couverture le dessin des rois mages. Il s'installa confortablement, les enfants à ses pieds, et leur raconta l'histoire de l'enfant Jésus, né dans la crèche et crucifié sur la croix pour réconcilier le monde avec Dieu. Les enfants, et même Nathalie, écoutèrent de toutes leurs oreilles, et la maman fut surprise de découvrir une histoire où il n'était pas question, comme elle l'avait craint, de vengeance de Dieu, de sentence, et de foudre qui tombait du ciel. Quand il eut fini, Jean referma son volume et demanda :
- Alors ? Elle vous a plu mon histoire ?
- Oui !
- Surtout quand Jésus il est à nouveau vivant, souligna Jade.
- Ouais ! C'est trop fort comment il sort du tombeau ! s'écria Nathan.
- Ah ah ! Vous avez vu ça, hein !? C'est que Dieu a plus d'un tour dans son sac !

Jean vérifia l'heure qu'il était.
- Oh, mais je vois que le temps a passé !... Les enfants, avez-vous faim ?
- Oui ! hurlèrent les enfants,
- Souhaitez-vous que l'on passe à table ?
- Oui ! Oui ! Oui !
- Moi ça me dit bien ! dit Nathalie avec un sourire éloquent.
- Alors c'est parti ! répondit Jean en se levant de son fauteuil pour ranger son album. Nathalie, voulez-vous bien sortir ce qu'il y a dans le buffet et le présenter dans les raviers qui sont là, derrière la porte qui est juste à côté ?

Et tandis que la jeune femme s'attelait à la tâche, Jean s'occupa de prendre les plats et boissons du frigo, mais se contenta de les poser sur le plan de travail à côté du micro-ondes. On réchaufferait ça plus tard. Pour l'instant, c'était l'heure de l'apéro.

Nathalie eut tôt fait de disposer les amuse-gueules sur la table du salon, et ils purent s'installer, les adultes sur le canapé, les enfants à genoux sur le tapis, de part et d'autre. Les enfants se jetèrent sur la nourriture et piochèrent ici des chips, là une brochette de légumes, ici un cube de gruyère.

- Allons, allons, les enfants ! leur dit Jean joyeusement, ne vous jetez pas sur les apéritifs, il faut garder de la place dans le ventre pour le reste ! Rappelez-vous tout ce que nous avons préparé de bon ! Tiens, vous me rappelez une fois…

Et Jean se lança dans le récit animé de souvenirs de Noël, lorsque ses enfants étaient petits, ou lorsque lui-même était encore enfant, un souvenir en appelant un autre.

- Je me souviens d'une fois où l'oncle Albert avait englouti un morceau de viande tellement gros qu'il a failli s'étouffer ! C'est mon père qui l'a tiré d'affaire en lui donnant une bonne claque dans le dos ! Ah, je peux vous dire qu'il ne s'y est pas fait prendre à deux fois !

Nathalie se demanda même s'il n'en rajoutait pas un peu, juste pour faire rire les enfants. Ils avaient terminé les apéritifs,

et attaquaient maintenant les autres plats. Nathalie exprima qu'elle appréciait cette forme de repas simple, sans chichi, où les enfants pouvaient gigoter, piocher ce qu'ils voulaient, sans risquer de se faire gronder parce qu'ils ne se tenaient pas bien. Jean lui répondit que là aussi, c'était une idée de sa femme, qu'ils avaient souvent fait ainsi quand leurs enfants étaient petits. Il hésita avant de lui demander :
- Vous n'avez jamais fait ainsi chez vos parents ?

Comme souvent quand il évoquait sa famille, Nathalie fit la moue.
- Comme je vous l'ai dit, mes parents n'étaient pas des gens très gais. Comme mon père était souvent au chômage, ils n'avaient pas beaucoup d'argent. Alors à Noël on ne faisait pas grand-chose.

Jean avait écouté avec attention. Et pas seulement Jean. Nathan aussi avait écouté de toutes ses oreilles. En s'efforçant de prendre le ton le plus neutre possible, pour que ses propos ne passent pas pour une critique, Jean commenta :
- Je comprends que la vie ne soit pas toujours facile et que l'on n'ait pas toujours de grandes ressources, mais pourtant, il est possible de faire de belles choses avec peu. Regardez-nous ici, nous n'avons que des choses simples : des bâtonnets de légumes, des tranches de jambon tartinées de fromage, une terrine, des fruits secs... et pourtant, est-ce que nous ne sommes pas bien, là, tous ensemble, dans la bonne humeur ?

Nathalie considéra gravement Jean, regarda la table garnie de mets, la décoration, puis tournant à nouveau la tête vers son hôte elle commenta d'un air égal :
- Vous savez, je crois que ce qui manquait le plus à mon père, avant même les sous, c'était justement la bonne humeur.

Jean hocha la tête gravement, se gardant bien de faire un commentaire, qui n'aurait pas été élogieux. Ce fut Nathan qui reprit le fil, mais dans une toute autre direction.
- Il est où, ton père, Maman ?

Nathalie fut surprise de la question, mais répondit simplement.
- Chez lui.
- Et c'est où chez lui ?
- A Castres, dans un autre quartier.
- Pourquoi on n'y est jamais allé ?

Nathalie prit une inspiration avant de répondre. Jean se demanda, à cet instant, ce qui pouvait bien se passer dans sa tête. Il n'avait pas oublié que ses parents l'avaient mise à la porte quand elle était enceinte. Comment allait-elle présenter les choses ? N'en avait-elle donc jamais parlé avec ses enfants ?
- Parce que je pense qu'ils n'ont pas envie de nous voir.
- Pourquoi ?

Elle avait haussé les épaules.
- Je ne sais pas. Ils n'ont jamais été contents de moi, alors ils ne voulaient plus me voir.

Jean était à chaque fois sidéré quand Nathalie évoquait son enfance ou sa jeunesse, en découvrant que des gens, encore à notre époque, pouvaient avoir une telle attitude. Et vraisemblablement, les enfants ne connaissaient pas grand-chose de leurs origines et devaient se poser beaucoup de questions, en tout cas Nathan. Quels étaient les horizons pour ces deux enfants, alors qu'ils ignoraient d'où ils venaient ?
- Pourquoi ils étaient pas contents de toi, t'avais fait des bêtises ?

La jeune femme poussa un soupir et Jean craignit un instant que l'atmosphère ne vire à la mélancolie. D'un autre côté, il comprenait parfaitement le désir de l'enfant d'en connaître davantage sur son passé. Sauf que le moment était mal choisi... Il choisit de taper en touche en répondant à la place de Nathalie puis en faisant diversion.
- Eh, tu vois, avant d'être une adulte ta maman était une enfant aussi, et elle aussi elle faisait des bêtises, comme tu viens de le dire. Alors des fois il y a des papas qui se fâchent, mais qui ensuite font la paix, et des fois il y a des papas qui se fâchent

et qui restent fâchés. Moi je préfère quand on fait la paix, mais tout le monde ne pense pas comme moi. Je trouve que c'est dommage, mais c'est comme ça.

Puis il laissa un court temps de silence avant de reprendre sur un autre sujet, pour dévier le cours des pensées de l'enfant.

- Tiens, Nathan, tu veux bien me passer quelques tranches de pain, que je vous fasse goûter la terrine ? Vous allez voir comme c'est bon !

Et chacun put goûter de ce pâté qu'ils avaient réalisé ensemble et qui ne s'en trouvait que meilleur. Nathalie ouvrit même de grands yeux stupéfaits en découvrant cette saveur qu'elle ne connaissait pas.

- Que c'est bon ! Alors que c'est juste... du foie mixé avec du beurre !

- Et des aromates, chère enfant, vous oubliez les aromates ! Ça fait toute la différence !

Le temps passa agréablement, puis Jean s'aperçut que les enfants commençaient à tourner en rond dans la pièce et à se chamailler, ce qui signifiait qu'ils n'avaient plus faim et qu'ils s'ennuyaient. L'horloge indiquant dix-neuf heures trente, il décida de passer à l'étape suivante et s'écria comme si un fait venait juste de lui revenir en mémoire :

- Ah, les enfants, j'allais oublier ! Vous pourriez me rendre un service ?

Subitement intéressés, les enfants cessèrent de se quereller et se rapprochèrent vivement de Jean.

- Quoi ? Qu'est-ce qu'il faut qu'on fasse ?

- Figurez-vous qu'il m'a semblé apercevoir des lutins, tout à l'heure, pendant que je vous attendais. Mais le temps que je me retourne, pfiout ! Ils avaient disparu !

Les enfants se mirent à regarder partout, dans l'espoir d'apercevoir des lutins à leur tour.

- Où ? Où ça des lutins ?

- Ah, je viens de vous le dire, je n'en sais rien puisqu'ils se sont esquivés ! Mais il m'a semblé qu'ils allaient derrière le sapin, là. Je ne sais pas ce qu'ils ont trafiqué, mais vous voulez bien aller voir pour moi ? C'est que je suis trop vieux pour me mettre à quatre pattes !

A peine avait-il parlé que les enfants s'étaient précipités et mis au ras du sol pour fureter derrière le sapin.

- Je vois rien ! Qu'est-ce qu'ils ont fait les lutins ?
- Ah, mais je ne sais pas, il vous faut bien regarder. Ils doivent bien avoir trafiqué quelque chose !
- Quoi ? Qu'est-ce qu'il faut regarder ?
- Eh bien, je ne sais pas moi… Vous ne voyez rien de particulier ?
- Là ! J'ai trouvé ! cria Nathan
- Non, c'est moi ! se mit à glapir Jade de dépit.
- J'étais le premier !
- Allons, allons, pas de dispute ! Viens me montrer, Nathan, qu'as-tu trouvé ?

Nathan revint en courant vers Jean en tenant un petit paquet plat, suivi de près par Jade qui affichait un air jaloux.

- Alors puisque Nathan a eu le plaisir de trouver la surprise, c'est Jade qui va l'ouvrir.
- Qu'est-ce que c'est ? Qu'est-ce que c'est ? s'écria Nathan.
- Eh, attend que Jade ait ouvert ! Tu y arrives Jade ? Si tu n'y arrives pas, déchire le papier !

Jade ne se fit pas prier et arracha tout. Un boîtier de DVD apparu, décoré de la sympathique frimousse d'une fourmi.

- Oh ! Un dessin animé ! On peut le voir ? On peut le voir ?
- Si maman est d'accord, on peut regarder tout de suite.

Mais le grand sourire qui soulignait les yeux pétillants de Nathalie répondait pour elle.

- Je crois que maman est d'accord ! Alors, vous allez l'aider à débarrasser la table et à ranger dans le frigo et le buffet, pendant que je m'occupe de la télé et du lecteur ? D'accord ?

Et chacun s'attela à sa tâche, motivé par la suite du programme qui s'annonçait.

- Nathalie !? Pendant que vous y êtes, sortez donc les desserts, s'il-vous-plaît !

La jeune femme réalisa promptement son rangement, mit la vaisselle au lave-vaisselle et sortit les desserts qu'elle présenta sur la table du salon. Mais Jean, bien qu'ayant allumé les deux appareils, chargé le DVD et appuyé sur tous les boutons qu'il connaissait, n'avait pas encore réussi à afficher l'image à l'écran. Il commençait d'ailleurs à ronchonner.

- Ah, malheur de malheur, voilà pourquoi je ne me sers jamais de ces appareils, je n'y comprends rien ! Est-ce que vous vous y connaissez, vous, Nathalie ?

- Je peux regarder...

Elle s'empara de la télécommande du lecteur, l'examina un instant, appuya sur un bouton et naviga dans quelques menus avant de sélectionner une option. Elle fit de même pour le téléviseur et tout à coup, l'image apparut. La contrariété disparut du visage de Jean pour afficher la satisfaction.

- Formidable ! La prochaine fois, c'est vous qui vous occupez du film et moi qui m'occupe du frigo ! Allez, installons-nous vite, ça va commencer !

Nathalie fut amusée par cette dernière remarque, comme s'il fallait se dépêcher de s'asseoir avant de manquer quelque chose. Elle se demanda si Jean connaissait seulement la touche "Pause" de sa télécommande... Mais tout enthousiaste il poursuivait :

- Servez-vous ! Il y a de la bûche, des biscuits, des chocolats, des fruits...

Mais il était inutile de le préciser, les enfants avaient déjà la bouche pleine. Tous ensemble, les enfants serrés entre leur mère et leur nouveau grand-père, ils découvrirent l'histoire des petites fourmis qui devaient lutter contre les méchantes sauterelles, et qui ne parvenaient à vaincre qu'en faisant corps. Ils rirent beaucoup, Jade se cacha dans les bras de sa maman quand elle eut peur, et ils se réjouirent quand les fourmis triomphèrent.

Lorsque le dessin animé fut fini, Jade dormait dans les bras de sa mère, Nathan commençait à se frotter les yeux tout en

affirmant qu'il n'avait pas sommeil, et Jean dut faire un effort pour sortir de sa torpeur.
- Ouh… mais c'est que j'allais m'endormir, moi…
- Pas moi, j'ai pas sommeil !
- Chut, Nathan, dit Nathalie à voix basse, Jade s'est endormie, je vais la mettre au lit… Viens avec moi, c'est l'heure d'aller dormir.
- Non, j'ai pas sommeil !
- Hé, mais tu sais quoi ? intervint Jean, il faut aller te coucher, si tu veux être en forme demain pour ouvrir les cadeaux et en profiter.
- C'est demain les cadeaux ?
- Oui, bonhomme, c'est demain, à condition d'être en forme. Et pour être en forme, il faut aller dormir.
- D'accord, j'y vais.

Nathalie adressa un sourire complice à son nouvel ami et monta coucher ses enfants. Quand elle redescendit, Jean avait éteint la télé et rangé les télécommandes. Elle reprit sa place sur le canapé et piocha une confiserie au café tout en commentant :
- Voilà, ils sont couchés. Ils étaient exténués.
- Ah, on se fatigue vite à cet âge. Au mien aussi d'ailleurs !

Puis, après une pause, il reprit :
- Vous ne vous ennuyez pas trop, avec un vieux papi ?

Elle lui répondit avec un gentil sourire.
- Oh non, pas du tout ! Disons… oui, vous avez quelques années de plus que moi, mais de toute façon j'aurais été seule, alors je ne sais pas ce qui est pire…

Il médita sur ces paroles, lui aussi avec un gentil sourire.
- En tout cas j'apprécie bien votre présence et celle de vos enfants, croyez-moi, vous êtes non seulement une jolie jeune femme, mais aussi une gentille jeune femme.

Elle haussa les épaules, comme à son habitude.
- Je ne sais pas… on ne m'a jamais dit ça. Mes professeurs, autrefois, semblaient bien m'aimer. Ils m'ont fait des compli-

ments sur mon travail, sur mon comportement en classe. Mais ils ont bien été les seuls.

Jean resta silencieux un instant avant de poursuivre. Il hésitait sur la conduite à tenir. Il était toujours surpris de ce que Nathalie lui témoignait de son enfance, et aurait aimé lui poser davantage de questions, mais il ne voulait quand même pas passer pour un inquisiteur, ou avoir l'air de porter un jugement sur ses origines. Pourtant, il sentait qu'elle avait besoin de cette mise au point, de mettre des mots sur son vécu pour lui donner sens, pour enfin découvrir une autre perspective. Elle avait besoin de prendre de la distance d'avec l'éducation de ses parents pour découvrir de nouveaux horizons. En particulier, de se découvrir elle-même. Elle semblait avoir une opinion tellement négative sur sa propre personne... C'est pourquoi il se décida à formuler :

- Il me semble, à travers ce que vous dites, que vos parents n'étaient pas des gens très optimistes. Est-ce que je me trompe ?

Elle répondit d'un air résigné.

- Non. Je n'ai jamais entendu mon père parler pour autre chose que se plaindre et accuser les autres de tous ses malheurs. Au début, je le croyais quand il disait que tout ce qui lui arrivait était de la faute de ses collègues. Il disait tout le temps que s'il se faisait licencier, c'était à cause de leur médisance. Mais avec le temps, j'ai bien fini par me rendre compte de son comportement. Il râlait toujours après maman et moi, mais ne faisait jamais rien à la maison. Maman avait dû se mettre à travailler, parce que le chômage de papa ne suffisait pas, mais en plus elle devait faire le ménage, les courses et la cuisine. Elle faisait aussi les papiers. Et chaque fois qu'elle se plaignait à papa de devoir tout faire, il pestait que ça n'était pas de sa faute à lui si les collègues l'avaient fait virer, que sinon elle ne serait pas obligée de travailler, mais que c'était déjà suffisamment humiliant pour lui d'être au chômage sans qu'il se coltine en plus des tâches de bonne femme. Alors tout restait comme ça et tout le monde continuait à être aigri et à s'en prendre à moi.

Jean l'avait écouté avec attention, mais il se garda bien de faire un commentaire. Car s'il l'avait fait, il aurait été fort peu élogieux. Son idée était faite. Pour lui, le père de Nathalie se rangeait dans la même catégorie que Madame Guibaud, celle des cons.

- Alors, vous êtes d'autant plus méritante de vous occuper de vos enfants comme vous le faites. Car il me semble que vous ne reproduisez pas ce que vous avez vécu.
- Je m'en voudrais de leur faire vivre ce que j'ai vécu ! On m'a toujours reproché des tas de choses, sans que je ne sache jamais pourquoi, ni comment changer. Et j'ai eu beau faire tous mes efforts, ça n'allait jamais.
- Votre maman aussi vous faisait des reproches ?
- Oui, assez souvent. Mais pas autant que papa, quand même. Quand il trouvait un travail, forcément, on le voyait moins. Comme on avait davantage de sous, maman pouvait réduire ses heures pour s'occuper de la maison, elle était plus cool et sans les râleries de mon père, l'ambiance était plus détendue. Du coup, ma mère me demandait de faire moins de choses ou ne s'énervait plus quand je ne faisais pas bien. Mais, ça ne durait qu'un temps, jusqu'à ce que mon père soit à nouveau au chômage, et tout recommençait comme avant.

Jean faisait de petits signes de tête pour montrer qu'il avait bien compris, mais se garda une fois de plus de tout commentaire. Il se contenta d'aller de l'avant et déclara d'un ton convaincu :

- Eh beh moi, Nathalie, je trouve que vous faites bien les choses. Comme je vous l'ai déjà dit, je trouve que vous éduquez bien vos enfants, que vous leur parlez correctement... Quand nous avons fait la cuisine ensemble je vous ai trouvée habile de vos mains, vous n'êtes pas fainéante, vous avez bien participé aux préparatifs... vous êtes toujours bien mise, vos enfants aussi son correctement habillés... après, je ne saurai pas quoi vous dire d'autre, je ne vous connais pas encore assez, mais pour le peu que j'ai vu, je vous trouve plutôt plaisante, j'ai envie de faire davantage votre connaissance, vous ne m'avez pas donné envie de fuir.

Au fur et à mesure qu'il avait parlé, Nathalie avait pris un air dubitatif, et elle osa exprimer sa stupéfaction :
- Excusez-moi Jean, mais je ne comprends pas… nous ne nous connaissons pas depuis longtemps… comment pouvez-vous affirmer que je m'habille bien ou que je me comporte bien avec mes enfants ? Nous ne nous sommes vus que…, elle sembla réfléchir et compta sur ses doigts, que cinq ou six fois, si je compte bien. Comment pouvez-vous être aussi affirmatif ?

Jean s'apprêtait à lui déclarer le plus simplement du monde que ça faisait un moment qu'il l'observait, quand il réalisa ce que cette explication pouvait avoir d'ambigu… Il resta un moment interdit, ce qui ne lui ressemblait guère, et réfléchit rapidement à la meilleure façon de lui expliquer la situation. Alors, levant un doigt pour demander un délai, il se contenta de dire :
- Un instant…

Il se leva et alla chercher un vieil album photo dans le secrétaire. Il le feuilleta tout en revenant vers Nathalie puis, ayant trouvé la page qu'il cherchait, le lui tendit.
- Tenez. Autant commencer par le commencement. Regardez donc les photos sur cette page.

Ne voyant pas où il voulait en venir, Nathalie saisit l'album et se pencha sur la page qu'il venait de lui désigner pour regarder les petits rectangles gris aux bords dentelés, où l'on voyait des visages arborant des coiffures et des vêtements d'autrefois. Lorsque ses yeux arrivèrent sur une image en particulier ses prunelles s'agrandirent, elle releva vivement la tête vers Jean, puis regarda à nouveau la photo d'un air stupéfait avant de déclarer en désignant la photo du doigt :
- Cette jeune femme me ressemble ! Enfin… je veux dire… je suppose qu'aujourd'hui elle doit avoir quelques années de plus, mais… Nous nous ressemblons ! …

Jean acquiesçait de la tête avec un sourire entendu.

- Eh oui… eh oui, Nathalie, vous lui ressemblez. Et pas seulement physiquement, mais aussi dans votre gestuelle, vous avez la même grâce. Par contre, vos voix sont différentes, la sienne était plus grave. Et son caractère aussi était plus affirmé que le vôtre. Il faut dire qu'elle a eu trois grands frères, alors, il a bien fallu qu'elle s'impose ! Oh, bien sûr, vous n'êtes pas des sosies, mais la ressemblance est certaine.
- Et… qui est-elle ?

Jean répondit avec émotion.
- C'est mon épouse, Jeanne, quand nous étions fiancés.
- Oh…
- Alors voyez-vous, quand je vous ai vu passer sur le chemin de l'école, ça m'a fait un coup. Je ne sais pas depuis combien de temps vos enfants vont à cette école, mais je vous ai repérée il y a un peu plus d'un an. Depuis, j'avoue que je m'amuse à vous observer. Ne le prenez pas mal, Nathalie, ce n'est pas du voyeurisme de ma part, plutôt… un petit plaisir bien innocent où quand je vous regarde, cela me rappelle ma femme et mes enfants…

Nathalie scruta le visage de Jean quelques secondes sans mot dire, avant de regarder à nouveau l'album dont elle se mit à tourner les pages. Elle découvrit plusieurs photos de Jeanne, d'autres de personnes plus âgées, probablement les parents de Jean et Jeanne, d'autres de gens de leur âge. Nathalie finit même par trouver une photo de Jean, qu'elle la pointa du doigt avec un sourire :
- Hé mais c'est vous, là !
- Voyons…

Jean tourna la tête et sourit d'un air un peu gêné.
- Eh oui, c'est moi, avec cinquante ans de moins…
- Vous alliez bien avec votre femme, vous étiez assortis…
- Ah… vous êtes bien aimable, petite, mais Jeanne était bien plus belle que moi, j'ai eu de la chance, beaucoup de chance qu'elle me dise oui.

Cette fois-ci, ce fut elle qui lui répondit en prenant un air malicieux.
- Eh beh, je ne suis pas de votre avis ! Je maintiens que vous étiez parfaitement assortis ! Et je pense que si Madame Jeanne était là, elle dirait comme moi.
Jean tapota gentiment la main de Nathalie.
- Vous êtes bien gentille, ma petite Nathalie, vous êtes bien gentille. Voulez-vous une infusion avant d'aller vous coucher ?
- Je veux bien...
- Je vais voir ce que j'ai...
Et Jean se leva, autant pour aller s'occuper des infusions que pour dissiper la légère nostalgie qui l'avait saisi. Quand il revint, portant un plateau avec la bouilloire, des tasses et une jolie boîte à thé, Nathalie lui demanda :
- Ça serait possible que je voie d'autres albums ?
Jean, qui s'apprêtait à poser le plateau, suspendit son geste et la regarda d'un air stupéfait.
- Vous voudriez voir d'autres albums ? Généralement, la plupart des gens considèrent d'un ennui mortel de voir des photos de gens qu'ils ne connaissent pas...
Nathalie lui adressa une petite moue attendrie.
- J'aimerais bien voir à quoi ressemblent vos enfants, comment vous étiez vous et votre femme avec quelques années de moins...
Il se décida à poser son plateau sur la petite table.
- Tenez, servez-vous, je vais vous chercher ça.
Et Jean sortit deux ou trois nouveaux albums qu'il donna à Nathalie en les classant dans l'ordre. Tout en buvant sa boisson chaude, Nathalie découvrit, en une trentaine de minutes, tous les souvenirs qui avaient émaillé la vie de Jean et qui pour lui signifiaient tant. Elle vit mûrir le visage de son nouvel ami depuis ses jeunes années jusqu'à ce visage marqué par le temps qu'elle connaissait, avisa les frimousses joufflues de deux bébés qu'elle vit vieillir en quelques minutes pour apprendre qu'ils avaient maintenant quarante-six et quarante-neuf ans, et

observa attentivement le visage de Jeanne, année après année, en se disant qu'elle aussi, peut-être, aurait un jour ce visage-là.

Jean, tout ému, eut plaisir à présenter ainsi sa famille à Nathalie, en lui faisant découvrir les différents membres depuis le début de leur vie, en lui racontant des anecdotes, et lui disant où ils étaient à présent. Et Nathalie se sentit honorée que Jean lui partage de grands pans de sa vie, à elle qui ne faisait pas partie de cette famille, à elle dont il venait tout juste de faire la connaissance. Puis Nathalie referma la couverture du dernier album et Jean leva les yeux sur l'horloge.

- Oups ! Il est déjà vingt-deux heures ? Ça fait déjà aussi longtemps que je radote sur mes souvenirs ? Oh, Nathalie je suis désolé, je ne voulais pas vous accaparer de la sorte, je crois que je me suis laissé emporter...

- Mais pas du tout, c'est moi qui vous l'ai demandé, ça me fait plaisir de découvrir un peu plus votre famille.

Elle prit un air taquin avant de poursuivre.

- C'est que moi, ça ne fait pas deux ans que je vous observe à travers la vitre. Il faut bien que je me rattrape.

Jean la regarda, très surpris, avant de réagir.

- Oh la coquine ! Pour une fois, c'est moi qui me suis fait avoir ! Ah ah !

Puis il prit un ton presque coupable.

- Ma petite Nathalie, je ne voudrais pas passer pour un vieux schnock rabat-joie, mais j'avoue que je suis bien fatigué et que je tombe de sommeil. J'ai perdu l'habitude de faire autant de choses en si peu de temps et d'être au contact de jeunes enfants pleins d'énergie. D'autant plus que je me réveille aux aurores chaque jour, je suis debout depuis cinq heures du matin ! Est-ce que cela vous dérange beaucoup si je vais me coucher maintenant ?

Nathalie inclina la tête, l'air de réfléchir, mais ne semblait pas plus déçue que ça.

- J'avoue que je n'ai pas encore sommeil, mais je pense que je ne tarderai pas non plus...

- Vous me voyez navré, Nathalie, mais que voulez-vous, j'ai l'âge de mes artères, et les horaires de sommeil d'un bébé. Mais vous-même n'êtes pas obligée d'aller vous coucher sous prétexte que j'y vais. Vous pouvez très bien regarder la télé, lire un livre, ou continuer à feuilleter les albums, comme vous voulez. Vous trouverez tout ça dans le secrétaire.
- Ok, je vais voir ce que je peux faire.
- A demain ma petite Nathalie.
- A demain Jean.

Et Jean prit la direction de sa chambre. Au passage, il tisonna un peu dans la cheminée pour éparpiller les braises au milieu des cendres, puis disposa un pare-feu devant l'âtre.

Une fois seule, Nathalie, toujours assise sur le canapé, fit le tour de la pièce du regard. Tout en admirant une fois de plus les décorations, elle repensa à tout ce que Jean lui avait raconté sur sa femme, sur ses enfants, sur sa vie, et dont les murs ici étaient témoins. Tous ces objets qu'elle voyait avaient été pensés, choisis dans un but bien précis. Ils reflétaient quelque chose de ceux qui les avaient utilisés et disposés là. Et cet ensemble exprimait le mode de vie qu'avait eu cette famille : accueillante, chaleureuse, comblée. Elle se demanda alors comment il pouvait y avoir autant de différences entre deux familles, celle de Jean et la sienne, qu'est-ce qui faisait que l'une soit sinistre tandis que l'autre était joviale. Est-ce qu'on recevait plus un caractère qu'un autre à la naissance ? Est-ce que c'était vraiment les difficultés de la vie qui conduisaient à se refermer sur soi-même, et leur absence qui permettait de s'épanouir, ou bien y avait-il autre chose ? Et elle-même, est-ce que cela voulait dire qu'elle était condamnée à la même vie que ses parents, étroite, fermée, étouffante, aigrie, ou bien avait-elle une chance de vivre une vie comme celle de Jean ?

En quête de cette réponse, elle reprit le plus vieux des albums et se remit à le parcourir, examinant les visages, leurs expressions, les circonstances. Partout, il lui semblait voir de la bonne humeur et de la joie. A croire que la famille Angles n'avait jamais connu les soucis et la tristesse, à croire qu'il y avait effectivement les privilégiés et les malchanceux. Pourquoi y avait-il eu chez elle autant d'acrimonie ? Elle sentit qu'il ne serait pas bon pour elle de se poser davantage la question. Elle risquait de retomber dans la même amertume que celle qu'elle avait toujours connue, et elle n'en avait pas envie. Pas ce soir. Pas après le bien-être qu'elle venait de vivre, après seulement quelques heures auprès de Jean. Elle voulait rester dans cette sérénité, dans ce cocon, dans cette ambiance chaleureuse, comme si elle se trouvait dans un nid. Elle retrouverait bien assez tôt son quotidien et sa routine.

Elle reposa l'album-photos et alla se coucher.

Le réveillon de Patrick

Pendant ce temps-là, Patrick passa le réveillon chez ses parents avec sa sœur, son beau-frère et leurs enfants. Ce n'était vraiment pas ce qu'il avait souhaité, mais comme ce qu'il désirait lui était pour le moment inaccessible il s'était résigné, pour au moins ne pas être seul à Noël.

Mais une fois sur place, même s'il était reconnaissant de ne pas être tout seul à l'occasion des fêtes, on ne peut pas dire que son cœur fut à la joie. Bien qu'il fît des efforts pour ne pas laisser paraître sa tristesse, ses proches se rendirent parfaitement compte qu'il n'était pas heureux.

Après le dessert, alors qu'ils prenaient le café, Sophie vit son frère s'éloigner sans un mot vers la baie vitrée, sa tasse à la main. Elle se leva pour le suivre, en faisant à sa mère un signe discret de la tête pour lui notifier qu'elle se rapprochait de son frère. Une fois qu'elle fut à côté de lui, elle regarda au dehors dans la même direction pour constater qu'on ne voyait rien, puisqu'il faisait nuit. Elle posa alors une main légère sur l'épaule de son frère et lui demanda :

- Qu'est-ce qui ne va pas Patrick ?

Il avala une gorgée de café avant de répondre, les yeux toujours fixés sur l'obscurité extérieure.

- Il y a que tu as une charmante famille, que tes enfants sont déjà grands, que tu sembles bien t'entendre encore avec ton mari…

Il fit une pause avant de poursuivre, meublant le vide en avalant encore une gorgée de café.

- Et moi, ma maison est vide. Pas de femme, pas d'enfant.

Il y eut un silence avant qu'il n'estime nécessaire de préciser :
- Et rien en vue.

Sophie resta silencieuse un moment, étonnée de percevoir autant d'amertume dans la voix de son frère. Elle n'avait jamais eu conscience à quel point la solitude lui pesait.

- Je ne savais pas que tu souffrais autant de vivre seul.
- Je n'en ai vraiment pris conscience moi-même que récemment. Avant, je crois que je n'y réfléchissais pas trop. J'ai d'abord eu mes études, ensuite le début de ma carrière, ma réorientation, puis la maison... tout ça m'a bien occupé l'esprit et m'a pris du temps, et je pensais que le reste suivrait de lui-même. Ensuite, j'ai continué à faire selon mes habitudes, travail la semaine, dossiers à préparer le week-end, un peu de sport avec les potes... Puis tout ça m'a lassé, petit à petit. Sauf que maintenant je n'ai rien d'autre.

Il termina sa tasse tout en continuant à regarder la nuit noire. Sophie se demanda si ce qu'il regardait était révélateur de son état d'esprit du moment, s'il voyait son avenir aussi noir que l'écran qui était devant lui. Elle reprit.

- Il faut dire que la période n'est pas pour t'aider. Noël, c'est toujours un moment où l'on voudrait être en famille. Or, toi, tu as encore ta famille d'origine, mais tu viens de prendre conscience que tu n'en as pas une à toi, une vers laquelle aller. Je te comprends, Patrick. Et je suis désolée, je n'avais vraiment pas conscience que tu en souffrais autant. Pour être honnête, je n'en avais pas conscience du tout. Je croyais que tu te trouvais bien comme tu étais.

Patrick haussa les épaules.

- Tu n'y es pour rien. C'est comme ça. Et pour être honnête, moi non plus je n'en avais pas plus conscience que ça. Disons... disons que oui, ça m'a toujours manqué, j'étais dans une attente, mais comme j'avais d'autres buts, d'autres occupations, je n'en souffrais pas tant que ça, je pensais que j'allais finir par rencontrer quelqu'un tôt ou tard, au travail, au sport... ou ailleurs... Et puis, finalement, ça ne s'est pas fait.

Il eut un temps de silence avant d'ajouter.

- Et maintenant ça me pèse. Vraiment.

Sophie hésita, avant de lui poser la question franchement.
- Mais… je suis surprise, quand même, tu n'as jamais eu une petite amie… avec laquelle cela s'est concrétisé ?

Il haussa les épaules.

- Beh non… J'ai eu des copines, puis je me suis lassé de ces relations à la petite semaine. J'aurais souhaité passer à quelque chose de plus sérieux, mais ça ne s'est jamais fait. Il faut dire aussi, j'ai été bien occupé par mes études, puis par le début de ma carrière. Ensuite j'ai eu la maison… donc j'avais vraiment l'impression de construire quelque chose, d'aller de l'avant. Je pensais juste que la compagne allait se présenter un jour, parmi d'autres personnes, qu'on allait se plaire et qu'elle intégrerait ma vie… mais voilà.

Il ne dit plus rien, n'estimant pas nécessaire de préciser ce qui était une évidence pour lui. Ils restèrent un moment silencieux pendant lequel Sophie se demanda comment il se faisait que son frère n'ait encore rencontré personne, alors qu'il représentait un si beau parti. Elle-même avait connu Stéphane sur les bancs de l'université. La plupart de ses copines avaient aussi rencontré leur conjoint sur les bancs de l'école, lors d'un premier contrat de travail, ou même encore en boîte de nuit. Patrick était pourtant passé par toutes ces étapes-là, comment se faisait-il qu'une jolie jeune femme n'ait pas craqué pour lui et qu'il n'ait pas à son tour craqué pour elle ? Elle ne s'était jamais posé ces questions auparavant, persuadée que si Patrick restait dans ce statut de célibataire, c'était parce que cela lui convenait, que ce soit pour changer souvent de partenaire, ou pour préserver son indépendance. Peut-être aussi que c'était ce qu'il avait voulu jusqu'à récemment, et qu'il s'était retrouvé piégé par la solitude avec le temps, ne sachant plus maintenant comment sortir de cette situation…

Mais il n'était plus temps de se poser ce genre de question, ni de l'accabler en le lui demandant. Ce dont il avait besoin à présent, c'était de perspectives, de nouvelles idées pour rencontrer celle qui lui manquait. Mais là, Sophie sécha… Comment faisait-on pour rencontrer quelqu'un une fois qu'on avait passé l'âge d'aller à l'école ou en boîte de nuit ? Elle fronça les sourcils. Elle ne s'était jamais posée la question... Pour elle, tout s'était fait simplement, sans avoir à chercher. Oui, mais quand ça ne jouait pas, que faisait-on ? Si elle n'avait pas fait la connaissance de Stéphane pendant leurs études, et si aucun autre garçon ne lui avait plu, comment aurait-elle fait ?

Elle aurait bien aimé lui adresser des propos rassurants, lui dire que ça allait se faire, qu'il finirait bien par rencontrer quelqu'un, mais il venait justement de déplorer le contraire... jusqu'à quand était-il censé patienter ? Quelles perspectives pouvait-elle lui suggérer ? Un club de rencontres ? Un site spécialisé ? Elle-même n'aurait guère apprécié ce genre de méthode, alors quant à le lui suggérer... Elle rompit le silence.

- Ecoute, essayons quand même de positiver un peu. Tu souffres de la solitude, ok. Mais au moins, dis-toi que le jour où tu rencontreras quelqu'un, ce que tu auras à lui présenter de ta vie sera convaincant. Tu es beau gosse, intelligent, tu as de l'humour, de l'instruction. Tu as une bonne situation, une maison agréable, on voit que tu n'as pas passé ta vie à végéter, tu as construit quelque chose de concluant. Au moins, ça ne lui donnera pas envie de fuir. Tu vois ce que je veux dire ?

Il hocha la tête, l'air peu persuadé.

- On peut dire ça comme ça...

Elle se montra surprise.

- Parce que tu ne penses pas comme moi ?

Il fit une moue dubitative.

- Beh malgré tout ce que tu viens de dire, je trouve que je suis un mec plutôt banal.

Elle écarquilla les yeux.

- Banal ? Enfin, Patrick, tu plaisantes ?

Il la regarda enfin, en affichant un air déterminé.

- Non, pourquoi, j'ai l'air ?

Elle leva les yeux au ciel d'un air sidéré.

- Mais enfin ! … Tu es beau gosse, bien foutu, beau parleur, friqué, franc, avec un sourire ravageur et une joie de vivre contagieuse… enfin jusqu'à récemment... D'après toi, qu'est-ce qui te manque pour plaire à une femme ?

Patrick avait haussé les sourcils au fur et à mesure où sa sœur avait parlé, pour bien montrer son incrédulité.

- Et qu'est-ce qui te fait dire que je suis beau gosse, bien foutu et tout le reste ?
- Beh, j'ai des yeux pour voir !
- Sophie, tu es ma sœur !
- Je suis peut-être ta sœur, mais je sais aussi ce que les femmes recherchent chez un homme en général. Et ce qu'une femme souhaite trouver chez un homme, toi tu l'as. Donc, je ne vois pas en quoi tu aurais des problèmes pour plaire à une femme.
- Oui, répondit-il sur un ton amer, c'est bien pour ça qu'elles se bousculent à ma porte, parce que je suis irrésistible.

Elle ne répondit rien, étonnée de la mauvaise humeur de son frère, et même de son négativisme. Ça ne lui ressemblait pas.

- Ecoute, je pense que la période des fêtes n'a rien pour arranger ta situation et te fait même voir les choses en plus noires qu'elles ne le sont. Mais arrête un peu de dramatiser, à t'entendre, si tu es seul, c'est parce que tu n'as rien pour plaire à une femme. Je t'assure que ça n'est pas le cas.

Il haussa les épaules pour bien montrer qu'il n'était pas convaincu, mais ne répondit rien, les yeux toujours fixés sur la baie vitrée. Elle revint à la charge.

- Enfin Patrick, tu viens de me dire que tu as eu des copines, c'est bien parce que tu leur as plu !
- Oh oui, pour quelques nuits, oui, ça allait. Mais ça n'a jamais été plus loin. Au bout de quelques semaines, on s'aperçoit qu'il n'y a rien d'autre que de la sympathie, alors on arrête là…
- Tu n'as jamais remarqué quelqu'un qui ait plus attiré ton attention ?

Il réfléchit un instant avant de répondre.

199

- Si... une fois, lors d'un séminaire professionnel...
Il se tut, perdu dans ses souvenirs. Elle l'encouragea à reprendre :
- Et que s'est-il passé à ce séminaire ?
- Beh rien, justement. Il y avait une jeune femme, Carole, très jolie, réservée, discrète, mais avec une certaine force de caractère aussi. On avait tous sympathisé les uns avec les autres, et à la fin on a été quelques-uns à clore la semaine en allant en boîte. Elle me plaisait bien... Mais voilà, on n'avait pas vraiment eu l'occasion de discuter pendant le séminaire, la semaine était finie, nous devions chacun repartir chez soi, je ne voyais pas comment j'aurais pu la revoir...
- Mais lors de cette soirée en boîte, tu n'as pas essayé de te rapprocher d'elle, de discuter un peu plus ? Genre... "Et maintenant que le séminaire est fini, qu'allez-vous faire ?". Une fois ce contact établi, tu lui demandes, l'air de rien "Où habitez-vous ? Avez-vous parfois l'occasion de venir à Toulouse ?". Et avant de partir, tu peux toujours lui proposer de vous revoir, ou même, encore plus discret, tu lui donnes ta carte et tu lui demandes la sienne. Ça fait pro, ça laisse une porte ouverte, sans t'engager beaucoup. Avec une formule du genre "Si vous passez à Toulouse ou à Albi, j'aurai plaisir à déjeuner avec vous". Non, tu ne crois pas ?
Patrick inclina la tête.
- Si, à t'entendre, comme ça, c'est facile. Ça semble tout simple, tout bête. Mais je n'ai jamais su faire, je n'ai jamais osé...
Sophie ne cacha pas son étonnement.
- Mais pourquoi donc ?
Il haussa les épaules avant de déclarer.
- Je viens de te le dire, je me trouve banal. Terriblement banal. En fait, je me demande bien ce qu'une femme pourrait me trouver.
Sophie écarquilla les yeux.
- Mais tu plaisantes ?!
- Non, je suis très sérieux.

Il garda le silence avant de poursuivre.
- En fait, je crois que tout le problème vient de là. Quand il s'agissait juste d'embarquer une bonne copine pour quelques nuits, ça marchait parce que le risque n'était pas très grand. Je ne trouvais pas la fille extraordinaire, juste sympathique, et ça m'allait bien parce que je trouvais que j'étais moi aussi un gars sympathique, donc à mes yeux ça collait. Par contre, les quelques rares fois où j'ai croisé une femme que je trouvais intéressante, ben je ne me suis pas senti de taille à essayer de lui plaire, parce que je trouvais que j'étais un gars tout ce qu'il y avait de plus ordinaire, et que je n'avais donc aucune chance.

Sophie restait sidérée de ce qu'elle apprenait là. Son frère, douter de lui ? Ce brillant avocat qui prenait la parole avec tant d'aisance, qui se tenait bien droit pour regarder les gens avec son franc sourire, qui serrait la main avec tant d'énergie, douter de lui ? C'était à n'y rien comprendre...

- Tu me sidères...

Il haussa à nouveau les épaules, l'air résigné.

- Beh c'est comme ça...

Elle hésita avant de lui demander :

- Est-ce que tu as déjà pensé à t'inscrire sur un de ces sites de rencontre ? Je sais, ça n'est pas très romantique...

Il eut un rire un peu triste avant de déclarer d'un ton triomphant et résigné :

- Si, si ! Il se trouve que je me suis justement inscrit le week-end dernier. J'ai déjà eu deux rendez-vous, rien que cette semaine ! La première cherchait plus un associé qu'un compagnon, et la deuxième s'intéressait plus à mon statut d'avocat qu'à moi-même.

Il singea la femme en prenant une voix aiguë arrogante.

- "Il n'y avait personne de ma position sur ce site, je commençais à désespérer, quand enfin j'ai vu votre profil. Les gens qui ont moins qu'un Master sont tellement lents, bornés, vulgaires... Vous me comprenez, Maître Boismont, les gens de notre position se comprennent toujours, entre eux, vous ne trouvez pas ?" Tu vois le genre ?

Elle eut un rire navré.

- Oui, je vois très bien.

Elle poussa un long soupir qui exprimait très bien l'état d'âme de son frère, puis reprit sur un ton plus enjoué.

- En tout cas, il est certain que ce n'est pas ce soir que tu la trouveras, ta dulcinée, et encore moins dans ce jardin sombre. Alors je te propose de ne pas plomber la soirée et de prendre ce que tu peux de bon temps ici, même si je t'accorde que ça n'a rien de bien mirobolant, et...

Elle se rapprocha de lui sur le ton de la confidence.

- Et de reprendre confiance en ta capacité de séduction, Don Juan !

Elle lui planta un baiser sur la joue, puis ils rejoignirent le reste de la famille autour de la table du salon.

Le réveillon de Franck

Franck passa la soirée du réveillon à "La Cathédrale", à laver la vaisselle. Quelques semaines plus tôt, Henri lui avait demandé s'il avait des projets pour le soir de Noël, et s'il accepterait de venir travailler avec, bien évidemment, un dédommagement financier. Cette année, Henri avait tenu à proposer un "Noël du cœur" aux clients, en n'affichant aucun prix, et en laissant le soin aux gens de régler ce qu'ils voudraient, pour que personne ne soit exclu le soir de Noël. Franck avait trouvé l'idée sympa, et avait accepté de venir bosser ce soir-là. De toute façon, il n'avait rien d'autre à faire, personne qui l'attendait.

Henri avait aussi précisé que, vers minuit, après que le plus gros du rush serait passé, ils mangeraient tous ensemble dans une ambiance familiale, pour fêter Noël eux aussi. Chacun pourrait choisir le plat qui lui ferait envie, ce serait cadeau. Gratification de fin d'année.

Le projet se réalisa. La fréquentation, toujours importante pour le soir de Noël, le fut plus que d'habitude, chacun voulant prendre part au "Noël du cœur". L'ambiance fut bon enfant, comme l'avait voulu Henri, et chacun sembla profiter de la soirée. Lorsque l'affluence commença à s'estomper, et que les quelques clients qui restaient en étaient au dessert ou au café, l'équipe se rassembla et se régala à son tour d'un dîner fin où Dolores, la femme d'Henri, les rejoignit pour l'occasion. Elle avait passé le début de soirée avec ses enfants et ses parents, puis les avait laissés pour passer la fin de soirée avec son mari et son équipe. Quelques discussions s'établirent entre eux, ainsi qu'avec quelques clients, la magie de Noël aidant à dépasser les conventions habituelles.

Franck estima que le Patron avait bien réussi son pari : la porte avait été ouverte à tout le monde, il avait réussi à créer une ambiance chaleureuse et conviviale, et lui-même n'avait jamais rien connu de mieux. Aussi, et bien qu'Henri ait précisé que le repas était offert, il glissa quarante euros dans la caisse commune. Il voulait, à sa façon, participer à ce que le patron avait mis en place, car ce qu'Henri lui avait offert ce soir-là n'avait pour lui pas de prix : un lieu, un moment où il s'était senti accepté, intégré, apprécié.

A table, il s'était retrouvé par hasard face à Dolores. Brune au teint mat, comme il se doit pour une Espagnole, elle parlait peu mais écoutait et observait beaucoup, ses yeux noirs sans cesse posés sur quelque chose, ses sens en alerte. Alors qu'il reculait sa chaise, à la fin du repas, elle lui demanda de sa voix basse et un peu rauque :
- Vous appréciez la soirée ?

L'intonation de sa voix ne permit pas à Franck de déterminer où elle voulait en venir. Était-ce de l'intérêt ? De la simple politesse ? Il n'aurait su le dire. Etant peu loquace lui-même, et ayant perçu qu'elle avait la même nature que lui, il se contenta de lui répondre :
- Oui Madame.

Le ton de sa voix indiqua clairement la conviction qu'il avait. Elle poursuivit, en le regardant dans les yeux :
- Cela vous change de ce que vous avez connu autrefois ?

Il hésita une seconde, ses yeux bleus laissant juste transparaître un soupçon de surprise, peut-être de méfiance, face à l'évocation de son passé par une inconnue, mais il se souvint à ce moment-là qu'Henri disait toujours qu'il n'avait aucun secret pour sa femme, qu'elle était au courant de tout ce qui se passait dans le restaurant. Il était alors fort probable qu'Henri lui ait dit que son nouveau plongeur avait fait de la prison. Par ailleurs, son intonation n'avait rien de persifleur ou de méprisant. Elle n'y avait rien mis de provocant. Alors, il se contenta de donner la même réponse, sur un ton juste un peu plus appuyé.
- Oui Madame.

Là aussi, le ton convaincu qu'il adopta parla au-delà des mots. Dolores ne dit plus rien, mais continua à le fixer comme si elle le jaugeait, comme si elle le sondait. Ils étaient de ceux qui ne communiquent pas par des mots, mais par leurs tripes. Elle dit d'un ton neutre, avec un très léger sourire.

- Alors c'est bien.

Une fois le repas fini, chacun retourna à son poste. Il fallait terminer le nettoyage et le rangement, et il leur faudrait être présent dès dix heures le lendemain pour le repas du vingt-cinq. Dolores ne fut pas en reste et donna un coup de main.

Puis chacun put enfin prendre congé et serra la main du patron et de la patronne avant de quitter les lieux, Franck s'arrangeant pour venir en dernier.

- Félicitation Henri, bonne idée ton "Noël du cœur".
- L'ambiance était sympa.
- Merci à vous l'équipe, vous avez bien bossé, vous avez joué le jeu.

Il serrait la main de chacun au fur et à mesure, avant qu'ils ne sortent. Quand vint le tour de Franck, Henri fut surpris de sentir que ce dernier retenait sa main, juste un instant. Il leva sur lui des yeux interrogateurs. Franck le regardait dans les yeux.

- Merci Henri.

Son regard disait tout le reste, à la place des mots qu'il ne prononçait pas. Toute la reconnaissance qu'il avait de cette soirée, de ce travail, de l'ambiance, du comportement d'Henri. Celui-ci s'en trouva ému, serra un peu plus fort la main de Franck pour marquer le coup, puis la lâcha pour lui donner une tape virile sur le bras, histoire de cacher son émotion.

- T'es un mec bien, Franck. T'es un mec bien.

Dolores lâcha son balai pour les rejoindre, et s'appuyant avec nonchalance sur l'épaule d'Henri elle déclara de sa voix grave un peu traînante :

- Tu as eu raison de l'embaucher, c'est vrai que c'est un mec bien.

Franck déglutit avec un peu de difficulté, mais ne dit rien de plus, comme à son habitude. Puis il prit la direction de la sortie.

- Bonsoir Madame. A demain patron.

Il allait ouvrir la porte quand Henri le rappela.
- A demain ? Comment ça à demain ? Franck, tu n'es pas de service, demain !

Franck se retourna lentement. Son visage n'exprimait rien.
- Ah non ?
- Mais… non ! Quand je t'avais demandé si tu étais disponible pour Noël, je parlais de ce soir. Tu n'as donc pas consulté le planning ? Honnêtement, je ne peux pas te faire travailler davantage, ça ne serait pas légal, tu dois rattraper des congés en pagaille…

Il y eut un silence embarrassé, puis Henri reprit.
- Désolé Franck, on a dû mal se comprendre…

Le silence dura encore quelques secondes, avant que Franck ne conclue d'une voix égale.
- Ok, alors à mercredi patron.
- A mercredi Franck.

Dolores, la femme d'Henri, regarda la porte se fermer puis se tourna vers son mari et lui parla en espagnol.
- Un gars surprenant, ton Franck. Intéressant, bien qu'il ne soit pas très loquace.

Henri rigola franchement et lui répondit dans la même langue.
- Ah tu peux dire ! Il me semble que tu es bien de la même trempe que lui ! C'est bien connu, c'est moi le bavard, entre nous deux ! D'ailleurs, avec sa gueule d'ange, je n'aimerais pas te voir rôder trop souvent ici, j'aurais de quoi m'inquiéter !

Dolores leva les yeux au ciel, l'air faussement offensée.
- Henri ! J'ai au moins quinze ans de plus que lui !
- Justement ! Ça veut dire qu'il a au moins quinze ans de moins que moi !

Dolores regarda encore la porte d'un air pensif.
- Jeune ou pas, il n'avait pas l'air spécialement heureux d'apprendre qu'il disposait de sa journée.

Franck rejoignit sa voiture et rentra chez lui, dans son appartement aussi vide que les jours précédents. Il était fourbu, mais

il se fit quand même son infusion du soir, et la but comme d'habitude devant la fenêtre de la cuisine.
La soirée avait été sympa, il avait passé un bon moment, probablement le meilleur de sa vie. Pour une fois, il avait eu le sentiment de faire partie d'un groupe qu'il appréciait, où on le respectait, avec des gens humains, occupés à faire un boulot honnête. Mais quand il avait quitté le restaurant, un pincement était venu étreindre son cœur. Les autres avaient quelqu'un vers qui s'en retourner. Lui non.
Il avait pensé qu'il serait occupé le lendemain midi, et voilà qu'il apprenait que ce peu d'occupation lui filait entre les doigts. Qu'allait-il faire demain ? Les collègues en avaient parlé, pendant la semaine, au cours du repas prit ensemble avant un service, et Sébastien lui avait franchement posé la question :
- Et toi Franck, tu fais quoi pour ces fêtes ? T'as prévu quelque chose ?
- A vrai dire non, rien.
- Vraiment ? Tu ne vas pas un peu dans la famille ?
Il avait hésité une seconde ou deux avant de se décider à répondre, de son habituel ton laconique.
- Faudrait déjà que j'en aie une.
Il y avait eu un moment de silence où toutes les têtes s'étaient tournées vers lui. Sandrine, en sa qualité de doyenne du resto, dotée d'un vrai cœur de maman, avait osé demander d'un ton gentil :
- Quand tu dis que tu n'as pas de famille, tu veux dire que tu es orphelin ou que tu as pris de la distance ?
Il avait hésité un instant avant de déclarer :
- J'ai pris de la distance.
Cela avait un peu jeté un froid. Puis Sébastien avait relancé.
- Et t'as pas quelques amis avec qui fêter ça ?
Franck avait hésité avant de répondre.
- A part vous, je ne connais personne.
Il y avait eu un nouveau silence où nul n'avait su que dire. Alors Franck, pour ne pas laisser subsister un malaise, s'était

levé pour débarrasser son assiette tout en commentant d'un ton léger :
- Oh, je trouverai bien quelque chose à faire d'ici-là.

Un peu plus tard, Sébastien lui avait proposé de se joindre à la bande de copains avec lesquels il allait passer la soirée. Franck avait poliment décliné, en remerciant bien son collègue pour cette attention, mais en persistant dans son refus. Il s'était douté que, si ces gens-là passaient Noël ensemble c'est qu'ils se connaissaient de longue date, et il savait à l'avance qu'il se serait senti de trop. Il préférait encore la solitude à ce sentiment-là.

Mais ce soir, alors qu'il venait d'apprendre qu'il n'avait aucun programme pour le lendemain, après la soirée chaleureuse qu'il venait de vivre, il se rendait compte, pour la première fois avec autant d'acuité, combien il n'avait personne.

Le réveillon de Nicole

Pendant ce temps, Nicole passait le réveillon chez son cousin Gilbert et son épouse Chantal, comme il avait été convenu. Elle les avait invités, suite à son coup de fil, à venir déjeuner chez elle un samedi, et avait ainsi pu renouer avec son cousin et faire la connaissance de sa nouvelle épouse Chantal. Le contact avait été plutôt bon, mais force avait été pour Nicole de constater qu'elle et ses cousins n'avaient vraiment pas les mêmes valeurs de référence. Quand elle leur avait raconté sa vie, elle avait surtout parlé d'enrichissement mutuel, de partage, de culture et d'élargissement de l'esprit, tandis qu'ils n'avaient parlé que de prestige, de réussite sociale, de gain financier, de prestance et de pouvoir. Deux mondes différents, deux monologues croisés. Elle avait fait référence à l'être, tandis qu'ils n'avaient faire référence qu'au paraître. Et elle s'en était trouvée frustrée, dépitée.

Sur le départ, ils l'avaient invitée à partager leur réveillon, en précisant que la fille et la petite-fille de Gilbert seraient présentes, et ils espéraient que quelques-uns de leurs cousins ou cousines pourraient se joindre à eux. Elle avait accepté, en se disant que ça ne serait pas pire que de rester seule, qu'elle trouverait peut-être à s'entendre avec la fille de Gilbert, et en espérant renouer avec d'autres membres de sa famille.

Après lui avoir ouvert la porte Chantal l'avait accueillie avec une grande amabilité, qui n'avait pas semblée feinte à Nicole. Puis Gilbert lui avait présenté sa fille Sonia, qu'elle n'avait pas revue depuis des années, et qu'elle avait trouvée franchement hautaine. Elle lui avait tendu la main presque de mauvaise grâce et lui avait tout juste accordé un regard. Puis Gilbert lui avait présenté son gendre David, qui semblait vivre dans l'ombre de son épouse, puis sa petite-fille Morgane, tout juste âgée de vingt ans et déjà en couple avec Nicolas. Le jeune ménage ressemblait étonnamment à celui des parents de Morgane : une femme de

209

caractère associée à un homme conciliant et même, dans le cas de Nicolas, effacé. Le mot juste aurait même plutôt été falot. Nicole n'entendit pas le son de sa voix de toute la soirée, hormis pour dire merci ou s'il-vous-plait. Le jeune couple était venu avec leur bébé Mathis, âgé de six mois.

A son arrivée, Chantal avait tenu à lui faire faire le tour de la maison, puisqu'elle-même avait eu la gentillesse de leur présenter la sienne. Nicole avait découvert un intérieur très différent du sien. L'aménagement en était très moderne, très épuré, tout en blanc et gris, parfois réchauffé par une touche de couleur ou par une lampe allumée. Nicole avait commenté l'ensemble en le qualifiant de moderne, design, à la pointe de la décoration, en se gardant bien de donner un avis personnel, ce type d'agencement ne correspondant pas du tout à ses goûts. Il était évident que Chantal et Gilbert affectionnaient un style contemporain, rien que l'architecture de la maison le prouvait, et il n'était donc pas étonnant que l'intérieur soit au diapason de l'aspect extérieur. Mais comme elle avait l'intelligence de ne pas considérer le monde en fonction de ses propres critères, mais plutôt d'essayer de comprendre celui de ses interlocuteurs, elle ne put au final qu'approuver sincèrement l'ensemble comme étant réussi, pour le plus grand plaisir de Chantal. Pour peu qu'on aime le moderne.

De retour dans le salon, elle découvrit avec une joie non dissimulée que le coup de sonnette qu'elle avait entendu quelques minutes plus tôt avait été donné par l'une de leurs cousines, Christiane, qui était un peu plus âgée qu'elle, et avec qui elle s'était toujours très bien entendue. Même lorsque plusieurs années s'étaient écoulées entre deux entrevues, elles s'étaient toujours retrouvées comme si elles venaient juste de se quitter.

Christiane, bien qu'à peine plus âgée que Nicole, était d'un style très différent. Elle se tenait très droite, avec un port presque altier, les mains souvent ramenées jointes devant elle. Avec des formes plus généreuses que sa cousine, les cheveux teints en blond cendré, elle posait souvent un regard en apparence sévère sur ce qui l'entourait, cette apparence étant renforcée par des lèvres toujours pincées. Mais ses propos se montraient le plus souvent en parfaite contradiction avec cette expression, laquelle s'adoucissait d'ailleurs quand elle s'exprimait. Le résultat final en était une femme témoignant de principes bien ancrés, mais portant le plus souvent un regard intérieur bienveillant sur ceux qui l'entouraient.

Elle était venue avec l'une de ses nièces, Sandra, elle-même accompagnée de sa fille Marine qui avait à peu près le même âge que Morgane. Christiane expliqua ainsi sa présence :
- Gilbert m'a appelée en me disant que tu serais là. Comme je suis veuve, et toi célibataire, il est avantageux pour nous de nous retrouver.

Nicole réalisa seulement à ce moment-là que, compte tenu du veuvage de Christiane, elle aurait effectivement pu penser à elle pour les fêtes. Mais ça ne lui était pas venu à l'idée. Comme quoi, il était temps pour elle de sortir de son deuil, de ses quatre murs, et de revenir à la vie.

Marine, la petite nièce de Christiane, prit la parole d'un air vif et intéressé.
- C'est bien vous, Madame, qui étiez secrétaire d'ambassade et avez voyagé dans le monde entier ?

Nicole lui adressa un sourire.
- Oui, c'est bien moi, je vois que ma réputation m'a précédée.
- Tante Christiane nous a tellement parlé de vous ! Depuis toujours, nous entendons parler de la cousine Nicole qui vit à l'autre bout du monde ! Alors quand j'ai su que vous seriez ici, bien entendu, je me suis précipitée !

Nicole montra sa surprise.
- Vraiment ? Quelle est donc la raison d'un tel intérêt, bien que ce soit tout à fait flatteur, je vous en remercie.

La jeune femme reconnut d'un air gourmand :
- J'aimerais tellement que vous me parliez de tout ce que vous avez découvert à l'étranger…

- Oh, dit Nicole en riant, vaste projet ! Et j'avoue qu'étant passionnée moi-même, cela risque de nous demander plusieurs entretiens ! Mais j'y suis tout à fait ouverte, il nous faudra juste nous rencontrer en d'autres occasions, je ne voudrais pas ennuyer les autres invités.
- Alors ça sera avec grand plaisir !

La jeune femme se montrait vraiment convaincue et Sandra, sa mère, exprima aussi son intérêt :
- J'avoue que je serais moi aussi intéressée.

Gilbert appela tout le monde à table et la société se déplaça dans la salle à manger. Au cours du repas qui suivit, Nicole ne put s'empêcher de constater combien ces deux branches de la famille, celle de Christiane et celle de Gilbert, étaient différentes, les deux jeunes femmes en particulier. Marine semblait aussi dissemblable de sa petite cousine Morgane que le sont le jour et la nuit. Vraiment, la seule similitude qu'on pouvait leur trouver était leur initiale.

Marine était une jeune femme au teint pâle avec de grands yeux bleu-gris et des cheveux courts qui ondulaient autour de son visage. L'éclat de ses yeux était à la fois doux et pétillant, et à la flamme qui les animait, on devinait que la jeune femme ne se laisserait pas marcher sur les pieds. Sous son tailleur marine et son chemisier ivoire, on devinait un corps mince, presque gracile, qui contrastait de manière surprenante avec la vivacité qui se dégageait d'elle. Elle écoutait les conversations avec intérêt, et sans vraiment y prendre part elle faisait de loin en loin quelques remarques qui témoignaient qu'elle avait parfaitement suivi le sujet. Elle prêtait attention à tout le monde, et affichait un sourire confiant.

Morgane était une jeune femme d'une grande beauté. Plus grande que Marine, elle avait un teint bronzé, un visage ovale et des yeux verts, le tout encadré par de longs cheveux blond foncé. Vêtue d'une longue robe noire, elle passa la plus grande partie de la soirée à déambuler d'un air hautain avec son bébé dans les bras, n'accordant aucun intérêt aux autres invités, prétendant le bercer afin qu'il s'endorme. Son attitude aurait pu passer pour de la préoccupation maternelle, si elle avait manifesté un tant soit peu de tendresse, donné quelques baisers, ou adressé quelques mots doux à ce bébé qui pleurait de fatigue, mais elle semblait plutôt défiler, tel un mannequin, prenant l'enfant comme prétexte pour afficher un rôle qu'elle était loin de maîtriser, le changeant de position à tout bout de champ. Son attitude inadéquate aurait également pu passer pour de l'inexpérience, ce qui aurait rassuré Nicole, mais au bout d'un certain temps, Gilbert suggéra de mettre cet enfant au lit, avis que partageait Nicole depuis un moment, ainsi que, elle s'en était rendu compte, Christiane et Sandra, mais Morgane répondit à son grand-père sur un ton indigné en affirmant que son enfant était désorienté et qu'il avait besoin des bras de sa mère pour se rassurer, rejointe en cela par Sonia qui confirma d'un ton péremptoire que Morgane avait raison. A ce niveau-là ça n'était plus de l'inexpérience, c'était franchement de la bêtise.

Au bout d'un moment la jeune femme confia son enfant à sa mère, et l'enfant changea de bras alors même que celui-ci venait, semblait-il, de trouver son sommeil. Morgane justifia cette nouvelle aberration en disant qu'elle n'en pouvait plus, qu'elle mourait de faim. Le pauvre petit, balloté alors même qu'il s'endormait, se remit à pleurer de plus belle.

Nicole se serait attendue à ce que, face à un comportement aussi inapproprié de la jeune mère et de Sonia, David ou même Gilbert dise quelque chose, fasse quelque objection, mais loin de là Gilbert sembla même plutôt donner raison à la jeune femme. S'adressant d'un ton légèrement supérieur à ses cousines, il justifia son comportement par ces paroles :
- Morgane a très bien compris l'importance de la relation mère-enfant, et en ce domaine elle ne veut rien négliger. Quand on est parent, il faut beaucoup se donner, et elle assume totalement son rôle, même si cela demande une lourde contribution.

On aurait dit que sa petite fille était la première femme au monde à bercer son enfant, et même qu'elle réinventait la maternité. Nicole plaignait surtout ce pauvre bébé qui tombait de fatigue, chouinait et pleurait d'épuisement. Mais à peine réussissait-il à sombrer dans le sommeil qu'on le changeait de position ou de bras, prétextant son confort, contre tout bon sens. A croire que la mère et la grand-mère étaient tellement habituées à manipuler leur monde pour qu'il tourne à leur avantage qu'elles ne savaient plus qu'agir ainsi, même à l'égard d'un tout petit. Et tout cela pour mieux montrer l'ingratitude de la tâche et combien elles étaient capables d'abnégation. Nicole se demanda ce qu'il adviendrait de ce pauvre bout de chou lorsque Morgane se serait lassée du statut dont il la faisait bénéficier. Toujours est-il que cette animation monopolisa l'attention de tout le monde, et qu'il fut quasi impossible de tenir une conversation. En ce sens, Morgane et Sonia réussirent parfaitement leur projet : tous les regards convergeaient sur elles.

Le comportement incohérent et excessif de Sonia et Morgane hérissa Nicole, et elle se douta qu'il devait en être de même pour Christiane. Elle en eut la confirmation en voyant sa cousine pincer légèrement les lèvres pour se donner contenance. Elle porta alors ses regards sur Sandra et Marine, de manière discrète, pour voir ce qu'il en était de leur côté, et il lui sembla que là aussi, l'irritation était à son comble. Mais, politesse oblige, chacune se garda bien de faire un quelconque commentaire, baissant les yeux sur sa serviette ou les détournant pour dissimuler son irritation.

Elle se demanda pareillement comment son cousin Gilbert et son épouse Chantal vivaient ça, Chantal en particulier qui n'était pas la grand-mère de Morgane, mais bien que les observant discrètement, elle ne perçut aucune émotion négative sur leurs visages, aucune ombre de mécontentement. Nicole finit par réaliser que la parade faisait partie intégrante de leur mode de vie, comme elle avait pu le constater à l'occasion de leur visite chez elle, et que le comportement de Morgane et de sa mère n'avaient donc probablement rien de surprenant à leurs yeux. D'autant plus qu'elles avaient dû l'hériter de Gilbert lui-même.

Sur la fin du repas, alors que Chantal venait de servir le fromage, Marine fit preuve de finesse et d'habileté pour orienter enfin la conversation sur un autre sujet que le petit Mathis :
- Nicole, dans les pays où vous êtes allée, avez-vous eu l'occasion de voir la façon dont les mamans maternent leurs enfants ? J'ai une amie qui ne jure que par le portage avec une écharpe, elle dit que c'est un moyen traditionnel dans la plupart des pays du monde, et que c'est ce qu'il y a de mieux pour porter et calmer un enfant.

Nicole admira son tact et lui en éprouva de la gratitude :
- Oui, j'ai vu ça dans plusieurs pays, effectivement. Nous ne nous en rendons pas compte, dans nos pays occidentaux où nous avons des routes et des trottoirs, mais dans beaucoup d'autres pays il n'y en a pas, rien que des chemins de terre, parfois même défoncés par les pluies. Il est alors quasiment impossible de conduire une poussette. Voilà pourquoi beaucoup de populations ont recours à l'écharpe de portage. Et il paraît, effectivement, que c'est très pratique.

Elle aurait bien continué son explication, toujours fascinée de découvrir ou partager des connaissances en matière de différences culturelles, mais s'interrompit pour ne pas ennuyer l'assistance. Sonia releva d'ailleurs d'une voix piquante :
- Je ne pense pas que cette méthode soit si bonne. Tous les pédiatres le disent, pour le bon développement de son dos, l'enfant doit absolument dormir couché bien à plat.

C'était la première fois de la soirée que Sonia lui adressait la parole. Et Nicole avait bien noté le dédain proche du mépris dont sa voix s'était teintée.

- Oui, je suis d'accord avec vous, l'enfant doit dormir bien à plat quand il s'agit de la sieste ou de la nuit. Mais il n'est pas question ici du sommeil de la nuit, je parle plus d'un mode de déplacement de la mère et de l'enfant en fonction du relief du paysage, où chacun doit trouver sa place et son confort. Et il se trouve que, quitte à devoir se déplacer, l'écharpe reste la méthode la plus pratique pour la mère, et la plus sécurisante pour l'enfant, tant sur le plan physique qu'affectif. Ceci dit, je précise que je n'ai jamais constaté que les enfants ou même les adultes de ces pays se tenaient moins droits que les européens, il suffit d'ailleurs de regarder les Indiens pour s'en convaincre. Et enfin, que l'enfant passe des heures porté en écharpe à l'orientale, ou dans les bras à l'occidental, je ne pense pas qu'une méthode soit pire que l'autre.

Du coin de l'œil, Nicole vit Marine se cacher derrière sa serviette en simulant un accès de toux pour dissimuler le fou-rire qui lui venait. Christiane, de par son statut de doyenne, se permit d'afficher quand-même un demi-sourire, en se contentant de pincer les lèvres pour ne pas rire davantage, tandis que Sandra détourna vivement les yeux, en adoptant un air inexpressif. Nicole vit les yeux de Sonia lancer des éclairs, les traits de son visage se durcir, mais elle ne fit aucun commentaire et détourna le regard. Visiblement, elle n'était pas habituée à ce qu'on lui tienne tête.

Après le repas, les uns et les autres aidèrent à débarrasser la table, puis tout le monde se retira au salon pour prendre le café. Nicole et Christiane s'assirent côte-à-côte, sur l'un des canapés, suivies par Sandra et Marine. Sonia et David s'installèrent sur le canapé face à elles, et Chantal et Gilbert se placèrent naturellement sur les deux fauteuils placés à l'extrémité de la table du salon, entre les deux canapés, pour faire le service. A peine Sonia fut-elle assise qu'elle se retourna en direction de sa fille pour demander comment allait l'enfant. Il se trouve que Morgane, dès la fin du repas, avait concédé à son compagnon le droit de prendre son fils dans ses bras et celui-ci, véritablement tendre avec son enfant, avait naturellement adopté une position confortable qui permit enfin au bébé de sombrer dans un profond sommeil. Morgane recommanda à Nicolas de mettre rapidement l'enfant au lit, affirmant qu'il n'était pas bon pour lui de dormir dans les bras, et vint enfin s'assoir à côté de sa mère, en se plaignant avec ostentation de la charge qu'avait représenté son enfant tout au long de la soirée. Dédaignant totalement le reste de l'assistance, elle s'engagea avec Sonia sur le commentaire détaillé de chacune des attitudes qu'avait eu Mathis au cours de la soirée, et des réactions appropriées qu'elle-même et Sonia avaient eues. Comme si le fait de l'avoir vécu n'avait pas été suffisant.

A partir de ce moment, deux discussions s'établirent de part et d'autre de la table du salon, l'une portant sur les différentes cultures que l'on pouvait trouver à travers le monde, et sur l'enrichissement individuel que cela pouvait apporter, l'autre sur l'importance du rôle de chaque individu dans la société et l'importance que chacun tienne sa place. Chantal et Gilbert s'intéressèrent tantôt à l'une, tantôt à l'autre, soit par intérêt, soit par politesse. Et il ne tint heureusement qu'à la bonne éducation de chacun pour qu'il adopte un ton modéré, et que la fin de la soirée reste agréable. Parfois, l'un des tenants de l'un des groupes s'intéressait aux propos de l'autre, mais Nicole constata que cet intérêt disparaissait rapidement à chaque fois. Les différences de caractères étaient trop fondamentales. Mais chacun joua au moins le jeu de tolérer la conversation des autres. Selon les points de vue, on appelle cela de la bonne éducation ou de l'hypocrisie, les deux se rejoignant souvent.

Quand il fut vingt-trois heures passées, Christiane déclara discrètement qu'elle commençait à se sentir fatiguée et qu'il lui serait bon de rentrer. Elle demanda à sa nièce et à sa petite nièce ce qu'il en était pour elles, et Sandra répondit qu'elle la suivrait quand elle voudrait. Marine, par contre, demanda s'il leur était possible de patienter jusqu'à minuit. Nicole offrit aussitôt de la raccompagner, si cela pouvait libérer ses cousines, mais en précisant qu'elle-même ne resterait pas plus tard que minuit. Elle s'enquit toutefois du lieu où elle résidait, en exprimant le fait qu'elle ne voulait pas non plus s'éloigner trop de son trajet, à quoi Christiane la rassura aussitôt, en lui expliquant que Sandra et Marine habitaient dans un quartier d'Albi assez proche de Puygouzon, et qu'elle n'aurait pas à faire un grand détour.

Ce point d'organisation ayant été arrangé, Christiane et Sandra remercièrent leurs hôtes pour cette soirée et annoncèrent leur départ. Chacun les salua, Sonia et Morgane consentirent à leur accorder un sourire, et Chantal et Gilbert les remercièrent pour leur présence avant de les raccompagner très aimablement dans l'entrée, où ils leurs donnèrent leurs vestes et leur recommandèrent de faire attention sur la route. Pourtant, sur le départ, Christiane s'entretint à part avec Sandra un court moment avant de revenir discrètement vers Nicole.

- Dis-moi, Nicole, as-tu quelque chose de prévu pour demain midi ?

Nicole releva la tête avec surprise. Elle s'était replongée dans sa conversation avec Marine dont elle appréciait particulièrement la compagnie.

- Euh... non, je dois reconnaître que je n'ai rien de prévu.
- Alors Sandra et moi-même te proposons de nous rejoindre chez ma sœur Jacqueline. Est-ce que ça te dirait ?

Nicole tressaillit d'envie en entendant le nom de Jacqueline. Elle s'était toujours très bien entendue avec cette cousine, presqu'encore mieux qu'avec Christiane, probablement pour la raison qu'elles avaient quasiment le même âge, tandis que Christiane avait quelques années de plus que Nicole. Et si cette différence s'était estompée en grandissant, elle avait beaucoup compté quand elles avaient été enfants.

- Eh bien... c'est très aimable à vous, mais je ne voudrais pas m'imposer, après tout Jacqueline n'a peut-être aucune envie de m'avoir à sa table.

Sandra intervint à son tour.

- Tatie m'a demandé mon avis, avant de vous en parler. Je peux vous assurer que Maman sera ravie.

Enchantée d'entendre cette affirmation, et pareillement enchantée face à cette perspective, Nicole ne put qu'afficher un sourire ravi.

- Bien... alors si tout le monde est d'accord j'accepte avec plaisir.

Christiane afficha à son tour un air satisfait.

- Très bien, alors à demain Nicole. Passez une bonne soirée.

- A demain, bon retour.

Et Nicole reprit sa conversation passionnée avec Marine, jusque vers minuit où elles quittèrent leurs hôtes à leur tour. Nicole remercia chaleureusement Chantal et Gilbert pour leur attention, en indiquant qu'elle avait passé une charmante soirée. Elle se garda bien de préciser que l'agrément avait surtout tenu à la présence de ses trois cousines, et que la soirée aurait été bien morne pour elle sans leur présence. Ils s'en montrèrent ravis et exprimèrent pareillement leur agrément de l'avoir eu à leur côté. Chantal ajouta même :

- Je trouve tellement intéressant tout ce que vous avez à dire sur tous ces pays que vous avez visités. C'est que vous y avez habité pendant plusieurs années, vous les connaissez donc bien. Et ce que vous en dites est captivant. Il faudra que nous vous invitions à nouveau, que vous nous en disiez plus.

Marine en profita pour intervenir.

- Je suis tout à fait d'accord avec Chantal, la façon dont vous racontez est passionnante !

- Oh ! Je vous remercie pour vos appréciations qui sont très flatteuses ! Bien entendu, nous pouvons envisager ça...

Elle souhaita encore une bonne nuit à ses hôtes avant d'ouvrir la porte et de sortir. Sur le trajet du retour, après avoir déposé Marine, elle songea que si ça n'avait été la présence de la jeune femme, de sa mère et de Christiane, la soirée lui aurait été bien pénible.

Noël chez Jean

Nathalie se réveilla avec la sensation d'avoir très bien dormi, ce qui ne lui était pas arrivé depuis longtemps. Elle se rappela instantanément où elle se trouvait, et s'en trouva à la fois sereine et heureuse. Elle n'était pas seule, aujourd'hui elle aurait quelqu'un à qui parler. Et quelqu'un de gentil de surcroit. Elle resta encore un moment au lit, savourant la chaleur et le moelleux des draps, le petit corps tout chaud de sa fille à côté d'elle, la perspective de la journée qui s'annonçait devant elle, puis elle réalisa qu'il fallait qu'elle aille poser les cadeaux avant que les enfants ne se réveillent. La veille au soir, elle avait oublié. Elle se leva donc rapidement, s'habilla silencieusement dans le noir, récupéra ses paquets, un peu triste toutefois qu'ils soient si petits, et descendit à pas feutrés.

Arrivée en bas, elle sentit une bonne odeur de café et de pain grillé qui flottait dans l'air, en tout cas quelque chose qui y ressemblait. Cela voulait dire que Jean était déjà levé. D'ailleurs, en arrivant dans la salle à manger, elle vit plusieurs bols posés sur la table, des sticks de café, une boîte de chicorée, la boîte de chocolat en poudre, du pain, du beurre, de la confiture, du miel, des croissants, un vrai festin. Ici, c'était Noël même au petit-déjeuner. Et la vue de toutes ces bonnes choses, ajoutées aux senteurs qui lui chatouillaient les narines, lui ouvrit l'appétit.

Elle allait poser ses cadeaux au pied du sapin, un pour Nathan, un pour Jade et un pour Jean, quand elle avisa trois autres paquets déjà posés, chacun portant une étiquette où une main âgée avait écrit les prénoms de ses enfants et le sien. Elle en fut bouleversée : Jean avait pensé à eux ! Ses paquets encore dans les mains, elle resta là un moment, interdite, tout à la fois émue que ce vieil homme qu'elle connaissait à peine ait pensé à leur faire un cadeau, et navrée que ses paquets à elle soient si petits. A tel point qu'elle se demandait s'il valait la peine qu'elle les pose, ou s'il valait mieux qu'elle s'abstienne. Et celui qu'elle avait prévu pour Jean était tellement... insignifiant... Elle n'avait pas su quoi faire d'autre, vu le peu de moyens qu'elle avait, et avait même longuement hésité. Que pouvait-on offrir à un vieux monsieur qui avait déjà tout ? Elle s'était même demandée s'il ne valait pas mieux ne rien faire du tout, mais pouvait-elle se permettre de venir les mains vides ? Et maintenant qu'elle voyait les cadeaux qu'il avait prévus pour eux, tellement plus conséquents que les siens, elle était mortifiée que son présent soit si misérable. Estimant qu'elle n'avait pas d'autre choix, elle finit par poser quand même ses paquets, d'un geste incertain, son enthousiasme et son entrain s'étant envolés. Une fois de plus, elle réalisait combien sa condition était misérable.

Jean, qui était occupé à lire comme tous les matins, finit par s'apercevoir de sa présence devant le sapin et se leva.

- Ah ! Nathalie, vous êtes levée !

Il s'interrompit en voyant le visage bouleversé de la jeune femme, son air pétrifié, et les larmes qui perlaient à ses yeux.

- Nathalie, petite, qu'est-ce qu'il y a ?

Il s'approcha d'elle et posa une main paternelle sur son épaule, n'osant quand même pas la prendre dans ses bras. Même si elle le touchait beaucoup, ils ne se connaissaient pas depuis assez longtemps pour qu'il puisse se permettre une telle familiarité. Mais voilà que les larmes roulaient pour de bon des yeux de sa jeune amie...

- Nathalie... qu'est-ce qui vous arrive ?...

Elle eut du mal à répondre :

- Mes parents n'ont jamais rien offert à mes enfants...

Et elle fondit en larmes. Jean en fut désolé. Il lui caressa gentiment l'épaule dans un geste qui se voulait apaisant.

- Allons, Nathalie, remettez-vous... Je voulais faire plaisir...

Mais la jeune femme poursuivit en sanglotant, comme vaincue par ce trop-plein de bonté.

- Ils n'ont jamais rien fait... jamais... ni à moi, ni à eux... ils m'ont mise à la porte... ils m'ont abandonnée... ils ne se sont jamais souciés de savoir si j'allais bien, ce qu'était devenu mon enfant… Mais qu'est-ce que je leur ai fait ?... Qu'est-ce que je leur ai fait ?...

Alors Jean, désolé de voir surgir un tel chagrin, d'entendre de tels propos, qui plus est un jour de Noël, attira finalement Nathalie contre son épaule et ramena un bras protecteur dans son dos.

- Alors pleurez Nathalie. Laissez s'écouler le chagrin…

Il lui tapotait le dos avec sa main, en un geste apaisant, comme on bercerait un enfant, continuant à lui montrer sa sollicitude.

- Laissez couler les larmes… ne les retenez pas.

Il y avait tellement longtemps que quelqu'un ne l'avait pas serrée dans ses bras, ne l'avait pas consolée... Alors la jeune femme se laissa aller contre l'épaule du vieil homme. Alors qu'ils se connaissaient à peine la semaine auparavant, aujourd'hui ils pleuraient ensemble. Nathalie avait enfin trouvé quelqu'un avec qui partager sa peine, et Jean avait enfin retrouvé le sentiment de se sentir utile. Ils restèrent ainsi un long moment, le temps que l'affliction de Nathalie s'efface un peu. Enfin, ses larmes finirent par se tarir. Elle se sentit soudain très gênée, s'écarta de l'épaule de Jean et se détourna en essuyant ses larmes de ses mains.

- Oh… je suis désolée… je suis désolée…

Jean répondit d'une voix profonde, pleine de compassion

- Désolée de quoi ? Vous avez le droit d'avoir de la peine.

La jeune femme avait sorti un mouchoir dans lequel elle reniflait.

- Je ne devrais pas vous ennuyer avec mes soucis…

- Nathalie, nous sommes seuls tous les deux, qui ça dérange si vous exprimez votre douleur ? Je pense que vous la contenez déjà bien assez devant vos enfants, alors pour une fois que vous avez un adulte à qui vous confier, laissez-vous aller ! Dites-vous que vous me faites plus de bien que vous ne le croyez : avec vous, je me sens utile, j'ai moins l'impression d'être un vieux bibelot que l'on a mis au rebut. Vous comprenez ?

Elle hocha la tête, l'air de dire que non, justement, elle ne comprenait pas. D'un air lugubre, elle lui expliqua :

- La plupart des personnes qui devraient m'aimer m'ont abandonnée. Il faut bien croire que c'est parce que je suis nulle.

Et Jean, déterminé à lui montrer les choses sous un autre angle, lui objecta d'un ton persuasif :

- Alors il faudra que ces personnes viennent me dire en face ce qu'elles ont à vous reprocher, j'aimerais bien l'entendre. Car j'ai beau chercher, je ne vois pas en quoi on peut vous désapprouver. Oh, probablement que vous n'êtes pas parfaite, comme tous les êtres humains, mais justement, que peut-on vous reprocher d'autre que d'être humaine ? Vous faites des erreurs ? Vous avez connu des échecs ? Eh beh, bienvenue au club, tous les humains en font ! Et ces personnes dont vous parlez, je suppose qu'il s'agit de vos parents et du père de vos enfants, ils en commettent aussi des erreurs, non ?! Alors où est le problème ?

Elle murmura d'un ton coupable, les yeux rivés au sol.

- Ce n'est pas un papa, qui est parti, mais deux.

Jean ne comprit pas ce qu'elle lui disait.

- Comment ? ...

Nathalie releva enfin le visage, ses yeux affichant toujours de la tristesse, et ce fut presque sur un ton de provocation qu'elle expliqua :

- Nathan et Jade n'ont pas le même père. Ce n'est pas un père qui m'a fui, mais deux.

Jean médita cette réponse quelques secondes et inspira profondément, comme pour mieux réaliser ce qu'il venait d'entendre. Il cherchait quoi dire, priant intérieurement pour que Dieu lui inspire les bons mots, puis il prit la parole pour lui dire d'un ton très affirmatif et même légèrement en colère :

- Ecoutez-moi bien, ma petite Nathalie, je vais vous dire une bonne chose. Je crois en Dieu. Et depuis soixante-dix-huit ans que je suis sur cette terre, je n'ai jamais vu que Dieu créait des êtres humains nuls, incapables, minables, mauvais, méchants, ou je ne sais quoi d'autre. Etant donné que Dieu est bon, quand il créé quelqu'un, il ne lui donne que des qualités et des talents. Ensuite, c'est à ses parents de l'aider à découvrir ces dons et ces talents que Dieu lui a donnés. Il peut en découvrir certains tout seul, mais souvent c'est à ses aînés de l'éclairer. Et dans votre cas, malheureusement, si j'ai bien compris, non seulement vos parents ne vous ont pas éclairée, mais de plus ils n'ont fait que souligner tous vos petits travers. Ils se sont arrêtés à la gangue, et n'ont pas su voir la pépite qui était en vous.

Nathalie écoutait, l'air impassible et toujours maussade, et Jean n'aurait su dire si ses paroles l'atteignaient ou pas. Mais il poursuivit dans sa lancée en abandonnant son ton autoritaire pour adopter le ton chaleureux de celui qui est passionné et convaincu. Levant la main comme s'il y tenait quelque chose de précieux, il expliqua en faisant des gestes :
- Voyez-vous, Nathalie, moi je trouve qu'un enfant c'est comme une pépite d'or. De deux choses l'une : soit on voit toute la caillasse et la gangue qu'il y a autour, on trouve ça difficile et sale, et alors on renonce faute de courage, soit on songe au trésor que l'on va trouver au bout de la tâche, on retrousse les manches et on se met au boulot. Avec un enfant c'est pareil : soit on ne voit que les colères, les caprices, les bêtises, et alors on considère que l'enfant est mauvais, soit on persévère, on l'éduque, on lui apprend à gérer ses émotions et alors...

A ce moment de son explication, le ton de Jean enfla encore, pour conférer à l'enthousiasme.
- Alors on révèle une vraie pépite, un trésor, un caractère unique, inégalé sur cette terre, une création originale ! Vous savez Nathalie, qu'il n'y a pas deux personnes identiques sur la terre ? Ce n'est pas moi qui le dis, ce sont les tests ADN et les empreintes digitales. C'est scientifiquement prouvé ! Alors si notre physique est si différent de celui du voisin, vous imaginez ce qu'il en est pour notre caractère ?! Et un physique unique combiné à un caractère unique, ça donne une personne encore

plus unique, bien plus rare qu'une pépite d'or ! Avant vous, ça n'était pas vous, et après vous ça ne sera plus vous.

Nathalie montrait cette-fois ci un peu plus d'attention, elle avait le visage moins fermé. Jean poursuivit d'un air encore plus appuyé.

- Et si je vous dis tout ça, ma petite Nathalie, c'est parce qu'aujourd'hui je vous propose de faire un choix : soit vous croyez tous ces rabat-joie qui vous ont dit que vous ne valiez rien, soit vous me croyez, moi, quand je vous dis que si, vous avez de la valeur, et que si ça n'était pas le cas je ne vous aurais pas invitée chez moi.

Le petit menton tremblant et les larmes qui montèrent aux yeux de Nathalie indiquèrent à Jean que non seulement elle avait bien écouté, mais qu'en plus elle avait été touchée. Il lui posa à nouveau la main sur l'épaule et l'étreignit avec affection avant de lui dire avec un sourire plein de confiance.

- Nathalie, seriez-vous d'accord que nous priions Dieu ensemble pour qu'il vous révèle…

Mais il fut interrompu par des cris provenant de l'étage :

- Jade, viens vite, y'a les cadeaux ! Les cadeaux sont arrivés !

Et une cavalcade retentit dans l'escalier, faisant bientôt apparaître Nathan tout excité. Jean haussa les épaules avec un sourire et fit un clin d'œil à Nathalie en commentant :

- Ah… ça sera pour une autre fois

Puis il se tourna joyeusement vers Nathan qui venait de sauter la dernière marche :

- Hé ! Mon copain Nathan ! Comment vas-tu ? Est-ce que tu as bien dormi ?

- Oui, j'ai bien dormi, mais je voudrais ouvrir les cadeaux.

Il se laissa embrasser, complètement absorbé par le spectacle des paquets, et rendit un bisou de politesse pareillement distrait. Jade arriva sur ces entrefaits.

- Moi aussi je veux ouvrir les cadeaux !

- Ah, mais voilà Jade ! Un bisou à Jade pour dire bonjour ! Et toi, tu me fais un bisou ? Ah, tu es gentille ! Eh beh comme nous sommes tous là, je crois que nous pouvons effectivement ouvrir les paquets, vous êtes d'accord Nathalie ?

Nathalie s'était détournée pour sécher ses larmes. Elle tenta d'arborer un vrai sourire, sans trop y parvenir, mais au moins faisait-elle l'effort.

- Oui oui, bien sûr, c'est l'heure d'ouvrir les cadeaux...
- Y'en a un pour moi ! Et là aussi, c'est mon prénom ! J'ai deux cadeaux !
- Et là c'est écrit Jade ! C'est à moi !
- Maman, y'en a un pour toi aussi !

Et Nathan tendit le paquet pour sa mère, l'air vraiment surpris et content pour elle.

- Cette année, le papa Noël a pensé à toi ! Tiens, Papi, y'en a un pour toi aussi !

Jean fut réellement surpris.

- Pour moi ?

Et Nathan lui tendit le paquet où il y avait écrit "Jean" d'une petite écriture malhabile.

- Oui, pourquoi, il t'en donne pas d'habitude le papa Noël ?
- Oh, tu sais, à mon âge, le père Noël ne sait plus quoi m'offrir ! Il n'a plus d'idées ! Mais apparemment, cette année, il a trouvé quelque chose de nouveau !

Jade, qui se faisait discrète, avait déjà arraché le papier de son gros paquet.

- La fée volante ! C'est la fée volante !

Nathalie, qui avait toujours son paquet à la main, ouvrit de grands yeux en découvrant le cadeau de sa fille avant de dévisager Jean. Mais celui-ci ne s'en rendit pas compte, tout à la joie d'être témoin de celui de la petite fille. Il feignit la surprise.

- Oh, que c'est joli ! Qu'est-ce que c'est ?
- C'est une fée et elle vole... Expliqua la petite fille au comble du ravissement, en caressant la boîte du bout des doigts.

Elle essaya alors de l'ouvrir mais la boîte était scotchée.

- Tu m'aides ? demanda-t-elle à Jean.
- Oh mais bien sûr ma princesse !

Et Jean, posant son propre paquet, se mit péniblement à genoux pour aider la petite fille. Pendant ce temps, Nathan avait lui aussi arraché le papier de son gros cadeau.
- Maman ! C'est la voiture de police ! La voiture de police que je voulais ! Et y'a même… y'a même un hélicoptère ! Et une moto ! Et la maison des policiers !
Nathalie ouvrit à nouveau de grands yeux effarés en découvrant le jouet de son fils. Il s'agissait d'un poste de police complet, équipé des personnages et du mobilier. Elle en connaissait le prix, de même qu'elle connaissait le prix de la fée volante. Jean s'était ruiné. Elle se sentait décontenancée. Mais celui-ci, très à l'aise, jouait le jeu auprès des deux enfants.
- Qu'est-ce que tu as là ? Oh, le veinard ! Une vraie belle voiture de policier ! Tu vas pouvoir jouer à mettre les bandits en prison ! Tiens, Jade, prend ta poupée, je vais voir si j'ai des piles. Ah tiens, j'en ai là !
Et Jean prit un paquet de piles qui se trouvait justement là, à portée de main, sur le bord de la cheminée. Il entreprit de les sortir et d'équiper la fée, ce qui ne fut pas une mince affaire.
- Allons bon, qu'est-ce que c'est que ça ? Ils mettent des vis sur le compartiment à piles, maintenant ? Et allez, je dois aller au garage voir si j'ai le tournevis qu'il faut… Mignonne, ouvre donc ton autre cadeau pendant ce temps.
- Où ça ?
- Là, juste à côté de toi.
- Oh ! Un autre cadeau !
Et Jade entreprit d'ouvrir son deuxième paquet tandis que Jean se relevait avec peine et prenait la direction du garage, et que Nathan déballait son équipe de policiers. Il avait, lui aussi, oublié le plus petit paquet. Et Nathalie, qui ne disait rien et ne bougeait plus face à toute cette effervescence, était déjà au bord des larmes à l'idée que ses enfants dédaignent ses cadeaux, face à ceux bien plus somptueux de Jean.
- Oh ! Une autre fée ! C'est une autre fée ! Maman j'ai deux fées !

Et la petite fille, après avoir montré ses deux fées à sa maman, les prit dans ses bras et leur fit un câlin. Alors Nathalie sentit une larme rouler sur sa joue. Elle constata que les enfants n'ont aucune conscience de la valeur financière des choses, qu'ils ne perçoivent que la valeur affective. Et Nathan, en voyant que sa sœur avait deux fées, réalisa qu'il avait lui aussi un deuxième paquet à ouvrir. Il abandonna aussitôt le bureau de police pour ouvrir son deuxième trésor.
- Maman ! C'est un policier avec un chien ! Et il a un casque de protection ! Moi aussi j'ai deux policiers !
C'est d'une voix nouée que Nathalie demanda :
- Alors tu es content ?
- Ouais ! Trop bien ! Trop chouette !

Et Nathalie, déjà affectée par la discussion qu'elle venait d'avoir avec Jean, se détourna à nouveau en faisait mine de se tourner vers la table du petit déjeuner pour verser quelques larmes de soulagement et d'émotions. Elle avait tant craint que ses enfants ne méprisent les jouets qu'elle leur offrait. Elle avait si peu d'argent... Et pourtant, au final, ils avaient l'air tellement heureux... Mais l'auraient-ils été tout autant s'ils n'avaient eu que le petit cadeau ? Comment savoir...

Jean revint du garage.
- Voilà, j'espère bien que ça ira ! C'est que non seulement ils nous mettent des vis, mais en plus elles sont minuscules ! Sur ce coup-là, le Père Noël n'a pas fait fort ! Il aurait pu vérifier ça avant !

Et il entreprit à nouveau d'équiper la fée volante avec les piles. Après plusieurs efforts, et beaucoup de patience, Jade put enfin avoir son premier cours de vol de fée. Et Jean put se délecter du regard ébahi de l'enfant qui regardait sa fée voler et tournoyer au-dessus d'elle. Jean s'approcha discrètement de Nathalie et lui dit à voix basse, des étoiles plein les yeux :
- Voyez-vous, je ne sais pas pour qui c'est plus Noël : pour eux parce qu'ils ont des cadeaux, ou pour nous parce que leurs yeux brillent ?

Mais Nathalie, elle aussi à voix basse, aborda un tout autre sujet.

- Jean, vous n'auriez pas dû, ça coûte une fortune...

Jean prit l'air le plus innocent qu'il put.

- Ah bon ? Moi, je n'en sais rien, c'est le Père Noël qui a payé ! Et puis, que voulez-vous, j'aime les grands yeux ébahis des enfants au matin de Noël ! Alors depuis le temps que je n'ai pas vu ça, sur ce coup-là, j'ai dit au Père Noël de ne pas regarder à la dépense !

Nathalie ne put s'empêcher de rire à travers ses larmes. Elle secoua la tête d'un air à la fois émerveillé et incrédule, et déclara tout de go, la voix mouillée de larmes, s'essuyant les yeux du revers de la main :

- Jean ! Vous êtes incroyable, mais de quelle planète venez-vous ?!

Jean simula un geste de dépit.

- Mince ! Elle a compris que je ne suis pas de ce monde !

Puis, affichant un air tout autant sceptique que canaille.

- Je ne suis pas sûr de pouvoir vous dire d'où je viens, vous pourriez le répéter...

Nathalie se pencha vers Jean et lui fit un bisou sur la joue en murmurant "Merci". Jean poursuivit sur le même ton canaille.

- Oh, les bisous des jolies demoiselles, ça aussi j'aime ça ! C'est pour ça que j'ai demandé au Père Noël de vous faire aussi un cadeau. Tiens, d'ailleurs, est-ce qu'il vous plaît ?

- Oh ! J'ai oublié de l'ouvrir !

- Ah tiens, mais c'est que moi aussi j'ai oublié d'ouvrir le mien ! Tout occupé avec la fée, j'ai posé mon paquet et... où est-ce que je l'ai mis ? Ah le voilà !

Et ce fut au tour des adultes d'ouvrir leurs paquets. Nathalie déballa précautionneusement le sien et découvrit un ravissant ensemble en velours rouge foncé et pompon ivoire, un béret, une écharpe et une paire de gants. Elle ouvrit de grands yeux ravis et murmura.

- Que c'est beau !

Et comme sa fille quelques instants auparavant, elle caressa le velours du bout des doigts avec le même ravissement, admira l'harmonie du rouge et de l'ivoire, et surtout le côté chic de l'ensemble. Tout content devant l'air radieux de Nathalie, Jean l'encouragea :
- Essayez-les donc ! Il y a une glace dans l'entrée !
Jade avait caressé l'étoffe elle aussi.
- C'est doux !
Nathalie enroula l'écharpe autour de son cou, posa le béret sur sa tête puis enfila les gants. Avant même de se mettre devant le miroir, elle savait que ça lui allait : les regards admiratifs de Jean et des enfants le lui disait déjà.
- Maman ! Comme t'es belle !
- T'es trop belle, Maman !
- Allez donc vous admirer dans la glace, Nathalie.

Et quand elle se vit dans le miroir, Nathalie ne put que constater que cette nuance de couleur et ce tissu lui allaient à merveille. Et un sourire radieux éclaira alors tout son visage. Jean apparu derrière elle dans le miroir et, d'un air connaisseur, pencha le béret légèrement de côté sur la tête de Nathalie.
- Voilà, ça se porte comme ça. Vous êtes jolie comme un cœur ! Le Père Noël a bien choisi ! Je suis ravi, je lui passerai encore commande !

Nathalie avait l'air vraiment aux anges. Puis, son regard se posant sur l'image de Jean dans le miroir, son sourire se fana et elle demanda d'un air craintif :
- Et vous… votre cadeau… il vous plaît ?
- Oh, mais c'est que je ne l'ai pas encore ouvert ! Que voulez-vous, j'ai été ébloui par une étoile ! Et puis en plus, les lutins qui l'ont empaqueté ont mis plusieurs couches.

Et Jean retourna à son paquet qu'il termina de déballer. Il découvrit une boîte à mouchoirs en bois qui avait été peinte en blanc par une main adulte, puis recouverte de pois de toutes les

couleurs par des petits doigts enfantins. Le tout avait été verni.
Il s'écria d'un ton sincèrement ravi :
— Oh ! Comme c'est joli ! Je n'en avais pas encore ! Ça alors, le Père Noël a enfin découvert quelque chose que je n'avais pas et dont j'avais besoin !
Nathan, tout excité à nouveau, sautait sur place.
— Ça te plaît ?! Ça te plaît ?!
— Si ça me plaît ? Ah bah un peu, tiens ! Regarde !
Jean se dirigea vers la desserte, où une boîte à mouchoirs en carton était mal dissimulée derrière un vase.
— Tu vois ? Depuis toujours avec ma femme nous cachons la boîte de mouchoirs parce que nous ne trouvons pas ça très beau. Maintenant, grâce au Père Noël et à ses lutins je n'ai plus besoin de cacher mes mouchoirs !
Il ouvrit la boîte en bois, y plaça la boîte de mouchoirs en carton, referma le couvercle puis posa la boîte bien en évidence au milieu de la desserte, en la mettant un peu en biais par rapport au meuble. Puis il recula de quelques pas pour juger de l'effet.
— C'est pratique, c'est décoratif, ça éclaire ce coin ! Je suis ravi !
Il se tourna vers Nathalie.
— Chère Nathalie, je ne sais pas si c'est vous qui avez eu l'idée de commander ça au Père Noël pour moi, mais je vous remercie. C'est très réussi ! J'imagine que ça a dû donner beaucoup de travail aux lutins.
La jeune femme semblait immensément soulagée. Elle réussit enfin à sourire.
— Alors je suis contente aussi. Et j'en profite pour vous remercier pour… d'avoir commandé ce magnifique ensemble pour moi. C'est tellement joli !
— Je suis ravi que ça vous plaise.
Ils s'embrassèrent affectueusement, touchés l'un et l'autre des moments qu'ils venaient de passer ensemble. Et ce fut probablement pour dissimuler son émotion que Jean s'exclama :

- Mais c'est qu'avec tout ça on n'a pas encore déjeuné ! Vous n'avez pas faim ?

Bien évidemment, les enfants s'écrièrent :

- Si ! Si ! Moi j'ai faim !

Et Nathalie renchérit :

- Oh, si ! Je meurs de faim !
- Alors à table, tout est prêt ! Asseyez-vous ! Que voulez-vous ? Les enfants, vous voulez un chocolat chaud ?
- Oui ! Oui !
- Et pour vous, Nathalie, que prendrez-vous ?
- J'aimerais bien un café s'il vous plaît.
- Et un café ! Je vais vous préparer ça. Pendant ce temps, je vous laisse vous servir. Et n'hésitez pas, si vous voulez vous faire un croissant avec du beurre et de la confiture, ne vous privez pas, c'est là pour ça ! C'est Noël après tout !

Et Jean partit allumer la bouilloire et remplir une casserole de lait pendant que Nathalie préparait les viennoiseries et tartines, et mettait la poudre dans les bols. Une fois que lait et eau furent chauds, Jean les apporta sur la table.

- Princesse, donne-moi ton bol.

Jade tendit bien gentiment le récipient, et Jean s'apprêtait à la servir quand il suspendit son geste, son visage affichant un réel embarras.

- Ah...

Nathalie vit cet embarras et s'en trouva elle-même ennuyée, sans pour autant savoir quel était le problème. Elle demanda, un peu mal à l'aise.

- Il y a quelque chose qui ne va pas ?
- Eh beh... non... non, ça n'est rien... c'est de ma faute... ça n'est rien, c'est juste que...

Puis il sembla se décider, posa la casserole, attrapa un bol vide qui était sur la table, prit le bol des mains de Jade et transvasa le chocolat en poudre de l'un dans l'autre.

- Pourquoi tu mets le chocolat dans l'autre bol ? demanda la petite fille.

Jean interrompit son geste, affichant toujours un air embarrassé, un peu triste.
- C'est que tu vois… le bol que tu avais pris, c'est le bol de Jeanne... Et je sais, c'est bête, car elle n'est plus là… mais je n'aime pas que quelqu'un d'autre prenne le bol de Jeanne.
Nathan demanda.
- C'est qui Jeanne ?
Jean le considéra et lui adressa un sourire un peu triste.
- Jeanne c'est ma femme.
Jade reprit.
- Elle est où ta femme ?
- Eh beh… elle était âgée, comme moi, et un jour elle est tombée malade, une maladie grave qui tue les gens.
- Elle est morte ?
- Oui, mon poussin, elle est morte. Tu ne te rappelle pas, je t'en ai parlé hier ? Je t'ai dit que maintenant elle dormait au cimetière.
- Alors t'es triste ?
Nathalie estima qu'elle devait intervenir. Posant sa main sur l'épaule de Jade, elle lui dit d'une voix douce :
- Et oui, Jade, Monsieur Jean est triste. C'est pour ça qu'il ne faut pas trop lui en parler, pour ne pas le rendre encore plus triste.
Jean haussa les épaules d'un air résigné, bien qu'effectivement triste.
- Oh laissez, Nathalie, que voulez-vous, ça fait partie de la vie.
Il s'assit à côté de la petite fille tandis que Nathan, bien que silencieux, écoutait de toutes ses oreilles.
- Eh oui, Jade, des fois ça me rend triste que Jeanne ne soit plus là. C'était une épouse formidable, tu sais, formidable ! J'ai eu beaucoup de chance de l'avoir auprès de moi pendant toutes ces années. Et tu vois, non seulement j'ai beaucoup de souvenirs avec elle, là dans mon cœur, mais de plus, comme je crois en Dieu, je sais qu'un jour je la reverrai au paradis.

- Ah bon tu vas mourir toi aussi ?

Nathalie adressa à Jean un sourire navré accompagné de deux grands yeux désolés, mais Jean la rassura d'un sourire complice.

- Oh, je finirai bien par mourir un jour, comme tous les vieux, mais pour l'instant je n'en ai pas l'intention, princesse. J'ai bien envie de vivre encore quelques années.
- Elle te manque ta femme ?
- Oui, elle me manque, tu as bien deviné.
- Et ça c'était son bol ?
- Oui, c'était son bol.
- Mais pourquoi tu sors le bol de Jeanne si elle peut plus boire dedans et que tu veux pas qu'on le prenne ?

Jean poussa un soupir. C'était fou ce que les enfants pouvaient mettre le doigt là où étaient les incohérences des adultes... Il reprit son inspiration avant de répondre, toujours sur un ton triste

- Eh beh vois-tu, si je sors le bol de Jeanne tous les matins, et si je le range tout propre aussitôt après, c'est parce que pendant toutes ces années où nous étions mariés j'étais toujours le premier à arriver à la cuisine le matin, pour le petit déjeuner. Mais, comme je ne voulais pas être un égoïste, je sortais le bol de Jeanne en même temps que le mien. Comme ça, quand elle arrivait, tout était prêt. Ensuite, quand nous avons eu des enfants, je sortais aussi leurs bols avec les nôtres, tous les matins. Puis les enfants ont grandi, ils se sont mariés, ils sont partis, et nous nous sommes retrouvés tous les deux, Jeanne et moi. Ça nous a fait drôle, mais on s'y est habitué avec le temps, leurs bols étaient toujours là, dans le placard, et on savait que nos enfants reviendraient nous voir, et qu'ils les utiliseraient à nouveau. Mais quand Jeanne est partie à son tour, là j'ai su que c'était pour toujours. Et ça faisait quand même plus de cinquante ans que nous étions ensemble, cinquante-six ans, pour être précis. Tu te rends compte ? Cinquante-six ans ?! Eh non, pitchounette, tu ne peux pas te rendre compte, bien sûr... Mais une

fois j'ai compté : cinquante-six années fois trois cent soixante-cinq jours par an, ça fait vingt mille quatre cents jours passés ensemble ! Je lui ai sorti son bol vingt mille quatre cent fois ! Jade ouvrit de grands yeux en faisant un grand rond avec sa bouche.
- Vingt millions quatre fois ! C'est beaucoup !
- Eh oui, tu vois ! Alors tu comprends, le premier matin où je me suis retrouvé tout seul devant mon placard dans ma cuisine, je n'ai pas réussi à laisser son bol sur l'étagère. Ça a été plus fort que moi, ça m'aurait fait trop mal de le laisser là. Alors je l'ai sorti. Et depuis, tous les matins, je sors le bol de Jeanne, je le pose à sa place sur la table, comme si elle allait arriver, et plus tard je le range, comme si elle avait fini son petit-déjeuner et qu'elle avait lavé son bol.

Il leva la main d'un air d'impuissance pour la laisser retomber aussitôt, puis commenta d'un air triste.
- Eh oui, je sais, j'ai l'air un peu sénile, en agissant ainsi. Je dis que j'ai la foi, que je sais que je la reverrai un jour, et pourtant, je m'accroche à des petits riens qui me la rappellent...

Jade vit que son tout nouveau grand-père était triste parce que sa femme lui manquait. Comme elle, quand elle était loin de maman ou de doudou. Alors, pour le consoler, elle se mit à genoux sur sa chaise et passa ses petits bras autour du cou de Jean.
- C'est pas grave si t'as l'air d'un peusénil. Moi je t'aime bien.

Jean serra fortement la petite fille dans ses bras. Les larmes lui montèrent aux yeux. D'autant plus que Nathan, ne voulant pas être en reste, bondit prestement de sa chaise, fit le tour de la table en courant, et vint lui aussi serrer Jean dans ses bras. Il lui affirma avec force, presque avec colère :
- C'est pas vrai ! T'es pas un peu c'est nul ! T'as pas le droit de dire ça !

L'innocence des enfants, et surtout leurs fautes de français, eurent le mérite de faire rire Jean et de l'aider à retrouver son sourire. Il leur fit un bisou à chacun en essuyant ses yeux humides.

- Ah ! Merci mes enfants ! Heureusement que vous êtes là, sinon, qui m'aurait consolé ?

Son regard tomba sur la table et, pour cacher son émotion et passer à autre chose, il s'exclama :

- Oups ! Et moi qui suis là à vous saouler avec mes histoires de vieux alors que vous mourez de faim !

Nathalie comprit le besoin de dérivatif de Jean. Elle fit le service et ils purent enfin faire honneur au petit déjeuner. Dans la demi-heure qui suivit, ce ne fut plus qu'un ballet de pots de confiture et de miel, de croissants et de tartines, ponctué par des "hum !". La joie était revenue. Quand tout le monde fut rassasié, Jean proposa :

- Que diriez-vous d'une sortie ? Si on se contente de manger et de dormir, on va tous finir empâtés comme de gros patapoufs ! On pourrait marcher un moment pour aller à l'aire de jeux ?

Sa proposition ayant remporté l'adhésion générale, il fut décidé qu'il rangerait seul la cuisine, tandis que Nathalie irait s'occuper des enfants et d'elle-même.

- Allez les enfants ! On se dépêche si on veut aller à l'aire de jeux !

Et tandis que les enfants s'élançaient à travers la pièce pour monter l'escalier, Nathalie prit quand même le temps de ramener les bols à la cuisine, juste pour se donner l'occasion de dire à Jean d'un air entendu :

- Vous savez, je ne trouve pas que vous faites sénile quand vous sortez le bol de Jeanne. Moi, j'aimerais bien que quelqu'un sorte mon bol tous les matins en pensant à moi.

Et elle quitta la cuisine en laissant un Jean très surpris.

Ils passèrent une journée joyeuse, partagée entre l'aire de jeux, le dîner de midi, une sieste pour les plus fatigués, puis une grande partie de jeu où les policiers arrêtèrent les méchants pendant qu'une bonne fée veillait sur la ville.

Quand l'heure de rentrer fut venue pour Nathalie et les enfants, il fut manifeste qu'aucun des intervenants n'avait envie que cette journée finisse. Jean insista pour que Nathalie prenne une bonne part des restes avant de s'en aller, mais Nathalie ne put se résoudre à faire le partage. Elle se faisait elle-même l'impression d'être une profiteuse, de tirer parti des lieux, de l'aisance de son hôte, de sa bonne humeur, de ses largesses, pour ensuite le laisser tomber à peine la nuit venue. Il lui vint alors une idée.

- Et si vous veniez chez nous pour finir les restes ?

Nathan emboita aussitôt le pas à sa mère.

- Oui, oui, oui ! Viens chez nous ! Viens chez nous !

Jean s'en trouva décontenancé. Il y avait bien longtemps qu'il ne sortait plus de chez lui aussi tard. Il aurait bien avancé une excuse, comme quoi il était fatigué, mais n'en trouva aucune de valable, si ce n'était ses manies de vieux... Il songea à évoquer la même excuse que celle qu'il avait avancée à Madame Poulet, à savoir qu'il n'aimait pas trop marcher dans la nuit, mais il réalisa que cette excuse-là n'était plus valable dans ce cas précis, puisqu'il avait une voiture dans le garage juste à côté... Il s'aperçut alors, contrarié, qu'il n'était pas très différent de son camarade chrétien qui n'avait pas voulu venir déjeuner chez lui le dimanche, sous prétexte que cela l'aurait fatigué... Était-il devenu aussi craintif ? Aussi vieux schnock ? Cette dernière interrogation finit de le décider. Il était temps qu'il se bouge !

- Alors c'est d'accord !

L'allégresse générale revint bientôt, et il fut beaucoup plus facile de motiver les enfants à ranger leurs affaires et à s'habiller. Jean et Nathalie s'occupèrent de sortir les boîtes du frigo, de les ranger dans des sacs, puis de les placer dans le coffre de la voiture, à côté des valises. Nathalie s'étonna bien quand Jean lui apprit qu'ils allaient faire le trajet en voiture, puisqu'il était deux fois plus long que le trajet à pied, mais Jean, affichant un air ostensiblement hypocrite, affirma que ça serait mieux pour les enfants parce qu'ils étaient fatigués, parce qu'il faisait froid, qu'il y aurait plusieurs sacs et une valise à porter, que donc elle ne pourrait pas tenir la main des enfants et que ça serait dangereux. Nathalie le regarda d'un air très surpris, sachant que la place de Lameilhé était vide à cette période de l'année, qui plus est à cette heure-là, mais n'osa pas faire de commentaire. Alors, abandonnant son air hypocrite et prenant un air faussement misérable, mais avec un sourire en coin, Jean avoua que ses yeux et ses jambes n'étaient plus ce qu'ils étaient, et qu'il n'aimait pas, une fois le soleil couché, faire des trajets à pied. Il craignait toujours de heurter un bord de trottoir qu'il n'aurait pas vu. Voilà pourquoi il préférait prendre la voiture. Nathalie rit de bon cœur en entendant cette explication.

Le trajet se fit rapidement. Jean se gara en bas de l'immeuble de Nathalie, et ils furent bientôt devant la porte de l'appartement. Pourtant, une fois arrivés là, Nathalie sembla hésiter.

- Vous savez… ce n'est pas aussi beau que chez vous…
- Ah mais je ne suis pas venu visiter, juste passer un bon moment avec des amis…

Et comme Nathalie ne pouvait plus faire marche arrière, elle ouvrit sa porte et Nathan, pressé de faire découvrir sa chambre à son papi, l'attrapa par la main et le tira à l'intérieur.

- Viens ! Viens voir ma chambre !
- Hé là, doucement ! Il faut d'abord demander la permission à maman, peut-être qu'elle n'a pas envie que j'aille fouiner partout ! Et puis au moins il faut retirer les chaussures pour ne pas salir.

Nathan et Jade retirèrent précipitamment leurs chaussures pendant que Nathalie rassurait Jean.

- Vous pouvez y aller, ça ne me dérange pas.

Pendant que les enfants enthousiastes entrainaient leur nouveau papi dans leur chambre pour lui faire découvrir leur univers, Nathalie rangea un peu ses affaires et s'occupa de déballer les restes pour les poser dans des assiettes et les mettre sur la table. Elle s'efforça de présenter la table d'une jolie manière, et réussit même à dégoter une bougie qu'elle plaça au milieu de la

table. Avant d'appeler tout son petit monde elle éteignit le plafonnier, ne conservant qu'une ou deux lampes en bout de table, et alluma la bougie. Quand Jean et les enfants se présentèrent, ces deux derniers furent tout ébahis.
- Oh ! Une bougie comme chez papi Jean !
- Je ne savais pas qu'on avait une bougie, maman.
- Eh bien si, tu vois, j'en garde toujours une au cas où il y aurait une panne d'électricité.
- Oh, c'est tout joli comme maman a arrangé la table ! commenta Jean. Vite, installons-nous pour faire honneur à ce qu'elle nous a préparé ! C'est que j'ai faim, moi !

Tout le monde put se délecter une dernière fois des plats préparés pour les fêtes, et il ne resta plus grand-chose de la terrine de saumon, des brochettes de poulet, des croquettes de pomme de terre et des gourmandises.

Quand vingt heures furent passées, les enfants tombèrent de sommeil, et Jean les encouragea à aller promptement au lit, en leur promettant de leur lire une histoire dès qu'ils seraient couchés. Il débarrassa la table pendant que Nathalie les mettait en pyjama, et pendant que Jean lut l'histoire promise Nathalie fit la vaisselle. Une fois les enfants bordés, il leur fit un bisou, tira la porte derrière lui, et rejoignit Nathalie.

En entrant dans la cuisine, il lui fit ce commentaire :
- Dites-moi, je trouve que c'est mignon, chez vous ! Où voyez-vous que votre appartement n'est pas agréable ?

Nathalie, à son habitude, inclina la tête.
- Eh bien... il n'est pas très joli...
- Ah, ma jeune amie, quand on démarre dans la vie, et qu'en plus on n'a pas de travail, on doit malheureusement se contenter de ce que la vie veut bien nous donner. Et n'oubliez pas que j'ai quand même cinquante ans de plus que vous ! Et en cinquante ans, on a de quoi accumuler des choses... Nous non plus, au début, nous n'avions pas grand-chose. C'est venu avec le temps. Alors je comprends bien que ce soit frustrant pour vous, mais ça viendra...

Nathalie se contenta de lui répondre par un sourire, touchée de ce qu'une fois de plus il lui fasse voir les choses sous un autre angle, bien plus positif que celui qu'elle connaissait. Puis il reprit la parole en lui adressant un sourire navré.

— Bien, ma petite Nathalie, il va falloir que je vous quitte, les meilleures choses ont une fin.

Nathalie jeta vers lui un regard de regret, et répéta d'un ton résigné.

— Oui, les meilleures choses ont une fin.

Avant qu'elle ne saisisse une nouvelle assiette à essuyer, Jean attrapa les mains de la jeune femme dans les siennes et lui déclara d'un ton chaleureux :

— Nathalie, je veux que vous sachiez que grâce à vous, j'ai passé un merveilleux, merveilleux Noël ! Moi qui craignais de me retrouver tout seul comme un vieux chiffon, voilà que Dieu m'a incroyablement béni en me faisant découvrir une charmante famille. Vos enfants sont attachants, et vous êtes une jeune femme délicieuse, agréable à fréquenter. J'espère que nous n'en resterons pas là, et que nous nous donnerons d'autres occasions de faire des choses ensemble, n'est-ce pas ?

Alors, tellement touchée par tant de gentillesse, ne trouvant pas d'autre moyen pour communiquer sa reconnaissance et son attachement à ce drôle de vieux monsieur original, Nathalie balaya à son tour les conventions et l'étreignit dans ses bras. Jean reçut bien volontiers cette accolade qui en disait tellement plus que bien des mots.

Puis, comme chaque fois qu'il voulait se donner une contenance, il lança une de ses habituelles boutades.

— Est-ce que nous sommes en train de jouer un remake de la belle et la bête ?

Nathalie, bien qu'ayant les larmes aux yeux, ne put s'empêcher de rire.

— Allons, ne dites pas de sottise. J'ai passé moi aussi un merveilleux Noël, probablement le plus beau de ma vie. Je ne pourrai jamais assez vous remercier pour tout ce que vous avez fait

pour nous. Alors oui, j'aimerais bien que l'on continue à se voir, si vraiment vous en avez envie vous aussi.
- Oui, oui, Nathalie, ça me fait bien envie.
- Alors, on reste en contact ?
- Oui, nous allons rester en contact. Avez-vous un numéro de téléphone ?

Nathalie secoua négativement la tête d'un air penaud, avant de répondre d'une petite voix.
- Non, je n'en ai pas les moyens...
- C'est pas grave ! Vous savez, le vieux dinosaure que je suis a vécu à une époque où il n'y avait ni téléphone, ni smartphone, ni même de télé, et pourtant nous avons très bien survécu ! Et même, sans tous ces moyens de communication, nous connaissions mieux nos voisins que ça n'est le cas aujourd'hui ! Alors, nous allons faire à l'ancienne : quand vous aurez besoin de me contacter, il vous suffira de venir sonner chez moi, et quand j'aurai besoin de vous contacter, j'irai sonner chez vous ! Voilà, c'est tout simple ! Et maintenant, ma petite Nathalie, j'entends mon lit qui m'appelle, alors je vous quitte.

Ils s'embrassèrent affectueusement, comme un grand-père et sa petite fille, puis Nathalie raccompagna Jean à la porte.
- Au revoir, Nathalie, à bientôt !
- Oui Jean, au revoir.

Autres Noëls

Patrick passa finalement la nuit de Noël chez ses parents. Tout le monde avait insisté pour qu'il reste, lui faisant remarquer qu'il serait quand même plus agréable pour lui de rester au chaud, en famille, plutôt que de se retrouver tout seul dans sa grande maison vide, et il avait dû en convenir.

Il ne le regretta finalement pas en se levant ce mardi matin, quand il sentit la bonne odeur de café qui flottait dans l'air et qu'il entendit quelques voix venues du rez qui témoignaient qu'il n'était pas seul. Cela lui rendit son humeur habituelle, et il put rejoindre les siens avec le sourire pour le petit déjeuner.

Après quoi l'ensemble de la famille passa à l'ouverture des cadeaux, fortement motivée par l'impatience des enfants et par le stress de la maman de Patrick qui devait préparer son repas de Noël. Il se retrouva bientôt occupé à aider son neveu à construire sa nouvelle maquette d'avion. Peu après midi tout le monde passa à table et chacun fit honneur au repas préparé par Christine, d'autant plus motivé que Michel son père menaçait tout le monde de gavage s'ils ne se servaient pas copieusement.

- Après tout ce qu'elle m'a fait suer ce matin, déclara-t-il en faisant semblant d'être en colère, vous avez intérêt à me le manger, ce repas, que je n'aie pas subi son harcèlement pour rien !

- Oh, Michel, tu exagères ! lui reprocha Christine dans un sourire à la fois amusé et gêné.

- Non, je n'exagère rien ! reprit ce dernier en en rajoutant une couche. Tous les ans c'est pareil ! Tu prévois des menus pantagruéliques, et tu me tannes pour que je t'aide !

Tout le monde en avait ri, connaissant l'importance capitale que revêtait le menu de Noël aux yeux de Christine.

Comme c'est bien souvent le cas dans toutes les bonnes familles françaises, on resta longtemps à table et on discuta beaucoup. En début d'après-midi, plusieurs résolurent d'aller faire

243

une promenade dans le quartier, le temps étant au beau, tandis que d'autres restèrent à la maison. Puis on se retrouva pour prendre le café et distribuer encore quelques friandises aux enfants. Les sujets de discussion furent les mêmes que d'habitude entre politique, situations professionnelles, scolarité des enfants et aménagement d'intérieur. Patrick remarqua cependant que tout le monde prenait soin d'éviter de parler de son célibat, et il leur en sut silencieusement gré.

Puis en fin d'après-midi Sophie remonta avec Stéphane pour boucler leur valise. Ils devaient repartir seuls, laissant les enfants à la garde de leurs grands-parents qui avaient pris une semaine de congé pour l'occasion. C'était leur bonheur, maintenant qu'ils étaient seuls et proches de la retraite, de prendre quelques congés pour passer du temps avec leurs petits-enfants. Face à la perspective de se retrouver entre ses parents et ses neveux, Patrick préféra lui aussi rentrer chez lui et reprendre le cours de sa vie. Il récupéra sa valise, dit au revoir à tout le monde et quitta la maison familiale en même temps que sa sœur et son beau-frère.

Sur le chemin du retour, en repensant à la journée qui venait de s'écouler, il dut reconnaître qu'elle n'avait pas été aussi dénuée d'intérêt qu'il l'avait craint de prime abord. Ils avaient quand même passé de bons moments ensemble, avaient bien ri, il avait pu discuter avec ses neveux et sa nièce, et cela avait été bien mieux que de se morfondre tout seul. Mais il avait cependant toujours conscience, en cette fin de journée, de ce vide intérieur qui ne le quittait plus depuis des mois.

* * *

Le lendemain de sa mémorable soirée, Nicole se rendit, comme elle y avait été invitée, chez sa cousine Jacqueline. Celle-ci lui ouvrit elle-même la porte et manifesta une grande joie en la voyant.

- Nicole ! Que je suis ravie de t'accueillir ! Vraiment, quelle bonne idée ont eu Christiane et Sandra de te dire de te joindre à nous ! Si j'avais appris, plus tard, que tu avais été seule pour Noël, je ne me le serais jamais pardonné !

Nicole lui adressa un sourire tout aussi enjoué avant de l'embrasset.

- Eh beh, je suis bien aise de voir que tu te réjouis autant que moi, mais si j'avais été seule, il y aurait eu aussi un peu de ma faute ! C'est moi qui n'ai plus donné signe de vie, depuis l'enterrement de Maman. Mais puisque tu m'accueilles, vraiment, j'en suis ravie !

- Entre donc, donne ta veste...

Une fois à l'intérieur, Nicole retrouva Yves, le mari de Jacqueline, qui se montra pareillement enthousiaste de la revoir, Sandra et son mari Thierry, qu'elle avait déjà croisé mais dont elle n'avait jamais pu faire véritablement connaissance, ainsi que leur fille Marine et son frère Romain, qu'elle n'avait encore jamais vu, sans oublier sa cousine Christiane. Ils venaient d'entamer l'apéritif et Nicole accepta volontiers un alcool.

Elle fit ou refit connaissance avec les différents protagonistes. On lui demanda comment elle allait depuis le décès de sa mère, comment elle avait organisé sa vie, et elle expliqua son besoin de rencontrer de nouvelles personnes.

- Vous comprenez, expliqua-t-elle, j'ai rencontré tellement de gens différents, issus de tellement de cultures différentes, qu'aujourd'hui, le seul horizon de Puygouzon ne me suffit pas...

On parla de solitude, de veuvage, ainsi que de l'isolement que peuvent éprouver certains, bien qu'en couple ou même en famille. Puis, une fois à table, on raconta une multitude d'anecdotes originales issues des milieux professionnels des uns et des autres, du lycée, de l'université, ou même du voisinage immédiat, qui fit beaucoup rire l'assistance. A l'issue de quoi Nicole fit la remarque qu'il n'était visiblement pas nécessaire de voyager bien loin pour découvrir des situations pittoresques. Marine réagit aussitôt à ces propos en prenant vivement la parole.

- Je suis bien d'accord avec vous ! Le milieu familial n'est pas mal non plus pour ce qui est de fournir des situations incroyables, il suffisait d'assister hier soir à notre réveillon…

Sandra, comprenant où sa fille voulait en venir, tenta de l'interrompre d'un froncement de sourcils en posant sa main sur son bras mais Marine, ignorant sa mère, se leva rapidement, attrapa un coussin et, l'ayant calé dans le creux de son bras tel un bébé, commença à défiler comme l'aurait fait un mannequin, en jetant des regards attentifs et autoritaires autour d'elle.

- Voyez ! Voyez donc la mère exceptionnelle que je suis ! Mais regardez donc ! Voilà trois heures que je secoue ce bébé dans tous les sens pour attirer vos regards, vous qui n'êtes pas conscient de l'immense sacrifice que je fais envers lui, mais j'ai beau le secouer, vous n'êtes qu'indifférence… Et ne venez pas me dire que je ferais mieux de le mettre au lit, vous m'ôteriez de ma superbe, et je ne saurais le tolérer. Car je le sais, ce qui est bon pour moi, est bon pour mon enfant. Il est donc incontournable, pour que je me sente bien, que je me serve de lui pour redorer mon blason…

L'assistance ne put s'empêcher de rire, mais Sandra demanda quand même à sa fille d'arrêter sa prestation.

- Marine, arrête maintenant…

La jeune femme reposa le coussin et reprit sa place, en répondant à sa mère sur un ton agacé.

- Maman, tu sais très bien que j'ai raison. Morgane n'a jamais été qu'une horrible arrogante, à tel point qu'elle se sert de son pauvre gosse pour encore attirer l'attention sur elle. Son comportement m'a horripilé !

Christiane crut bon d'intervenir entre sa nièce et sa petite-nièce :

- Marine, son comportement nous a horripilées toutes les quatre, tu l'as bien vu ! Mais tu sais bien que mon cousin Gilbert et toute sa lignée ont toujours eu besoin de se distinguer, de faire de l'esbroufe, ça n'est pas nouveau. Tu savais donc à quoi t'attendre en allant chez eux.

Marine, hochant la tête l'air d'en convenir, se tourna quand même vers Nicole pour tenter de la rallier à sa cause.

- Qu'en pensez-vous, Nicole, êtes-vous d'accord avec moi, quand je dis que Morgane et Sonia se sont montrées odieuses et horripilantes ?!
Nicole afficha un sourire diplomate, démenti par un regard pétillant de malice.

- Eh beh, je dirais que leur comportement, bien que dicté par la nécessité, s'est effectivement illustré par une certaine exagération, procédant d'une habitude solidement ancrée à régenter les évènements, et a donc pu effectivement conduire certains des convives présents à ressentir une relative contrainte.

Tout le monde en resta coi quelques secondes avant que Yves ne s'écrie :

- Alors vous, on peut dire que vous en connaissez un rayon en matière de diplomatie !
Et tout le monde éclata de rire.

Nicole passa ainsi un excellent dîner de Noël, heureuse d'avoir pu renouer avec les membres les plus aimables de sa famille.

* * *

Quand Franck se leva le matin du vingt-cinq, ce fut avec une certaine satisfaction d'avoir pu dormir tout son saoul, et en même temps un sentiment de vide dans le cœur. Non seulement il n'avait personne avec qui passer un moment dans la journée, mais de plus, comme il pensait être au travail, il n'avait rien acheté qui ressembla de près ou de loin à une denrée en accord avec un repas de Noël. Le cœur un peu vide, il décida alors de sortir, de se mêler à la foule, de se trouver un restaurant qui lui semblerait sympathique.

En prenant l'ascenseur, il songea qu'il n'avait toujours fait aucune connaissance dans le voisinage. Cela tenait non seulement au fait qu'il n'avait croisé que très peu de gens, mais que de plus ces personnes n'avaient aucune affinité avec lui. Ça n'avait été que des personnes âgées, ou des couples avec enfant, donc bien souvent des gens qui se méfiaient des types comme lui. Ensuite, ses horaires décalés n'étaient pas pour l'aider. On a moins de chance de rencontrer quelqu'un à une heure du matin qu'à midi. Alors de là à briser la glace…

Il poursuivit cette réflexion pendant tout le trajet en voiture, tandis qu'il roulait en direction du centre-ville. Il déplorait régulièrement le fait de n'avoir jamais personne à qui parler, mais avait bien conscience de ne pas être sûr de vouloir faire des connaissances. A l'époque où il vivait en groupe, dans un squat ou en prison, il n'avait même pas eu à se poser la question de savoir à qui il allait pouvoir s'adresser, puisqu'il y avait toujours quelqu'un à côté de lui. Mais il n'avait pas non plus choisi ces personnes, et si certaines avaient pu être agréables, il y en a bien d'autres dont il se serait passé volontiers. Au final, son vécu faisait qu'il n'avait jamais réellement eu d'ami proche, et qu'aujourd'hui encore il ignorait comment aller à la rencontre de ceux qu'il appelait "les gens normaux", c'est-à-dire ceux qui ont un foyer, une famille, qui n'ont pas connu la prison ou le squat. Il lui semblait que les groupes sociaux se formaient très tôt, dès l'enfance, et qu'une fois ancré dans un mode de vie, il était impossible de changer de caste. Que quand on ne voulait pas retourner dans celle d'où l'on venait, sans pouvoir accéder à celle à laquelle on aspirait, on ne pouvait que passer le reste de sa vie coincé entre les deux. Seul.

Par ailleurs, avoir des contacts, c'était prendre le risque de souffrir. Et ça il ne le savait que trop bien. Souffrir de la moquerie, de la critique, du rejet, d'être utilisé. Prendre le risque de s'exposer, de se dévoiler, pour voir l'autre en profiter, en abuser, tenter de manipuler. C'était aussi prendre le risque, pour ne pas se retrouver seul à nouveau, de se laisser entraîner dans de sales histoires. Et ça il ne le voulait plus. Alors, parce qu'il n'avait jamais rien connu d'autre et qu'il ne savait pas comment vivre autre chose, il ne pouvait que rester coincé entre un passé dont il ne voulait plus, et un avenir dans lequel il ne savait comment rentrer.

Une fois qu'il fut garé, il préféra finalement déambuler dans les rues, au hasard, pour croiser quelques badauds, plutôt que de se retrouver assis tout seul dans un restaurant, statique, témoin de la joie que les autres auraient à se retrouver, lui faisant sentir encore plus cruellement combien il était seul. Il erra de ci-de là, au hasard des vitrines, à la découverte de rues qu'il ne connaissait pas encore. En passant devant une sandwicherie, il découvrit avec surprise qu'on y proposait des paninis spécial Noël : au foie gras, au magret, à la dinde et aux marrons. Il en prit un de chaque. Tout en continuant à marcher, il mangea la moitié de chacun de ses sandwichs, et dut reconnaître que ça ne manquait pas d'intérêt. C'était chaud, bien gras, donc bien goûteux. Si Henri avait vu ça, il en aurait été malade. Il garda les trois moitiés de ses sandwichs pour plus tard, et s'acheta en dessert des churros, ces longs beignets frits dans l'huile et généreusement saupoudrés de sucre, sa gourmandise préférée depuis qu'il était arrivé à Albi.

Lassé de tourner dans les rues du centre-ville, il se demanda ce qu'il allait bien pouvoir faire. Il songea un instant à passer au foyer où il avait vécu à son arrivée, avec peut-être la chance de croiser Éric ou Julien, mais il réalisa que la permanence était probablement fermée un jour de Noël. Durant l'année qui avait suivi son déménagement, il avait régulièrement été rendre visite aux deux hommes, presque tous les mois, et chaque fois il avait été accueilli cordialement, chacun s'était montré heureux de le revoir. Mais au fil du temps il s'était rendu compte que ces deux relations, bâties sur une courte période dans un cadre bien spécifique, avaient eu trop peu de bases communes pour pouvoir réellement se transformer un jour en amitié, même s'il en avait eu le souhait. De plus, les deux responsables étaient originaires d'Albi et avaient donc une famille, un réseau d'amis et de relations professionnelles. Ils n'étaient pas en demande comme lui, et ne pouvaient par ailleurs pas se faire un ami de chaque résident qui passait par là. Il avait donc progressivement espacé ses visites pour finir par ne plus y aller.

Cherchant toujours à quoi occuper le reste de sa journée, il se souvint qu'il avait remarqué, quelques temps auparavant en rentrant chez lui, un panneau qui indiquait la direction d'un parc situé non loin de là, à mi-chemin entre son travail et son domicile. Il retourna alors à sa voiture, reprit la route et ne tarda pas à trouver la direction du parc de Pratgraussals. Une fois sur place il se gara sur le petit parking et prit la direction de l'aire de jeux. Il découvrit un lieu qu'il trouva enchanteur, malgré la grisaille et le froid ambiant.

Le parc était contourné par le Tarn, dont il était séparé par un rideau d'arbres au travers duquel on devinait le miroitement de l'eau. Le chemin sur lequel Franck avançait était bordé sur sa gauche par plusieurs tables et bancs qui étaient occupés. Sur sa droite, une vaste étendue sableuse où étaient posés plusieurs agrès sur lesquels s'ébattaient des enfants. Au bout du chemin, il déboucha sur un petit étang où quelques hommes pêchaient. Il les trouva bien courageux pour rester là immobile avec le froid qu'il faisait. Ou bien étaient-ils désespérés, eux aussi ? Il fit le tour du lac, puis revint en direction de l'aire de jeux. Çà et là, des plaques de neige subsistaient, maintenues par le froid ambiant. Il s'arrêta un instant à regarder les enfants batifoler, puis remarqua qu'une table s'était libérée. Il s'y installa, et continua à regarder les enfants jouer, un léger sourire aux lèvres. L'espace d'un instant, il songea à sa propre enfance, ce qu'il s'interdisait la plupart du temps. Il n'avait pas vraiment souvenir d'avoir été sur une aire de jeux. La seule chose dont il se souvenait, c'était des murs tristes de l'appartement et de l'ambiance générale. Le reste, sa mémoire l'avait effacé. Ou refoulé, selon ce que le psy de la prison lui avait expliqué. Il n'y avait que les gifles, les coups et les insultes qu'il n'avait pas oubliés. Et même là, il ne pouvait pas évoquer un fait plus marquant qu'un autre. Dans sa mémoire, les souvenirs n'avaient pas vraiment de contours et se confondaient en une image confuse, où il savait seulement que les mauvais traitements avaient perduré tout du long. Aussi, selon sa propre discipline, il s'interdit une fois de plus de penser davantage à son passé, vu que ça ne lui avait jamais rien rapporté d'autre que de la colère, de la tristesse et du désespoir. Aujourd'hui, il préférait se concentrer sur ces enfants qu'il voyait, sur leur joie, leurs rires, leurs disputes, leurs cris, leurs larmes. Ça lui faisait du bien. C'était ainsi qu'il découvrait la vraie vie.

Quand sa montre indiqua quinze heures, et que le froid lui eut rappelé son règne, il reprit la direction de sa voiture et rentra chez lui. Une fois arrivé, il s'installa devant la télé avec une bière, avala un paquet de biscuits à la confiture, et termina sa journée en finissant ses sandwichs de Noël au dîner. Pour la soirée, au lieu de regarder une de ces émissions sans intérêt qu'il avait en horreur, il se mit au chaud sous la couette et reprit le dernier roman qu'il avait emprunté à la bibliothèque. Le cas de conscience qui déchirait Karine et Bastien[7] le prenait aux tripes, le poussait à s'interroger sur son propre vécu.

La lecture était une des seules passions qu'il ait. L'apprentissage de la lecture avait été pour lui une révélation, en lui donnant accès à tous les récits, toute la connaissance qu'il avait soif d'acquérir. Depuis, chaque livre qu'il avait lu avait été pour lui une fenêtre ouverte sur la vie, la découverte d'un autre mode de vie, d'une autre région, d'un autre pays. Sans jamais bouger de sa chambre, juste en tournant les pages de son livre, il avait à chaque fois rencontré de nouveaux personnages, vécu une nouvelle histoire, qui l'avaient sorti de la noirceur de son quotidien, fait voyager bien plus loin qu'il n'aurait pu l'imaginer, et avaient par la même occasion formé son intelligence. Les livres étaient alors devenus sa bouée de sauvetage, sa bouffée d'oxygène, son monde secret où il se réfugiait.

---

[7] "Ce jour où tu l'as tué" - Carole Natalie - BOD - 2019 - ISBN 978-2-3221-7164-4

Même plus tard, quand il avait squatté avec la bande ou quand il s'était retrouvé en prison, il avait continué à lire et avait utilisé chaque heure d'inactivité à nourrir son esprit. Et sans en avoir conscience, il avait non seulement acquis un vocabulaire étendu, mais également des connaissances variées dans plusieurs domaines. Seul le psy de la prison lui avait fait remarquer, une fois, qu'il était intelligent et qu'il devrait mettre cette intelligence à profit pour améliorer sa situation. Il n'en avait pas été convaincu.

Alors, en cette soirée de Noël où il était encore seul, il rejoignit une fois de plus le monde de la fiction pour oublier la solitude de son quotidien…

Découvrez comment Jean, Nathalie, Nicole, Patrick et Franck vont réunir et dépasser leur solitude, dans :

Pour un peu moins de solitude

TOME 2

Comment j'ai songé à écrire ce roman…

J'ai grandi à Castres, puis je suis partie pendant trois ans à Toulouse pour mes études. A mon retour, la plupart de mes amies castraises avaient fait leur vie ailleurs, le travail ou le mariage les ayant appelées plus loin. Ce qui fit que je ne connaissais plus personne à Castres.

J'ai ensuite trouvé du travail à Albi où j'ai déménagé, et où je n'avais quasiment aucune connaissance. Là aussi, ce furent de grandes heures de solitude… Plus tard, une fois mariée, je me suis retrouvée seule au bord du bac à sable, avec pour seule compagnie mes deux filles… Pourtant, autour de moi, plein d'autres mamans, aussi seules que moi. Mais la plupart du temps, quand j'ai tenté d'établir un contact, les dames qui m'entouraient ne semblaient pas souhaiter avoir quelqu'un à qui parler. Il semblait même qu'elles le redoutaient… J'ai parfois eu envie de leur préciser que je n'étais pas cannibale…

Ainsi, que ce soit en tant que célibataire ou en tant que jeune maman, j'ai connu la solitude. Et chaque fois, je me suis demandée comment je pouvais faire pour rencontrer des gens qui, comme moi, se sentaient seul et souhaitaient, comme moi, avoir quelqu'un avec qui discuter. Fallait-il que je me mette au milieu de la place avec une pancarte et que je crie "Qui veut discuter ? Qui se sent seul et voudrait établir des relations ?". Car, comme dit précédemment, il y a des gens qui se sentent très bien tout seuls et qui ne souhaitent absolument pas élargir leur cercle de connaissance. Oui, mais alors comment fait-on pour débusquer ceux qui ont la même envie que nous ? Pourquoi n'existe-t-il pas un annuaire des "Gens qui veulent se faire de nouveaux amis" ?

En 2015 j'ai créé Pause Contacts, un site internet qui proposait, localement, des activités diverses permettant aux gens de passer un bon moment et de faire de nouvelles rencontres. J'ai essayé de me démarquer des autres sites qui proposaient le même type d'activité en m'impliquant personnellement : c'était moi qui organisais les sorties, pas les participants. J'ai également essayé de communiquer par mail avec les membres qui le souhaitaient. Pourtant, en deux ans, une seule sortie a pu être organisée. La plupart des gens qui s'étaient inscrits ont vu Pause Contact comme "un plus", un "au cas où", et n'ont jamais été plus loin. Je n'ai jamais pu entrer en contact avec ceux pour qui la solitude représentait une vraie souffrance et qui, peut-être, n'ont jamais entendu parler de Pause Contacts. J'ai définitivement arrêté cette activité en 2019, après deux tentatives séparées par une pause de près de deux ans.

Pourtant, il est indéniable que la solitude est un mal bien présent dans notre société. Depuis plusieurs années, **Fondation de France** réalise une étude sur "Les solitudes en France" en observant les divers réseaux de sociabilité que les français peuvent avoir (famille, amis, voisins, collègues de travail ou activité associative). Les résultats sont dramatiques : depuis quelques années que cette étude est faite, les chiffres s'effondrent. Une séparation, un veuvage, le chômage ou l'éloignement géographique font que les gens sont de plus en plus seuls. Vous pouvez trouver ces résultats sur internet, en faisant une recherche avec les termes "Fondation de France" "les solitudes".

Face à ce constat, la ville où j'habite actuellement a commencé à mettre en place, en partenariat avec la Caisse d'Allocations Familiales, un espace de vie sociale pour essayer d'endiguer cette solitude croissante. Entre étude de la situation, rencontres citoyennes pour connaître l'opinion publique, et recherche d'un local pour donner corps à ces réalisations, ce projet avance peu à peu. C'était avant le confinement... Depuis, alors que la France débute son deuxième confinement, je pense beaucoup à ceux qui sont seuls et me demande comment ils vivent cette situation d'isolement...

Et vous-même, dans tout ça, que vivez-vous ? Vous sentez-vous interpellé(e) ? Etes-vous concerné(e) ? Auriez-vous une ou des solutions à proposer ? Seriez-vous prêt(e) à aller, tel que Jean, à la rencontre des autres pour sortir de votre isolement ? Ou pour tendre une main à ceux qui s'y trouvent ? Rassurez-vous, vous n'aurez pas besoin de suivre qui que ce soit dans la rue ! ;-)

Je pense qu'il y aurait des choses à faire... Pourquoi ne pas créer un vaste réseau social, une association, où pourraient s'affilier des particuliers, des professionnels, des administrations qui voudraient créer des rencontres "Pause-Contacts" ? Il suffit d'un coin dans un café, un restaurant, une salle de mairie, un endroit où l'on sait que l'on peut se rencontrer "autrement", où les gens qui vont là savent qu'ils risquent de se faire aborder à tout moment par un / une inconnue, pour discuter, partager un moment, faire connaissance... Un lieu différent de l'espace public dont on a l'habitude, où ça ne se fait pas d'aborder l'autre... condamnant chacun à rester dans sa solitude.

Si ce roman vous a parlé, au-delà des histoires des personnages, c'est volontiers que j'en discuterai avec vous ☺ vous pouvez me contacter :

⇨ via mon site internet : http://www.carolenatalie.sitew.fr/

⇨ en m'écrivant à carolenatalie@gmx.fr

⇨ ou en écrivant sur ma page Facebook : @carolenatalieauteur

Je n'ai pas la solution, je ne peux que vous proposer des pistes. A vous de voir ce que vous pouvez en faire... ;-)

Bien à vous,

Carole Natalie

DU MEME AUTEUR :

A paraître :

Dans le miroir de ses yeux

Le reflet du miroir

En sortant de sa douche, Laurène vit le reflet de son corps dans le miroir, et comme tous les matins elle se désola de se trouver aussi maigre, aussi blanche et aussi peu féminine. Sa poitrine était menue, ses épaules et ses hanches étaient effacées, ses jambes étaient fluettes et le tout, à ses yeux, évoquait un spectre. Oui, c'était tout à fait ça, un spectre froid et glacial, sans forme, sans couleur, sans chaleur. Et comme tous les matins, elle se dit qu'elle aurait mieux fait de masquer ce maudit miroir pour qu'il ne lui renvoie plus cette image d'elle. Alors comme tous les matins elle détourna les yeux et se dépêcha de s'envelopper dans son grand drap de bain moelleux pour ne plus voir son corps.

Ce ne fut qu'une fois maquillée, coiffée et habillée qu'elle osa à nouveau se regarder dans la glace pour constater, une fois de plus, que les bons conseils de sa maman en matière d'élégance portaient leurs fruits. Elle avait réussi, comme tous les matins, à masquer ses imperfections et à se donner de l'éclat. Ses courts cheveux bruns coiffés en casque mettaient son visage en valeur, son fond de teint orangé lui donnait bonne mine, ses paupières légèrement poudrées d'un brun de la même couleur que ses cheveux, ses cils relevés de mascara, et ses yeux gris soulignés d'un trait d'eye-liner noir lui donnaient de l'éclat. Enfin, comme il faisait beau et chaud puisqu'on était fin mai, elle avait revêtu une simple robe cintrée en coton gris, laquelle mettait sa taille fine en valeur et faisait ressortir l'éclat de ses yeux. Rehaussée d'une légère étole en organza jaune pâle, l'effet faisait très chic.

Ragaillardie, comme tous les matins, elle sourit avec confiance à son reflet et l'image qu'il lui renvoya cette fois-ci fut celle d'une charmante jeune femme, pleine de confiance en elle.

Elle attrapa un sac à main de la même couleur que sa robe, y fourra rapidement ses quelques affaires, enfila des chaussures à talon également grises et quitta rapidement son appartement.

Sur le palier, elle faillit se cogner à son voisin Adrien qui quittait son domicile au même moment.

- Oups, désolée ! Je ne t'ai pas fait mal ?
- Mais non Laurène, y'a pas de mal !

Adrien était un sympathique jeune homme d'une trentaine d'années, grand et maigre avec des cheveux noirs, qui lui évoquait immanquablement Gaston Lagaffe. Avec la différence notable que cette ressemblance ne valait que pour l'aspect physique et le côté obsessionnel. Adrien disposait d'un intellect nettement plus affirmé que celui de Gaston, se montrait un peu plus vif, et son sens de l'humour était un peu plus efficace. Par contre, côté vestimentaire, ça n'était guère mieux. Et quand il se lançait dans un sujet, il n'était plus possible de l'arrêter. Il demanda aimablement :

- T'as passé un bon week-end ?
- Oh oui, je suis allée avec Camille me balader à Notre-Dame-de-la-Drèche, par ce beau temps ce fut splendide !
- Ah ouais, c'est vrai que la vue là-bas est géniale !

Laurène s'engagea dans l'escalier, tout en poursuivant la conversation. Le jeune homme était coordinateur à la déchetterie d'Albi et se sentait donc très concerné par tout ce qui touchait à la nature. Il aimait particulièrement son métier, qui pour lui allait bien plus loin que de débarrasser la population de ses déchets, et revêtait à ses yeux un caractère de mission, de sauvegarde de la planète, de la faune, de la flore, et même de l'humanité. Aussi appréciait-il particulièrement quand on lui parlait de beaux sites naturels dont on lui disait qu'ils étaient magnifiques. Pour lui, à chaque fois, c'était comme s'il avait personnellement participé à leur entretien.

Ils se quittèrent une fois dans la rue, se souhaitèrent une bonne journée et Laurène poursuivit gaiement son chemin à travers les petites rues pavées du vieux centre d'Albi.

Laurène était une jeune femme de vingt-deux ans souriante et heureuse de vivre, mais discrète et réservée. Douée d'une grande sensibilité, elle portait une grande attention aux gens et préférait écouter les autres s'exprimer que de donner sa propre opinion. Elle était toujours d'une grande intégrité, quoiqu'elle fasse, et trouvait primordial de respecter les êtres humains qui l'entouraient. Eprise de justice, elle avait suivi des études d'assistante juridique et travaillait maintenant dans un cabinet d'avocats où elle se plaisait. Elle vivait seule, après avoir connu quelques fréquentations qui n'avaient pas été plus loin.

Elle tourna à gauche au bout de la rue Croix-Blanche pour rejoindre la rue Sainte-Cécile, et fut bientôt en vue de la boulangerie "Crousti-Moelleux" dont les senteurs alléchantes de croissants, petits pains et autres viennoiseries venaient déjà la narguer.

Le carillon sonna quand elle en franchit le seuil et elle prit son tour dans la file d'attente des gens qui, comme elle, venaient chaque matin acheter un pain moelleux ou craquant pour la journée. Derrière le comptoir, Miguel s'activait à servir les clients avec vivacité, un sourire toujours accroché aux lèvres, toujours un mot aimable à la bouche. Il était arrivé en France de son Espagne natale lorsqu'il avait cinq ans, et il continuait à se dégager de sa personne ce dynamisme dont il semblait à Laurène qu'il était propre à tous les espagnols. Grand, brun à la peau très mate, il conservait ses cheveux courts avec une légère longueur relevée sur le front. Ses longs cils adoucissaient un regard vif, et son visage s'illuminait d'un sourire radieux chaque fois qu'il s'adressait à quelqu'un. Rasé de près, il s'habillait toujours en noir, parfois agrémenté de blanc, probablement pour faire ressortir son teint.

Quand le tour de Laurène fut venu, il lui adressa un sourire encore plus ensoleillé qu'aux autres clients.

- Bonjour, Mademoiselle Laurène, qu'est-ce que je vous sers ?

Laurène savait que Miguel n'avait pas le temps de discuter le matin aussi ne lui fit-elle pas perdre de temps.

- Un pain au lait s'il-vous-plaît.

Miguel s'empara promptement du petit pain à l'aide de sa pince avant de le glisser dans un sachet en papier et d'encaisser Laurène. Ils se saluèrent cordialement et la jeune femme repartit dans les rues de son pas léger et rapide.

Elle continua le long de la rue Sainte-Cécile avant de bifurquer par la rue de l'Oulmet, puis par la rue Peyrolière et enfin par la rue Rauquelaure. Tout du long, elle savoura l'air frais printanier, les rayons du soleil, le ciel bleu qui s'étalait au-dessus d'elle, la vue des passants qui se rendaient au travail ou en revenaient.

Elle atteignit la Place du Palais et franchit l'entrée du numéro sept, un immeuble tout en brique dont l'intérieur avait été rénové et modernisé. Elle grimpa l'escalier de bois blond qui menait au premier, tenta d'ouvrir la porte où était inscrit "Cabinet d'avocats Arthès et Tadieux" pour se rendre compte que celle-ci était fermée, ce qui indiquait qu'elle était la première arrivée. Elle utilisa sa clef et fut bientôt à l'intérieur. Elle longea le couloir blanc revêtu d'une épaisse moquette bordeaux jusqu'à l'espace accueil du cabinet, posa son sac, son étole et son petit pain et actionna l'interrupteur de la cafetière. L'appareil était tout prêt depuis la veille au soir, son dernier geste avant de quitter son bureau étant de préparer la cafetière pour que le premier arrivé le lendemain n'ait plus qu'à appuyer sur le bouton.

Pendant que le café passait, elle prépara son poste de travail et ouvrit les volets de chaque fenêtre. Une fois le café prêt elle s'en servit une tasse, s'installa devant l'ordinateur avec son petit pain, et tout en consultant le planning du jour et les quelques mails qui étaient arrivés, elle en déchiqueta des bouts qu'elle trempa dans son café avant de les déguster.

Monsieur Arthès arriva en même temps que Sébastien Girando avec lequel il discutait aimablement. Laurène se leva pour leur serrer la main avant que chacun ne prenne la direction de son bureau.

Nicolas Arthès, l'un des deux associés du cabinet, était un homme au début de la quarantaine, de taille moyenne avec des cheveux noirs et des yeux marrons. C'était quelqu'un de dynamique, qui savait ce qu'il voulait, mais n'usait jamais d'autorité pour l'obtenir. En dépit de ses diplômes, de son intelligence et de ses origines familiales, il gardait une attitude simple et humaine, loin de certains avocats que Laurène était amenée à rencontrer et qui se montraient arrogants et prétentieux. Il s'était associé avec Monsieur Tadieux il y avait de cela huit ans, et depuis le cabinet n'avait fait que prospérer. Il s'y occupait de droit des victimes et du préjudice corporel, parfois de droit pénal.

Sébastien Girando avait été le premier avocat salarié à rejoindre le cabinet. Agé de trente-deux ans, brun avec lui aussi des yeux marrons, il présentait une coupe moins classique que Monsieur Arthès, avec une certaine longueur sur le dessus du crâne, arborait en permanence une barbe naissante soigneusement entretenue, et affichait fréquemment un air malicieux qui ne démentait pas son caractère taquin. Il s'occupait de droit des familles et plus particulièrement des divorces, disant qu'il s'amusait comme un petit fou quand il voyait les prétentions de certains époux ou certaines épouses, ou quand il entendait les disputes dans son bureau. Très sérieux, cependant, dans l'exercice de ses fonctions, il ne s'autorisait à plaisanter de ces situations que lorsqu'il se savait dans la seule compagnie de ses collègues. Il disait aussi que son caractère facétieux l'aidait à encaisser certaines situations particulièrement difficiles, quand il avait affaire à des femmes battues ou quand un enfant était au milieu du conflit.

Laurène vit ensuite arriver Julien Roguier, l'autre avocat employé, qui s'occupait de droit du travail, de droit social et de droit des assurances. Grand, mince, les cheveux noirs avec des yeux bleus très clairs, il se tenait très droit et saluait toujours Laurène du bout des lèvres, en passant, avec un discret signe de tête. Il n'y avait que lorsqu'il se trouvait en présence de l'un des patrons qu'il lui serrait la main, par obligation, pour ne pas se démarquer de Monsieur Tadieux ou de Monsieur Arthès. Il ne fit pas exception à la règle et passa rapidement en esquissant un discret signe de tête, juste pour la forme. Laurène lui rendit son signe de tête en murmurant "Monsieur", comme elle en avait pris l'habitude.

Elle n'appréciait pas ce collègue. Elle trouvait qu'il faisait partie de cette caste d'avocat qu'elle exécrait : froid, arrogant, pédant. Il ne faisait jamais d'humour, ne souriait même jamais. Il prenait toujours tout au sérieux, et désapprouvait tacitement, parfois même ouvertement, l'humour et le caractère enjoué de Sébastien. Bien que plus jeune et avec moins d'ancienneté, il lui avait plusieurs fois exprimé combien, à ses yeux, son comportement n'était pas en accord avec le statut d'avocat tel qu'il le considérait, et le lui avait bien fait sentir, que ce soit d'un simple regard réprobateur, ou carrément d'une critique bien placée. Sébastien ne s'était jamais laissé impressionner et avait toujours remis son collègue à sa place, d'une boutade ou d'un propos bien senti. Le différend n'avait jamais été plus loin, l'un et l'autre ayant suffisamment d'éducation et de jugeotte pour que cette simple différence de caractère ne vienne pas alourdir l'atmosphère du cabinet, et messieurs Tadieux et Arthès, bien que conscient du manque d'affabilité de Julien Roguier, n'avaient jamais eu à intervenir. Mais les relations entre Sébastien et Julien restaient strictement professionnelles.

Laurène vit enfin arriver le dernier employé du cabinet, Nicolas Muret, qui était juriste. C'était un garçon timide, discret et gentil, qui s'acquittait parfaitement de son travail, en toute discrétion et humilité. Il se comportait toujours comme s'il était insignifiant aux yeux des autres, et avait même établi avec Laurène une relation d'égal à égal, malgré son statut de juriste, à tel point qu'ils se tutoyaient. De taille moyenne, fluet, châtain clair avec des yeux noisette, il avait de la peine à s'affirmer face à qui montrait un peu d'autorité et s'il s'entendait très bien avec messieurs Arthès et Tadieux, ou avec Sébastien, il avait lui aussi du mal à établir une relation cordiale avec Julien. Ce dernier ne manquait d'ailleurs pas de lui faire sentir son mépris pour son caractère, qu'il devait juger faible. Nicolas fit la bise à Laurène et se servit une tasse de café qu'il emporta dans son bureau.

Laurène, qui avait fini son petit-déjeuner, se consacra alors pleinement aux tâches qui étaient les siennes : saisir les documents, répondre au téléphone, fixer des rendez-vous, accueillir et diriger les visiteurs.

Elle vit arriver Monsieur Tadieux vers dix heures, lequel lui serra cordialement la main comme à son habitude. Il fit rapidement le point avec elle sur les dossiers urgents ou les difficultés qu'elle pourrait avoir rencontrées, puis rejoignit son bureau. Laurène aimait beaucoup travailler avec Monsieur Tadieux, comme avec la plupart des membres du cabinet d'ailleurs, car elle avait trouvé un lui un homme à la foi compétent et intègre, mais doué en plus d'humanité. Grand, dans la cinquantaine, encore athlétique, avec des cheveux gris coupés courts et des yeux gris acier, au premier abord sa stature et sa prestance en imposaient. Bien qu'étant associé à parts égales avec Monsieur Arthès, son ancienneté dans le milieu, son autorité naturelle, ainsi que la sûreté de son jugement faisaient qu'il avait, en quelque sorte, plus de poids que ce dernier au sein du cabinet. Peut-être que le fait qu'il soit plus âgé y était aussi un peu pour quelque chose. Monsieur Arthès lui-même respectait cet acquis, et Monsieur Tadieux ne se servait jamais de cet avantage pour imposer quoi que ce soit. Il se comportait toujours d'égal à égal avec son associé, ce qui faisait que l'ambiance de travail était et restait excellente. Monsieur Tadieux s'occupait principalement de droit immobilier et de la construction, ainsi que de droit des affaires.

Chacun fut pleinement occupé dans son bureau, la matinée passa rapidement et il fut bientôt midi. Aujourd'hui, Laurène avait rendez-vous avec Camille, sa meilleure amie, pour déjeuner à la brasserie des mûriers. Elle verrouilla son ordinateur, récupéra son sac à main et son étole, et quitta le cabinet.

En sortant, elle tomba sur Romain, l'un des employés du cabinet d'architecture situé juste au-dessus, qui sortait lui-aussi pour déjeuner. Comme chaque fois qu'il la croisait, il lui accorda un grand sourire radieux.

- Bonjour Laurène, alors vous aussi vous sortez déjeuner ?
- Oui, j'ai bien travaillé ce matin et j'ai une faim de loup !
- Alors nous sommes deux ! Vous rentrez chez vous ?
- Non, aujourd'hui je retrouve ma copine Camille, nous allons au "Mûriers".
- Ah oui c'est vrai, je crois me souvenir que vous m'aviez déjà dit que le lundi était votre jour de restaurant.
- Oh, pas forcément le lundi, même si je reconnais que c'est souvent ce jour-là que nous mangeons. Mais vous comprenez, deux copines qui se revoient après tout un week-end sans s'être vues, avec tout ce que nous avons à nous raconter, il faut bien un restaurant pour ça !
- Ah oui je vois ! répondit le jeune homme en riant, alors bon appétit !
- A vous aussi !

Ils avaient franchi la porte cochère et prirent chacun une direction différente.

Laurène avait toujours vu Romain souriant. C'était un garçon qui semblait toujours de bonne humeur et même joyeux, comme si on venait de lui raconter une bonne blague. Il n'y avait que dans le cadre professionnel, où Laurène était parfois amenée à le rencontrer, qu'il adoptait une attitude sérieuse, mais dès la réunion finie, il reprenait immanquablement son caractère rieur.

C'était un jeune homme bien bâti, de style décontracté, avec des cheveux châtains coupés, comme le voulait la mode, courts sur les côtés en laissant une certaine longueur sur le dessus. Une barbe courte essayait de donner un peu de sérieux à son visage, vite démenti par des yeux noisette pétillants de malice.

Elle atteignit rapidement la brasserie où Camille attendait déjà devant la porte. Elles s'embrassèrent affectueusement et entrèrent ensemble dans l'établissement avant de s'asseoir à une table.

Les deux jeunes femmes se connaissaient depuis le collège. Personne n'aurait pu présager de leur amitié, étant donné leurs caractères et leurs goûts si différents et pourtant, depuis plus de dix ans, elles se vouaient une amitié sincère que même leurs années d'études n'avaient pu entamer. Camille était une jeune femme pétillante, rieuse, joueuse et taquine. Elle croquait la vie à pleines dents, s'intéressait à tout, tentait beaucoup de choses et s'en lassait aussi vite pour se consacrer à d'autres. Elle ne s'ennuyait jamais, la vie à ses côtés n'était jamais ennuyeuse, et elle pouvait même sembler fatigante à certains. Petite, avec des formes généreuses, ses cheveux courts teints en roux étaient coupés dans un style savamment déstructuré, l'ensemble faisant ressortir ses yeux bleus animés. La gestuelle de ses mains allait avec son tempérament, et elle soulignait souvent ses propos de nombreux gestes éloquents, qui faisaient bouger et cliqueter les quelques bracelets qu'elle avait aux poignets. Camille travaillait comme vendeuse chez "Fatale", une boutique de mode située en centre-ville, rue Sainte-Cécile, où elle était comme un poisson dans l'eau. Elle adorait la mode, les tenues branchées, savait à merveille conseiller les clientes pour trouver la tenue qui les mettrait en valeur, lesquelles, rien qu'en la regardant, devinaient qu'elles pouvaient se fier à elle. Elle envisageait de reprendre la gérance du magasin, ou celle d'une autre boutique si jamais l'opportunité ne se présentait pas.

Contrairement à Laurène, Camille avait eu de nombreuses fréquentations. Du simple flirt jusqu'à l'amant de plusieurs semaines, elle croquait les hommes au même rythme qu'elle menait sa vie, non parce qu'elle était ce qu'on pourrait appeler une fille facile, mais plutôt parce qu'elle se passionnait autant pour les hommes qu'elle rencontrait que pour toutes les autres activités qu'elle menait. A chaque fois le scénario était le même, elle rencontrait un gars génial et magnifique, il devenait son meilleur pote avant de devenir rapidement son amant, ils se fréquentaient pendant quelques semaines, puis Camille finissait par découvrir qu'il avait quelques défauts… Alors elle rompait gentiment, presque tendrement, et l'ancien meilleur pote devenu amant passait dans la catégorie des grands copains. Et à présent, Camille avait beaucoup de grands copains. Et Laurène se demandait encore si elle devait en déduire qu'elle avait couché avec chacun d'entre eux, ou si certains s'étaient retrouvés directement dans cette catégorie, sans passer par les cases meilleur pote et amant. Ça n'avait jamais été très clair pour elle.

Elles se retrouvaient très régulièrement, chez l'une, chez l'autre, au restaurant ou à faire du shopping, et ne restaient jamais plus d'une semaine sans se voir. La dernière fois où elles s'étaient vues remontait à jeudi dernier, et si la vie de Laurène n'avait pas connu de grands bouleversements pendant ces quelques jours, Camille avait, comme toujours, beaucoup de choses à raconter.

Elle avait, une fois de plus, croisé un homme superbe en allant faire du cheval avec son frère, et en discutant, elle avait appris qu'il venait là tous les samedis matin. Elle songeait depuis à reprendre le sport, histoire d'entretenir sa ligne... Laurène la considéra d'un air à la fois ébahi et amusé.

- C'est dingue ça ! Tu ne peux donc pas voir passer un bel homme sans te mettre à gamberger ?

- C'est dingue ça, lui rétorqua Camille avec une mimique ironique, tu ne peux donc pas voir passer un bel homme et te dire qu'il pourrait bien se passer quelque chose ?

- Eh beh non, tu vois, lui répondit Laurène sur le même air ironique, il me faut un peu plus qu'un physique séduisant pour attirer mon regard. Et ce que je voulais dire, c'est que je ne m'étonne pas de te voir gamberger sur un bel homme qui passe, mais bien de te voir gamberger sur TOUS les beaux hommes qui passent.

- Eh beh oui, tu vois, poursuivit Camille d'un ton rêveur, un beau mec suffit pour attirer mon regard. A chaque fois je leur trouve un petit quelque chose... qui retient mon attention... qui me captive et qui me donne envie d'en savoir plus... Et j'ai du mal à comprendre comment il se fait que toi, tu ne remarques jamais personne...

Laurène hocha la tête d'un air de scepticisme en piochant dans son assiette.

- Moi, je ne cherche pas une aventure pour quelques jours. J'aspire plutôt à une relation solide qui dure.

- Oui, mais tu fais comment pour la trouver, ta relation solide qui dure, si tu ne regardes pas les hommes qui passent ? Tu crois qu'il va arriver par la poste ? Ou qu'il va te choper au lasso ?

- Tu sais bien que je n'ai pas le même point de vue que toi sur ce sujet.

Camille et Laurène avaient de nombreuses idées communes. Elles aimaient toutes deux la mode, les tenues élégantes ou chic, elles prenaient soin de leur apparence. Elles étaient droites, intègres, considéraient toutes deux que l'être humain représentait la valeur numéro un sur cette terre, que la valeur numéro deux était la Terre, et que l'argent ne représentait qu'un moyen et non un but. Leur seul point de divergence concernait la relation entre homme et femme. Camille considérait que l'être masculin représentait un monde passionnant à découvrir et que vu le nombre d'hommes qui gravitaient autour d'elle il y avait du boulot. Laurène estimait que si tous les hommes pouvaient être intéressants, un seul, de temps en temps, sortait du lot au point de lui donner envie de le connaître davantage. Elle préférait la qualité à la quantité. Camille, elle, déclarait être une gourmande, et que si elle ne rechignait pas à la qualité, il lui fallait quand même la quantité. Elles finissaient toujours par en rire, sans jamais s'offusquer de l'opinion ou du mode de vie de l'autre.

Elles terminèrent leur repas et quittèrent l'établissement pour faire quelques pas en ville. Le temps était magnifique, prometteur d'un été radieux, alors autant en profiter. Puis Camille raccompagna Laurène jusqu'à son travail et elles s'embrassèrent avant qu'elle ne reprenne son chemin jusqu'à la rue Sainte-Cécile.

Laurène réintégra le cabinet Tadieux & Arthès, où elle reprit la réalisation des diverses tâches qui lui étaient confiées. Elle aimait ce travail de minutie, d'organisation et de collaboration où elle venait en appui à ses patrons et collègues. Elle aimait ce travail d'équipe. Elle appréciait la relation avec ses employeurs, messieurs Tadieux et Arthès, lesquels étaient toujours précis, concis, et surtout respectueux dans leur relation avec elle. Monsieur Arthès avait bien tendance à se disperser parfois sur plusieurs dossiers, mais son sens de l'organisation lui avait toujours permis de le recentrer sur le dossier le plus urgent, sans se laisser perturber. La relation était bien évidemment cordiale avec Sébastien et Nicolas, et elle appréciait leur simplicité et leur efficacité.

Le seul, il fallait s'y attendre, avec lequel la relation avait été plus délicate à établir était Julien.

A peine arrivé, il avait adopté un comportement supérieur avec Laurène, dissimulant à peine sa méfiance quant aux compétences de la jeune femme. Il avait commencé par vouloir classer lui-même ses dossiers, sous-entendant par-là qu'il craignait que Laurène ne lui en perde un. Puis il avait critiqué le système de classement établi, estimant qu'il n'était pas des plus efficients, suggérant même de le transformer. Laurène s'était montrée ferme, cachant tout juste son irritation, arguant que messieurs Tadieux et Arthès étaient satisfaits de son travail et qu'ils n'avaient jamais rien trouvé à y redire. Enfin, elle avait déclaré que chacun avait sa mission, qu'elle ne se mêlait pas des compétences des autres, et qu'elle n'entendait pas qu'on se mêle des siennes. L'avocat avait pincé les lèvres et n'avait rien répondu, mais l'expression de son regard avait bien fait comprendre à Laurène qu'il la coincerait à la moindre erreur. Cela ne s'était jamais produit. Depuis, il semblait avoir acquis pour certain qu'elle était douée dans ses fonctions, ne faisait jamais de reproche, jamais de commentaire, mais n'adressais jamais non plus un compliment. Elle s'en moquait comme d'une guigne, confiante qu'elle était dans sa capacité à effectuer un bon travail.

L'après-midi tira à sa fin, et il fut bientôt l'heure pour Laurène de quitter son poste. Comme chaque soir, elle rangea les dossiers qui étaient à classer, mis à la signature ceux qui étaient à vérifier, laissa dans son tiroir ceux qu'elle avait à terminer, et prépara la machine à café pour le lendemain. Elle éteignit la lumière, indiqua aux quelques avocats encore présents qu'elle quittait le bureau et s'en alla.

Dehors, le temps était encore lumineux, et elle fit une longue promenade dans le vieil Albi, comme si elle découvrait ses rues pour la première fois. Elle ne s'en lassait pas. Elle avait beau être née ici, avoir toujours connu ces murs de brique rose, elle ne s'en trouvait jamais fatiguée. Raison pour laquelle d'ailleurs elle habitait en centre-ville, dans une des plus vieilles maisons à colombages du vieux centre.

A la fin de sa balade, elle repassa chez "Crousti-Moelleux" pour s'acheter une baguette pour son repas du soir. Miguel était toujours là, mais moins affairé que ce matin. Quand il la vit, son visage s'éclaira, comme à chaque fois.

- Ah, mademoiselle Laurène, la journée est finie ?
- Oui, j'ai rangé mes dossiers et je profite maintenant du beau temps.
- Vous avez bien raison, moi je suis encore ici pour un moment, mais dès que je serai dehors, j'irai me balader aussi, il me tarde ! Qu'est-ce que je vous sers ce soir ?
- Une baguette s'il-vous-plaît.

Le jeune homme, toujours aussi vif que le matin, lui plaça son pain dans un sachet en papier et l'encaissa promptement.

- Bonsoir, mademoiselle Laurène, à demain !
- Oui, à demain Miguel ! Bonne soirée !
Et Laurène reprit son chemin jusqu'à chez elle. Une fois devant la vieille bâtisse, elle poussa la lourde porte de bois brun qui en protégeait l'entrée et franchit le seuil. Elle se retrouva sous le porche qui menait à la cour intérieure et s'arrêta devant sa boîte aux lettres pour vérifier si elle avait reçu quelque chose. Elle y récupéra une seule enveloppe, un courrier dont l'adresse était rédigée à la main. Il n'y avait pas d'expéditeur et elle n'en reconnut pas l'écriture. Refermant la boîte, elle se dirigea vers l'escalier de pierre et de bois qui desservait son bâtiment, lequel était protégé par une porte vitrée fermée à clef. Elle grimpa prestement les deux étages, ouvrit sa porte et entra dans son appartement.

Comme à chaque fois, elle se sentait bien quand elle rentrait chez elle. L'appartement était confortable, chaleureux, il avait été rénové de manière à souligner son cachet d'antan, et Laurène y avait apporté les quelques touches personnelles indispensables pour en faire un vrai cocon. On entrait directement dans la pièce à vivre dont le sol, en imitation noyer, faisait contraste avec des murs ivoires. Les poutres apparentes du plafond avaient été peintes en blanc pour apporter de la luminosité, et quelques colombages, qui apparaissaient ici ou là, avaient été conservés tels quels. La cuisine, située à gauche de la porte d'entrée, n'était séparée du reste de la pièce que par un îlot dont le plan était de la même teinte que le sol. Au-delà, on apercevait une cuisine moderne, mais dont le style s'intégrait parfaitement au lieu. Le salon, situé à droite, était composé d'un mobilier simple. Un canapé beige faisait face à une télé dont il était séparé par un épais tapis rouge foncé qui réchauffait l'atmosphère et par deux larges poufs de la même teinte que le canapé, faisant office de table basse. La télé était posée sur un meuble doté de multiples tiroirs, et les fenêtres étaient équipées d'une double tringle permettant, selon les heures de la journée et l'effet recherché, de ne tirer qu'un simple voilage, ou d'épais rideaux dont les tons s'accordaient avec la pièce. Enfin, Laurène avait ajouté quelques éléments décoratifs : quelques lampes écrues, des bougies bordeaux et oranges, quelques vases qui apportaient la touche finale et donnaient tout son effet cosy au séjour.

Curieuse de découvrir de qui pouvoir bien provenir cette lettre, elle retira ses chaussures, posa ses affaires sur l'un des poufs, attrapa son coupe-papier dans l'un des tiroirs du meuble, et s'assit sur le canapé tout en déchirant l'enveloppe. Les deux feuilles qu'elle en sortit ne lui apprirent pas davantage quel pouvait bien en être l'auteur. Elle n'en reconnut pas plus l'écriture, et les initiales apposées au bas de la lettre, VH, ne lui rappelèrent rien. Elle se décida donc à en entamer la lecture et ce qu'elle découvrit la stupéfia. Voici ce que disait cette lettre :

Laurène,

Dès la première fois où je vous ai vue, au premier regard, j'ai été saisi par votre beauté, par le charme que vous dégagez. L'ovale parfait de votre visage, votre teint d'ivoire, vos yeux gris argent, vos lèvres roses nacrées, l'ensemble souligné par la couronne de vos cheveux bruns aux reflets cuivrés, sont un véritable enchantement pour quiconque pose le regard sur vous.

Votre grâce aurait pu s'arrêter là, et vous ne seriez alors restée que le souvenir d'un joli minois quelque part dans ma mémoire, mais pour mon malheur le reste de votre personne est à l'unisson de votre physionomie : vos gestes, votre posture, votre démarche, sont emprunts d'une grâce et d'un charme rares de nos jours. Tout votre être n'est que douceur, tendresse et amabilité. Un ange parmi les Hommes. Et comme si cela ne suffisait pas, votre voix, enfin, vient compléter cette image idyllique, douce, suave, tendre et chaude à la fois. Un délice pour les oreilles, un réconfort pour l'âme.

Aussi, adorable petit elfe, vos charmes ont eu raison de moi et font qu'aujourd'hui je suis un homme amoureux. Je pense à vous à longueur de journée. Je vous revois, je revois votre visage, vos gestes, j'entends votre voix, et je ne vis que dans l'attente du moment où je vous croiserai, où je vous verrai, où je vous entendrai. Et les jours où je n'ai pas cette chance, il me manque quelque chose...

Cent fois, mille fois, j'ai voulu aller vous trouver, vous inviter à prendre un café, juste un café, histoire de sortir du quotidien, de prendre un moment à part, de faire un peu plus connaissance, de se découvrir autres, l'un et l'autre. Mais vous inviter à prendre un café, ça serait déjà avouer un peu, un tout petit peu, ce que vous représentez pour moi, ce serait déjà me déclarer. Et j'ai peur, j'ai tellement peur que déjà là, vous me disiez non. Car je ne vois pas ce qui, en moi, pourrait plaire à une femme telle que vous.

En effet, bien que vous me découvriez aujourd'hui si doué en prose, vous vous rendriez compte, si nous étions face à face, que je suis bien moins doué dans la vie de tous les jours. Et s'il ne s'agissait que de mes paroles... Mais en fait, c'est tout mon être qui, si on le dit viril, n'en manque pas moins de caractère... Notez bien que je ne dis pas être franchement nul, j'ai bien conscience de la valeur qui est la mienne, mais cette valeur est... banale, commune, conventionnelle, sans originalité, ordinaire, courante... rien pour me différencier du commun des mortels, rien pour me distinguer de mes homologues masculins... Alors en plus s'il est vrai, comme l'affirment certains, que "Le premier symptôme de l'amour vrai chez un jeune homme, c'est la timidité", comment voulez-vous, avec autant de lacunes, que j'ose venir vous trouver ?

Voilà pourquoi, belle dame, entre déclaration enflammée et repli taciturne, je me décide, comme tant d'autres

amoureux lâches et couards avant moi, à vous déclarer ma flamme par le biais d'une lettre, heureux de pouvoir au moins vous dire mon sentiment, suffisamment pleutre pour ne le faire que sous une identité d'emprunt...
Vous voudrez bien, je l'espère, me pardonner cette faiblesse, puisque tant d'autres y ont eu recours avant moi, et puisqu'il semble que leur démarche ait été, globalement, bien reçue, j'espère que vous-même recevrez la mienne avec indulgence, et qui sait, peut-être, avec intérêt ? Je ne peux que le souhaiter.
Je reste votre dévoué...

VH
Caché en la guérite du manoir

Laurène en était toute étourdie. Elle avait chaud aux joues, et si elle n'avait pas déjà été assise, il lui aurait fallu s'asseoir. Ses yeux ne cessaient de parcourir les lignes de cette lettre, dont elle ignorait encore qui était l'auteur, relisant certains passages, regardant les initiales comme si ces dernières allaient finir par lui révéler qui les avait tracées, tournant et retournant les deux feuilles en tout sens, reprenant l'enveloppe pour essayer, à nouveau, d'y trouver une indication. En vain. Le cachet de la poste indiquait, le plus banalement, la ville d'Albi.

Elle reprit la lettre et la relut encore, en prenant d'avantage le temps d'y chercher quelques indices. Là aussi en vain, car ses émotions furent happées par les doux compliments qu'elle y trouva à nouveau, brouillant les capacités de son intellect.

"... le charme que vous dégagez... l'ovale parfait de votre visage, votre teint d'ivoire, vos yeux gris argent, vos lèvres roses nacrées, l'ensemble souligné par la couronne de vos cheveux bruns aux reflets cuivrés..."

Ce gars écrivait drôlement bien... Elle devait reconnaître qu'elle était chamboulée. Jamais personne ne lui avait parlé comme ça, même pas ses ex. Et là, en quelques phrases, elle était bouleversée...

"... *vos gestes, votre posture, votre démarche, sont emprunts d'une grâce et d'un charme rares de nos jours. Tout votre être n'est que douceur, tendresse et amabilité. Un ange parmi les Hommes.*"

Jamais personne ne lui avait dit que tout son être n'était que douceur, tendresse et amabilité. Ni qu'elle était un ange... Comment un homme pouvait-il écrire aussi bien ? Le plus souvent, il lui semblait que la gent masculine se montrait indifférente, froide, parfois rude, ou pour le moins que les hommes ne montraient pas leurs sentiments. Et là, toute cette lettre débordait de tendresse et de galanterie... S'était-il fait aider par une amie, une sœur ? Ou bien est-ce que cela venait réellement de lui ? Et pourquoi maintenant ? Qui était-il ? Est-ce qu'elle le connaissait de manière proche, ou bien était-il un simple badaud qui la voyait passer dans la rue ? Il parlait de sa voix... Il l'avait donc entendue parler ? Mais quand, à quelle occasion ?

Elle tournait et retournait cette lettre, la scrutait à nouveau pour en sonder le mystère, souhaitant s'en détacher, n'y parvenant pas, la relisant, se perdant en conjectures. Elle pensa appeler Camille, faillit le faire, se ravisa. Elle avait d'abord besoin de faire le point, de réfléchir de manière rationnelle, seule. Elle se leva enfin, prit un carnet et un stylo dans le meuble à tiroirs de la télé et s'installa à l'îlot de la cuisine, la lettre à côté d'elle.

Elle entreprit de dresser la liste de tous les hommes qu'elle connaissait, en mettant de côté ceux qu'elle avait déjà fréquentés. Ça n'aurait eu aucun sens que Florent, Thibault ou Alex tente de reprendre contact, qui plus est sous cette forme. Il n'était donc même pas nécessaire qu'elle note leur nom. Elle réfléchit ensuite aux hommes qui pouvaient faire partie de son

entourage, et pour ce faire elle se remémora la journée qu'elle venait de passer. Qui avait-elle rencontré aujourd'hui ?
- Adrien, le voisin - Bof
- Miguel, le serveur de "Crousti-Moelleux",
- Sébastien, son sympathique collègue avocat,
- Julien, son antipathique collègue avocat - Beurk,
- Nicola, son gentil collègue juriste,
- Romain, le gars du cabinet d'architecte.

Ça ne faisait pas grand monde... Elle se concentra pour retrouver s'il n'y aurait pas d'autres hommes dont elle se souviendrait... Quel autre gars pouvait bien la croiser régulièrement, au point de connaître sa gestuelle et sa voix ? Quelqu'un au bureau ? Elle songea alors à David, le livreur qui venait régulièrement lui apporter des plis confidentiels envoyés en recommandé. Un gars gentil, mais qui ne lui avait pas fait plus d'impression que ça. Elle hésita, mais finit par ajouter sur sa liste :
- David, le livreur.

Elle resta pensive devant cette énumération. Est-ce qu'il pouvait s'agir d'un de ces hommes ? Est-ce qu'il y en avait un autre auquel elle ne songeait pas ? Ou même, est-ce que VH pouvait être un simple inconnu, un badaud qui la croisait tous les jours dans la rue, un serveur dans un restaurant, le gérant d'une boutique devant laquelle elle passait tous les jours, un avocat qui venait régulièrement au cabinet ? Ou encore un ancien camarade de classe ? Elle ne se rappelait pas d'un garçon qui ait eu V-H comme initiales... Et de plus, il l'aurait tutoyée... La liste risquait de s'allonger... Oh, que de mystères !!...

Elle s'aperçut alors qu'il était déjà dix-neuf heures passées. Elle n'avait pas vu le temps filer... Il était temps qu'elle s'arrache à ses réflexions et qu'elle reprenne le cours de sa vie. Elle rangea la lettre et le carnet dans le meuble, prépara son repas du soir et mangea, comme elle en avait l'habitude, devant la télé en regardant une émission de divertissement, avant d'enchaîner sur un film. Mais il lui fallut bien se rendre à l'évidence qu'elle n'arrivait pas à suivre. La lettre lui restait en mémoire. Ce fut plus fort qu'elle, elle se leva et la récupéra dans le meuble. Ignorant les images qui défilaient sur l'écran, elle se remit à la lire. Et cette fois-ci, au lieu de chercher à en deviner l'auteur, elle se contenta d'en apprécier le contenu. Comme cela lui faisait du bien ! Ça n'était pas souvent qu'elle avait droit à de tels compliments... Elle, gracieuse ? Charmante ?... Une voix douce, suave, tendre et chaude à la fois ? Un teint d'ivoire ?... Elle avait toujours considéré qu'elle était blanche... Blanc fade... Et lui, il semblait la trouver sublime...

Elle renonça à suivre quoi que ce soit du film dont elle avait perdu le fil et éteignit le poste pour aller se coucher. Une fois au lit, elle prit le livre qui se trouvait sur sa table de nuit mais là encore, elle ne put se concentrer. L'idée de la lettre l'accaparait entièrement. Elle reposa le livre pour reprendre la lettre et la scruter encore, probablement pour la vingtième fois depuis qu'elle l'avait ouverte. Sans davantage en percer le mystère de son auteur.

Elle regarda pensivement en direction de la fenêtre de sa chambre, en pensant aux vieilles maisons qui lui faisaient face de l'autre côté de la cour intérieure, et en songeant aux autres albigeois qui, au-delà, vivaient dans leurs maisons. Qui pouvait bien être VH ?

Comme la nuit ne lui apporta pas de réponse, elle reposa son livre, éteignit la lumière et s'endormit, la lettre posée sur la table de nuit.

Pour tout contact et renseignement :

carolenatalie@gmx.fr

http://www.carolenatalie.sitew.fr/

Page Facebook : @carolenatalieauteur